醫女出頭天

3

風 文創 782

陌城 著

風文創 782

目錄

第五十八章 冒死採藥

姚婧婧一進屋便看見娘親摀著肚子側躺在床上，整個人就像一隻蜷縮的蝦米，由於劇烈的腹痛，她的嘴裡不住地發出一陣陣痛苦的呻吟聲，姚老三和姚婧婧父女倆聽在耳裡，只覺得心驚肉跳。

湯玉娥此時也是急得眼淚都快掉下來了。「三嫂，妳撐住啊！老天保佑，千萬不要出什麼事啊！」

「娘，妳別怕，有我在，妳不會有事的。」姚婧婧撲到床前，一邊檢查賀穎的情況，一邊輕聲安慰她。

賀穎臉上湧現一片潮紅之色，她喘了幾口粗氣，掙扎著拉住閨女的手，哀求道：「二妮，妳幫幫娘，娘盼了這麼多年才盼來這個孩子，娘一定要留住他。」

姚婧婧只覺心中一片淒涼，從脈象上看，娘親已經動了胎氣，由於月分太小，滑胎的可能性非常大，可在這個時候，她只能朝賀穎點點頭。「娘，妳放心，我一定會盡力的。」

姚老三的腦子此時已是一片空白，這小半年以來他們的生活發生了翻天覆地的變化，他原本以為從前的那些苦難都已成為過去，尤其是妻子肚裡的這個孩子，承載了他們太多的希望，正是由於這種希望，讓他們兩口子任何一個都無法承受驟然失去的痛苦。

姚婧婧偷偷地擦乾眼淚，迅速寫下一張方子。原本她想要親自去鎮上抓藥，可娘親如今的狀況實在是離不開她。

最後還是湯玉娥一把將藥方拿了過去，拉著姚老五一起趕去鎮上了。

這邊動靜鬧得如此之大，姚家上下很快全都知曉了，每個人對於此事的反應卻都不盡相同。

姚老二見自己兒子闖了如此滔天大禍，自知對不起三弟一家，愧疚之下直接扒光兒子小勇的衣服，綁在院子裡的一棵大槐樹上，拿了一條滿是細刺的荊條狠狠地抽打他的身體。

「讓你調皮，讓你闖禍，讓你不長眼！你那個死鬼老娘當初就不應該生下你，我告訴你，今天你三嬸肚裡的孩子要是有個什麼好歹，你也活不成了！」

姚小勇畢竟年幼，哪裡禁得起這樣的懲罰，片刻工夫就哭啞了嗓子，渾身上下沒有一處好皮，那慘烈的模樣讓人簡直目不忍視。

姚老太太平日裡雖然不見得有多疼愛這個小孫子，可姚老二下手這樣重她自然不能坐視不管，很快便衝了上去擋在小勇身前。「你這個喪盡天良的畜牲，哪有你這樣打孩子的，他才多大點啊，能懂什麼？這件事再怎麼怪也怪不到他的頭上，你趕緊把他給我放下來，否則我剝你的皮。」

姚老二連忙對姚老太太搖了搖頭，示意她不要亂說。「娘，您趕緊走開，三弟兩口子好不容易才得了這個孩子，咱們還沒來得及向他們道喜就被這個兔崽子給壞了事，我今天一定要打死他，否則我還有何顏面面對三弟一家。」

姚老太太才不這樣想，聽了這話反而罵得更來勁。「糊塗東西！哪家的女人不懷孕、生孩子？別的不說，就咱們村裡每年落地的娃娃就有一、二十個，可你見過有哪一個被別人摸一下、碰一下就沒了的？憑什麼她就矜貴些？再說了，明知自己肚裡懷了孩子，還整日到處亂竄，出了事卻把屎盆子往我小孫子頭上扣，真真是不知安的什麼心！」

姚婧婧此時正從廚房裡端了一盆開水出來，聽見姚老太太的話也沒有出聲反駁，而是默默地端著開水朝院子裡走來。

姚老太太不是傻的，見姚婧婧面色不善便拔腿想往自己房裡退。

姚婧婧見狀，直接一揚手，一盆冒著熱氣的開水便追著她的身影潑去。

「哎喲媽呀，燙死我了！妳這個作死的賤蹄子，我可是妳親奶奶啊！以下犯上，妳這是要反天啊！」

姚老太太關鍵時刻跑得倒很快，那盆滾燙的開水並沒有直接潑在她的身上，只是有一些濺起的水花打在她裸露在外的肌膚上，瞬間燙出了好幾個大水泡。

姚婧婧站在院子中間，一手端著盆、一手扠著腰，眼神如刀片般在眾人臉上劃過，那震懾人心的氣勢把姚老太太都看得呆住了。

「我娘如今情況艱險，必須臥床靜養，我警告你們最好都給我安靜點，否則不管是誰，我都會即刻讓他好看，這次我潑的是開水，下次可就要換滾油了！還有二伯，你也不必在這裡演苦肉計了，這件事究竟是意外、還是人為，我一定會調查得清清楚楚，那些興風作浪的我也會讓他付出應有的代價！」姚婧婧的話鏗鏘有力，字字如刀。

姚老二的心跟著一顫，表情有些僵硬，他剛剛想開口解釋幾句，卻看見姚婧婧轉身，頭也不回地走了，呆立了半晌，姚老二終於吐出一口氣，頹然地將手中的荊條丟在了地上。

姚老太太也漸漸緩過了神，被自己的孫女指著鼻子罵，這讓一向頤指氣使慣了的姚老太太如何能忍得下這口惡氣？

「你看看，你們都來看看，她這是要我老太婆的命啊！我辛辛苦苦十月懷胎，一把屎、一把尿地把你們五兄弟養大，到頭來一天福都沒享過，還要受這個死丫頭的氣，老天爺，祢為什麼不開開眼，這種忤逆不孝的東西，就該一記響雷劈死她。」姚老太太根本沒把姚婧婧的威脅放在心上，就是要給她扣上一個不孝的罪名，讓她徹底身敗名裂，永無出頭之日。

正當姚老太太指天畫地詛咒得正歡時，姚老大卻突然從門裡探出了頭，在確認姚婧婧已經回自己房裡後，便打開房門飛快地跑了出來，強行把她給扛了起來，帶回了正房。

姚老太太哪裡肯就這樣算了，急得不停地踢打自己的大兒子。「你放開我，你這個沒出息的東西，你們怕她，我可不怕，只要我沒死，這個家就輪不到別人作主！」

姚老大將老娘按在椅子上無奈地勸道：「娘，您就消停一點吧，三弟一家正著急著呢，您就不要跟著添亂了。不是我說您，您就算想鬧也要挑個時辰，這個時候鬧明擺著討不了好，您這又是何苦呢？」

姚老太太嘴上依舊強硬。「我管他呢！她孩子沒了又不是我害的，像他們這樣喪禮失德的一家子，活該斷子絕孫，我勸他們還是不要白費力氣了，這個孩子鐵定是保不住的。」

姚老大跺腳道：「娘，您有完沒完？這話要是被二妮聽到了，她不知道得多恨您呢！您到現在還沒看明白嗎？這個小丫頭的本事越來越大，以後咱們說不定都得沾著她的光呢，您現在把人得罪狠了，能有什麼好處？」

姚老太太卻露出一臉嫌惡的表情，惡狠狠地啐道：「我連兒子都不指望了，還能指望得上她？你也趁早收起這份心思，這個小妮子心思毒著呢！她若是發達了，不對咱們落井下石就不錯了，你還想讓她幫忙？簡直是白日作夢。」

「哎呀，娘，我跟您說不清楚，反正今日您就在房裡待著，哪裡也不許去。」姚老大不想再和姚老太太糾纏不清，直接衝出去將房門上鎖，任憑姚老太太如何呼喊都不再理會。

另一邊姚老五兩口子很快就把藥給抓回來，姚婧婧把藥煎好後親手餵娘親喝下，好不容易熬到大半夜，效果卻不太明顯。

賀穎依舊是腹痛不止，下體還星星點點地見了一些紅，這讓姚老三和姚婧婧父女倆如坐針氈，急得不知如何是好。

姚婧婧皺眉道：「不行，娘如今是受到驚嚇導致胎氣不穩，必須盡快想辦法使她身體內的氣血恢復正常的運行，胎兒才有可能保住。這副藥雖然有保胎的效果，卻缺少了一味最為對症的藥材，那就是新鮮的桂荏葉子。」

桂荏在現代有一個特別洋氣的名字，叫做紫蘇，很多人以為它是一種外來的品種，事實上它的原產地卻在中國。

不過在姚婧婧所處的這個時代，桂荏並沒有被規模化的種植，只在一些高山上才會有它的身影出現。

有些藥鋪雖然也會有少量的存貨，可都是經過烘乾加工的陳貨，藥品的效果根本就達不到要求。

時間寶貴，姚婧婧當機立斷，決定連夜上山去採摘這味救命的桂荏葉子；可如今深秋露重，高山上不僅行路艱難，甚至還有野獸出沒，此時前去採藥的危險程度可想而知。

姚老三雖然想保住妻子肚中的孩兒，可若是要用閨女的安危去交換，他是萬萬不會答應的。「二妮妳不能去，妳一個手無縛雞之力的小姑娘，深更半夜去山上採藥，若是遇到什麼不測，妳讓我如何向妳娘交代啊？要不這樣，妳告訴爹那個啥葉子究竟長什麼樣子，爹替妳去把它採回來。」

躺在床上的賀穎眉頭深鎖，也不知是太累還是被疼暈了，已經陷入了沈沈的昏睡中。

姚婧婧咬了咬唇，態度堅決地說：「不行，這件事必須由我親自去，娘如今已身陷危局，片刻都耽擱不得。爹，你就放心好了，那座山我翻過百餘遍不止，一定不會有問題的，天亮之前我肯定能趕回來，在此其間你要照顧好娘。」說完，姚婧婧用力掙開姚老三的手，揹起藥筐，頭也不回地出了門。

深夜的秋風已是刺骨的寒涼，姚婧婧剛剛走出姚家的大門便忍不住打了一個大大的噴嚏，更要命的是，門前的石板路上已經結起了一層厚厚的秋霜，姚婧婧一個不察，腳下一滑，險些摔了一個大跟頭。

姚婧婧努力使自己站穩，扭了扭有些痠痛的腳踝，定下神準備繼續這趟莫測的旅程。

可就在這個時候，一隻冰冷而粗糙的大手突然從後面抓住了她的肩膀。

作為一個現代人，姚婧婧當然不相信這個世上有鬼，可黑暗中這樣的場景實在太過驚悚，姚婧婧頓時感覺渾身寒毛直豎，忍不住就要張口發出一聲尖叫。

那隻大手好像察覺到她的意圖，瞬間從她的肩膀轉移到了嘴上。

被摀住嘴的姚婧婧雖然驚恐不已，腦子卻並沒有停止轉動，她正想著如何脫身，耳邊突然響起一個熟悉的聲音。

「別、別叫，是、是我。」

姚婧婧的身子猛然放鬆，有些遲疑地問道：「四叔？你怎麼會在這兒？」

姚老四放開姚婧婧，騰出手從懷裡拿出了一個火摺子，點起一支自製的火把，漆黑如墨的暗夜裡終於有了一絲光亮。

這些日子姚婧婧忙於生意，而姚老四又起早貪黑地撲在地裡勞作，兩人已有很久沒碰上面了。

如今姚老大整日賴在家裡享清閒，姚老二也不似從前那樣勤勉，地裡的重擔可以說全部都落在姚老四身上。姚老四對此卻並沒有絲毫怨言，只是拚了命地埋頭苦幹。

姚婧婧看著他那瘦削的面龐、眉眼間化不開的倦意，以及身上那打滿補丁的單衣，心裡又是心疼、又是愧疚。

這個腦子不太靈光的四叔是真的對她很好，在她初來異世最困難的時候，他們曾經一起並肩戰鬥過，他還從吳老癩的手裡救過她的性命，可自己卻因為日復一日的瑣事而忽略了對他的關心和照顧，實在是太不應該了。

「四叔，娘親前幾日替你做了幾件夾衣，還沒來得及給你送去，我現在有重要的事要出門一趟，你現在趕緊回去睡覺，明日我就去看你。」姚婧婧生怕姚老四沒有聽明白她的話，還伸手將他往姚家大門的方向推了推。

姚老四卻使勁搖了搖頭，臉上露出焦急之色。「我、我不、不回，妳、妳回。」原來適才姚老四聽到三哥房中動靜不對，便想前去關心一下，無意中卻聽到姚婧婧父女倆的對話，他便想替姚婧婧前去採藥，誰知他只是轉身回屋拿了幾件工具的工夫，姚婧婧便已出了大門，急得他趕緊追了出來。

姚婧婧被姚老四的這份心意感動了，可她深知此行艱難，又怎麼能讓他前去冒險呢？「四叔，謝謝你，只是我要的這味藥材十分稀少，不熟悉的人根本很難找到，你還是先回去吧，放心，我不會有事的。」

姚老四的態度卻是異常堅持，直接用身體擋住姚婧婧的去路。「我、我知道，妳、妳之前……說、說過，我……我記得！」姚老四拍了拍身上的背囊，那是他以往農閒時跟著獵戶一起去深山老林裡打獵用的，那時一待就是四、五個日夜，自然要準備許多應急之物。

比起姚婧婧，姚老四的野外生存經驗自然要豐富許多，可姚婧婧依然不忍心讓他隻身犯險，最後她提議兩人結伴而行，也好互相有個照應。

這下換姚老四不幹了，在他看來，自己一個人乾脆俐落，腳程也快，若是帶著小姪女還得分心照顧她，實在是不划算。「妳不、不行，妳娘……她離、離不了，我去！」姚老四說完後搶過姚婧婧身上的藥筐，轉身大踏步走了。

姚婧婧匆匆忙忙地想去追，可剛一動身，腳踝處便感到一陣刺痛，逼得她不得不停下腳步。「四叔，小心啊！我在家裡等你回來！」黑暗中，姚婧婧悄悄地濕了眼眶。所謂患難見真情，姚老四的俠義之舉讓她相信人性的光輝不會被貧窮困苦所淹沒。

姚老四離開一夜，姚婧婧的心也隨之提著一夜，眼看天色已經大亮，門口卻依然沒有出現姚老四歸來的身影，大家都有些坐不住了。

尤其是姚老太太，她得知自己的四兒子竟然為了賀穎肚子裡的孩子，不要命地大半夜去深山老林採藥，頓時氣得肺都要炸了，又跑到三房門口大鬧了一場，最後還是姚老大和姚老五一起連哄帶騙地把她給勸走了。

這樣的等待簡直是一種煎熬，姚婧婧再也受不了了。「一直枯等著也不是辦法，我還是上山去找找吧！五嬸，一會兒煩勞妳再去鎮上走一趟，請杏林堂的姜大夫來幫我照看我娘，他是一個經驗豐富的老大夫，有他在我多少能安心一些。」

湯玉娥連忙點頭答應道：「沒問題，這件事包在我身上，現在雖然是白天，妳一個人去也不安全，讓妳五叔陪妳一起吧！」

事不宜遲，兩人正準備出發時，突然聽到前面院子裡傳來姚老二的一聲驚呼。

「四弟，你總算回來了。」

姚婧婧愣了片刻，隨即拔腿衝出了門。謝天謝地，姚老四總算還是回來了，如果他真出了什麼好歹，自己窮盡一生都不得心安了。「四叔！」姚婧婧剛一張口，眼淚便像斷了線的珠子，止不住地往下流。

經過一整夜的艱難跋涉，姚老四渾身上下的衣衫都被樹叢與荊棘劃得破爛不堪，還有那一條條鮮紅的血印，明明白白地告訴大家，這一路上的每一步都充滿不易。

「四弟，你的胳膊好像在流血，到底發生了什麼事？」

姚婧婧摸了摸臉上的淚水，她也一眼看見姚老四的胳膊上纏著一圈用破衣服撕成的綁帶，綁帶雖然厚，卻已經被鮮血浸得濕透，甚至順著手臂一滴一滴地滴到了地上。

見眾人的目光都聚集在自己的胳膊上，姚老四倒顯得有些不好意思。「沒、沒事，路……路上碰到、一、一頭小狼……崽子，被、被我打……走了。」

姚老四說得輕描淡寫，可姚婧婧卻能想像到那是一場多麼激烈的廝殺。她正準備衝上前去替姚老四察看一下傷口，姚老太太卻突然從自己房中破門而出，呼天搶地地撲了過來。

「老四啊，你可真是一個傻子，你以為你掏心掏肺地對待人家，人家就會高看你一眼嗎？別作夢了，人家只是拿你當槍使而已，今天你要是回不來，也就只有老娘我會為你傷心難過。答應娘，下次不要再做這種蠢事了好不好？」

姚老太太已經很久沒有和這個傻兒子說這麼多話了，姚老四像是受到了驚嚇一般連退了兩步，瞪著眼瞅著模樣猙獰的老娘。

姚老太太頓時覺得十分委屈，自己一片好心竟然被姚老四當成驢肝肺，難道自己真的是老了不中用了？連從前她最不放在眼裡的傻兒子也要和她離心？想到這，她只覺得怒火中燒，轉頭指著姚婧婧的鼻子便是一頓破口大罵。「妳這個死丫頭，到底給妳四叔喝了什麼迷魂湯，讓他如此死心塌地地為妳賣命。我警告妳，雖然他是個傻子，可老娘卻不傻，妳以後最好離他遠一點，否則我就要請族人來實施家法，將妳逐出姚家，讓妳變成一個孤魂野鬼，永世不得超生！」

姚婧婧面色一沈，眼神瞬間冷如寒冰，姚老太太的威脅可謂是十分惡毒了。

在這個講究宗族的封建社會，一個人若是被家族除名，那就相當於失掉身分，就像街邊的流浪狗一樣，會任人欺凌，沒有任何人會對其提供庇護，包括官府也不會將這樣的人登記在冊，這種人的存在或者消亡就像一陣風，來去皆無影蹤。

姚老太太見她不說話，以為她怕了，臉上立刻露出得意的神色，挺直脖子準備繼續好好教訓、教訓這個不知天高地厚的死丫頭。

這時，姚老大從後院匆匆忙忙地趕了過來，見到這副場景，立即拉住姚老太太。「哎喲我的親娘啊，我去燒壺茶的工夫您怎麼又跑出來了？您沒看到二妮要給四弟治傷嗎？您就別添亂了，趕緊隨我進屋裡歇著吧！」

姚老大一邊說，一邊示意姚老二和姚老五一起幫忙將姚老太太拖回屋裡。

「你別拉我，你這個沒用的東西，你還能把老娘關一輩子不成？你讓我說完，你讓我說完！」

被拉回屋裡的姚老太太猶不死心，整個院子裡都充斥著她的叫罵聲。

第五十九章　意外還是陰謀

姚婧婧沒心思管姚老太太，眼前還有許多更加重要的事等著她去做。

她將藥筐從姚老四肩頭拿下來，發現裡面足足裝了小半筐的桂荏葉子，在伸手不見五指的黑夜能夠找到這麼多，可見姚老四是真的下了大力氣。

「爹，你幫我把四叔扶回房間躺著，尤其是這條受傷的胳膊一定要固定好，我將這桂荏葉子熬好後立即去替他處理傷口。」

姚老三連忙點頭應了下來。

姚老四像是累極了，一句多餘的話都沒說便跟著姚老三回房休息去了。

姚婧婧用最快的速度將這些桂荏葉子清洗乾淨，再加上其他幾味早已準備好的藥材，一起放進陶罐裡熬煮。

在熬藥的這段時間裡，她又衝回屋裡拿起藥箱趕到姚老四那裡。姚老四的傷口比她想像中更加嚴重，銳利的狼牙將他胳膊上的血肉撕掉了一大半，露出森森的白骨，讓人不敢直視。

如此重傷之下，姚老四還能馬不停蹄地將藥材給送回來，這需要多麼大的勇氣和毅力，以及誓死救人的決心啊！

一旁的姚老三也忍不住抹起了眼淚。「四弟，三哥對不住你，謝謝你，真的謝謝你。」

姚婧婧已經用最快的速度做好了消毒準備，接下來就該縫合傷口了，難度如此之高，工作量如此之大的縫合手術她也是第一次遇到。她深吸了一口氣，強迫自己鎮定下來。

「四叔，縫針的時候會有點疼，你忍一下，如果實在受不了就叫出來，沒關係的。」

姚老四此時已經痛到麻木，他扯了扯乾裂的嘴唇，示意姚婧婧儘管動手。

飛針走線之間，姚婧婧儘量讓自己的動作快一點、再快一點，這樣姚老四就能少受些苦楚；可一針又一針，一層又一層，眼前的傷口好像永遠都縫不完似的。

姚老四原本一直咬牙忍著，可這凌遲般的巨大痛苦讓這個鋼鐵一樣堅硬的漢子也難以再忍下去了，他的身體開始不自覺地劇烈抖動，兩條腿也開始在床上亂蹬起來。

姚婧婧連忙示意姚老三來幫忙按住他。

直到最後，姚老三一個人已經完全壓制不住姚老四，不得不喊來姚老二和姚老五一起，才確保手術順利完成。

姚婧婧的頭髮和衣衫徹底被汗水打濕，她已經記不清究竟縫了多少針，反正原有的小半卷絲線已經所剩無幾。

等到傷口包紮完畢，姚老四也已完全虛脫，整個人陷入了昏睡的狀態。

姚婧婧為姚老四開了一個內服的藥方，交代姚老五去鎮上抓藥，然後又匆匆趕回了自家房中。

爐子上的藥已經熬好，姚婧婧將它倒在瓷碗中，和湯玉娥一起，一勺一勺地餵賀穎喝了下去。

加了新鮮桂荏葉子的安胎藥，藥效果然非比尋常，賀穎服藥後僅僅過了小半個時辰，腹痛的症狀就減輕許多，體內的氣血也順暢不少，就連脈象也變得平和起來。

湯玉娥激動得語無倫次。「太好了，二妮，妳真是太厲害了，太好了。」

此時已經快到晌午，連續十來個時辰的不眠不休、精神緊繃讓姚婧婧感到身心俱疲，此時終於可以鬆一口氣，她卻突然感到一陣天旋地轉，要不是湯玉娥眼疾手快地扶住了她，她非要一個跟頭栽倒在地不可。

「二妮，妳忙了這麼長時間卻連口水都沒喝，這小身子骨兒怎麼受得住？灶上我給妳熱著清粥和饅頭，妳趕緊去吃一點，然後再到我房裡去睡一覺；妳娘這裡有我照顧，妳四叔那裡有妳爹照顧，妳大可放心。」

姚婧婧這回倒是非常聽話，五嬸說得對，如今有這麼多人需要她，她若是連自己都照顧不好，又如何去照顧別人呢？

姚婧婧雖然感覺很累，可爬到床上卻發現根本睡不踏實，斷斷續續地瞇了個把時辰，就撐著發脹的腦袋起身了。

她先去姚老四的房裡檢查了一下四叔的情況，姚老四依然沒有清醒，她伸手摸了摸他的額頭，還好沒有發燒的症狀，說明她所用的那些清熱解毒的藥物起了作用，姚老四的傷口沒有潰爛發炎的趨勢。

接著姚婧婧去了賀穎那裡，娘親此時已經醒了，湯玉娥正伺候她喝著一碗稀粥，她的臉色看起來雖然還是有些差，可與之前相比已是好得太多。

「娘，妳感覺怎麼樣？還有哪裡不舒服嗎？」

賀穎見閨女進來，連忙伸手拉住她，眼神裡滿是心疼。「妳怎麼不多睡會兒？娘已經好多了，只是把你們都給折騰苦了；妳五嬸為了照顧我，把小靜姝都送回娘家去了，還有妳四叔竟然傷成那個樣子，我這心裡實在是過意不去啊！」

湯玉娥連忙勸道：「三嫂，妳千萬別這麼說，咱們是一家人，本就該互相照應，當初我生孩子時妳是怎麼照顧我的，我心裡可都記得一清二楚；至於四哥，那更是天底下最最實在的人，妳對他施一分情，他必以十分回報，能救得妳腹中的小姪子，想必他也是十分高興的。」

姚婧婧也跟著勸道：「就是啊娘，妳現在需要好生靜養，至於這些恩情就暫且記在心裡，以後慢慢再還吧！」

賀穎點點頭。「如今也只能這樣了。二妮，妳老實告訴娘，娘肚子裡的孩子究竟怎麼樣了？」

姚婧婧信心滿滿地回道：「娘，妳就放心吧，四叔這藥來得及時，只要再按時服幾頓，就沒有大礙了。」

湯玉娥即刻雙手合十，一臉喜意。「阿彌陀佛，真是蒼天有眼，三嫂，我就說嘛，妳吉人自有天相，老天爺不會虧待妳的。從今天開始，妳就該吃吃、該喝喝，努力生個大胖小子出來給靜姝做伴。」

孩子雖然保住了，可姚婧婧心中的疑問卻沒有解開，她見娘親精神還好，便開口問道：「娘，昨日的事情我怎麼想都覺得有些蹊蹺，小勇那孩子以往雖然調皮，可該有的分寸還是有的。昨日他明明看見妳們幾個站在那裡，為何還會沒頭沒腦地衝上前，而且還好巧不巧地往妳肚子上撞？若不是五嬸及時推了妳一把，那後果真是不堪設想啊！」

賀穎和湯玉娥瞬間一愣，在她們看來，這的確只是一場意外罷了。小勇的莽撞行為雖然該打，可若要說他是有意為之卻是不大可能，畢竟他只是一個六歲的小毛孩啊！

姚婧婧沈默了，她並沒有確鑿的證據來證明自己的猜想，事實上，這樣的猜測並非出自她的本意；然而，姚小勇在事發那一刻的眼神就像一根利刺，已經扎進了她的心裡，讓她久久不能忘懷。

經此一事，姚婧婧越發覺得搬家一事刻不容緩，當即便找到里正大人要買地建房。

「須彌山？」里正大人的眉頭皺得像兩條糾結的抹布，須彌山是清平村最西邊的一座山，那裡十分荒蕪，不通村道，村裡也沒有人家在那附近建所居住，姚婧婧會選中那個地方實在是讓人覺得不可思議。可姚婧婧似乎已經打定了主意，任憑他如何勸說依舊堅持自己的想法，里正大人只能由著她去，以極低的價格將整座須彌山賣給了她。

臨走時，里正大人還送給了她一個包裹，裡面裝著一些有趣的小玩意兒，都是陸雲生特地派人送來給她把玩的。姚婧婧看著有趣，便全都接了下來，其中一件青面獠牙、模樣猙獰的鬼怪面具，更是讓她愛不釋手。

此時天色已有些昏暗，姚婧婧見娘親依然在房間內沈睡，就跑到廚房將燉好的雞湯放在灶上溫著，之後便拿著面具坐在廚房門前的石墩子上，百無聊賴地玩著。

三房新蓋的這間廚房位於姚家大院的後方，在它正前方靠右的位置正是姚老二住的屋子。

姚小勇被自己親爹下狠手抽了一頓後，整整兩天都下不了床。姚老二還要上坡幹活，只能讓小兒子一個人在房裡待著，可孩子畢竟是孩子，睡了兩天後便再也躺不住了，掙扎著爬起來趴在窗戶上，想要看看外面的動靜。

這一看不得了，他竟然看見窗戶外面有一隻可怕的惡鬼在左顧右盼，那鬼張著血盆大口，彷彿在尋找可以入腹的食物，那銳利的尖牙還閃著幽藍的光芒，讓人毛骨悚然。

「鬼啊！有鬼、救命！」

古人對鬼怪一說向來深信不疑，姚小勇又只是一個六歲的孩子，他不知道世上還有面具這種東西，再加上外面光線昏暗，根本就沒看出來眼前這個「惡鬼」是姚婧婧扮的。

大驚之下，姚小勇差點沒嚇暈過去，他直接從窗沿跌到了床上，一邊尖叫、一邊抓起被子包住自己的頭，整個人伏在床上瑟瑟發抖。

姚婧婧原本還有些納悶，走到窗前一看便明白了，她摸了摸臉上的面具，突然心生一計，決定將錯就錯，或許能得到一些意外的訊息也未可知。

她飛快地搬來一把凳子，站上去後她便能輕而易舉地打開窗戶，伸手將姚小勇頭上的被子扯了開來。

「小童子，我最愛吃了，快快快，鑽到我的麻袋裡來，等我把你扛回洞中洗淨煮熟，就可以飽餐一頓了。」姚婧婧故意壓低聲音，模仿電影中黑山老妖的說話語氣。

姚小勇嚇得連頭都不敢抬，摀著臉大聲哭喊道：「不要吃我！不要吃我！救命啊！」

「不准喊，再喊我現在就吃了你！小孩子的肉最是鮮嫩了，就算是生吃也很美味啊！」

姚小勇的魂都快嚇飛了，立即乖乖地閉起嘴，不敢出聲。

姚婧婧一邊說，一邊拿起放在窗沿上的一根竹竿，在姚小勇的屁股上戳了一下。

姚小勇卻只當是妖怪在自己的身上啃了一口，強烈的求生慾讓他立刻拱起身子，跪在床上連聲求饒。「求求你放了我吧，不要吃我，我身上一點肉都沒有，我奶奶在前面的豬圈裡養了一頭大肥豬，你要吃就去吃他吧！」

姚小勇的確是個機靈的孩子，在這種情況下依然思路敏捷、口齒清晰。姚婧婧心中突然有了幾分罪惡感，自己這樣嚇唬一個身世可憐的小孩子看起來的確有些過分，可有些事情她必須要弄清楚，如果那天的事真是一個意外，那她願意誠心向他道歉。

想到這兒，姚婧婧便硬著心腸，繼續壓著嗓子說道：「放肆！你看清楚了，我可是妖怪，妖怪最愛吃的就是小孩子，尤其是心思不正的壞孩子，我會把他咬得連骨頭都不剩，免得他繼續留在人間禍害他人。」

姚小勇的身子明顯一頓，緊接著便跪在床上開始不住地磕頭求饒。「我不是壞孩子、我不是壞孩子，求求你不要吃我、不要吃我啊！」

姚婧婧將竹竿往姚小勇身側猛地一敲，厲聲說道：「還敢撒謊，你心裡想什麼我可都一清二楚，我再給你最後一次機會，你老實交代究竟有沒有做過什麼壞事，否則我一旦施起法術來，你就會立刻七竅流血，到時候可是小命難保。」

姚小勇再也支撐不住，小小的身體癱倒在床上，一邊哭、一邊說：「嗚……我、我是壞孩子，我做了一件很壞、很壞的事。爹爹說，三嬸生了兒子就不會再管我了，我不要，我要她做我的娘，我要當她的兒子。」

姚婧婧忍著心中的怒氣，繼續問道：「你到底做了什麼？」

「爹爹說，三嬸肚裡的孩子來得不是時候，若是她能夠不小心摔一跤就好了，所以我就、就撞了她一下，哇！」

姚婧婧再也忍不住，一竿子打在了他的屁股上，惡狠狠地說：「你還有臉哭？閉嘴！你這個狼心狗肺的東西，你三嬸平時對你這麼好，你卻差點害死她！」

姚小勇心中有些愧疚，但更多的還是恐懼。「我、我不知道，我只是不想讓她生娃娃，有我給她當兒子，她根本就不需要再有別的娃娃。我知道錯了，爹爹已經懲罰過我了，求求你就放過我吧，我保證以後再也不敢了。」

姚婧婧冷眼看著他，心中卻還是有個疑問。「謀害你三嬸的主意究竟是你自己想的，還是你爹教給你的？」

「是我自己的主意，我爹知道後很生氣，說我是個小糊塗蟲，壞了他的好事，以後三嬸一家再也不會理我們了，嗚。」

對於姚小勇的說辭，姚婧婧心中還是相信的。姚老二如果想謀害娘親肚裡的孩子，肯定會神不知、鬼不覺地暗中進行，哪裡會用這種殺敵一萬，自損三千的法子？

可若說這件事完全和姚老二沒有關係，那也不對，孩子的心靈都是一張白紙，若不是姚老二整日在自己兒子面前說一些陰毒的想法，姚小勇也不會生出這樣荒唐的念頭。

所謂可憐之人必有可恨之處，面對著這樣小的一個孩子，姚婧婧實在不忍心對他施以重罰，可該有的懲戒卻還是要有的，否則一旦他有恃無恐，下次再來上這麼一遭，那就防不勝防。

「很好，你肯承認錯誤，說明你還不是一個無可救藥的小孩子，我可以暫時不吃你；不過從今日開始，你必須每日拾滿一捆柴送到村口的那間破廟裡，供雲遊的僧人和過路的窮苦百姓燒火取暖，以贖你犯下的罪過，你聽明白了嗎？」

姚小勇立即答應下來。「明白了，我一定會聽你的話，我馬上就去拾柴，你別吃我。」

姚婧婧滿意地點點頭，最後不忘囑咐道：「你記住，你心裡想什麼我都知道，我會時刻監視著你，如果你敢再起壞心，我絕對不會輕饒！」

姚婧婧並不打算把嚇唬姚小勇的這件事告訴任何人，一方面她不想讓娘親再為這件事傷心難過；另一方面她也想給小勇一個機會，如果他能就此拋棄心中的惡念，回到正確的人生軌道上，也算是一段善緣。

可對於姚老二，她就不會這麼仁慈了。

自從三房的日子好過之後，姚老太太和姚老二曾經數次透露過要將姚小勇過繼給三房的念頭，可每次都被姚老三夫妻倆堅定地拒絕了，因為他們夫妻已經不再像從前那樣，將兒子當作人生中必不可少的大事；誰知姚老二卻猶不死心，甚至為了一己之私，居然險些釀下大禍。

這筆帳，姚婧婧已經替他記在心裡。

第六十章　陷阱

這些日子孫大少爺孫晉維忙得是腳不沾地，除了生意上的事需要他處處照看，二弟孫晉陽的婚期也越來越近，婚禮的一應事務都落到他這個大哥頭上，不知道的人還以為他才是新郎官呢！

可就在這個時候，姚婧婧卻接到了一封姚大妮特地請人寫的信，信裡字字泣訴，記錄著她這幾個月的悲慘經歷。

原來孫夫人雖然納了她為妾，卻沒有將她帶回孫家大宅，而是在元寶巷找了一處偏僻的宅院安置了她。姚大妮雖然心中不忿，卻也沒有絲毫辦法。原本她想著等自己生下孫家的長孫後自然能母憑子貴，到時候就算孫夫人再不樂意也會高看她一眼；然而天不從人願，就在她滿心期待時，腹中已經成形的胎兒卻毫無徵兆地沒有了，這對於姚大妮而言簡直就是致命的打擊。

自從她入住元寶巷後，孫晉陽就再也沒有在她面前出現過，失去了男人的寵愛，肚子裡的孩子便成為她唯一的指望；可如今一切都玩完了，沒了孩子，她在孫家人眼裡算是徹底失去了利用價值，很快地她就會像一條被主人拋棄的喪家之犬一樣流離失所，淒慘而亡。

姚婧婧頓時覺得有些頭痛，事實上她早已料到會是這樣的結局，可當初是姚大妮自己親手種下了這顆苦果，如今除了咬著牙自己吞下，旁人又有什麼辦法呢？

姚大妮在信中透露出幾分求死之意，苦苦哀求想要見她最後一面，姚婧婧雖然將這封信丟入了煉藥的火爐中，可最終她卻依然做不到心堅似鐵。

按照信上的地址，姚婧婧孤身一人來到元寶巷最深處一座極其僻靜的小院，院子裡安靜得可怕，連一個伺候的人都沒有。姚婧婧喚了兩聲都沒有回應，於是她便試著推開最中間一道虛掩的門，誰知她剛剛踏入屋內，身後的房門便「咯噹」一聲被人從外面關死了。

屋內徹底黑了下來，她能感覺到這屋裡並不只她一個人，那個處心積慮設下這陷阱的人就像一隻潛伏的豺狼，在黑暗中窺視著她。

姚婧婧深深地吸了一口氣，強迫自己鎮定下來，她雖然不知道黑暗中的人是誰，將自己騙來的目的何在，可她心裡清楚，事到如今，慌亂和害怕都已無濟於事，只有保持清醒的頭腦才有可能贏得一線生機。「姚大妮，是妳嗎？妳把我騙來到底想做什麼？」

「唉！」

黑暗中突然響起一個男人的嘆息，聽起來竟莫名的有幾分熟悉。

姚婧婧再也忍不住，一個箭步衝到窗前，拉開掛在窗戶上的純黑色遮光簾布，一道亮光就這樣毫無阻擋地照了進來，刺得姚婧婧有片刻的恍惚。

可當她看清楚躲在屏風後的那個男人是誰時，她內心的驚駭簡直難以言喻，因為那是一個根本就不該出現在這裡的人。

「孫晉陽？今天不是你成親的日子嗎？你……你怎麼會跑到這裡來？」

消失許久的孫家二少爺孫晉陽饒有興致地盯著姚婧婧的臉，眼角的笑意卻帶著一種說不出的邪氣。

「那有什麼要緊，這個時辰離洞房花燭還早呢！至於其他那些瑣碎的雜事，自有我那位能幹的大哥幫我打點好一切，我這個新郎官反而是最清閒的人。」

姚婧婧立即橫眉怒目。「孫晉陽，你幹什麼與我無關，你趕緊讓人把門打開放我出去，我可沒工夫陪你在這兒瞎扯。」

孫晉陽卻完全無動於衷，反而一屁股坐在屋子中間的躺椅上，端起一杯茶悠閒地喝了起來。「別急嘛姚姑娘，我看妳和我大哥整日廝混在一起，可真是郎情妾意、你儂我儂，叫人好生羨慕呢！怎麼輪到我就這麼不耐煩呢？這長樂鎮上的人誰不知道，我孫二少爺才是孫家唯一的嫡子，如今孫家的家產已盡數歸至我的名下，除了那間破酒樓，我大哥可是什麼便宜都沒撈到，姚姑娘妳可要擦亮眼睛，看清楚誰是真金，誰又是那中看不中用的冒牌貨。」

看到孫晉陽這副醜惡的嘴臉，姚婧婧簡直有一種想吐的衝動，她冷著臉回道：「孫二少爺說笑了，你們兩兄弟如何分家是你們自己家的事，我一點都不想知道。至於我和孫大少爺的關係如何也是我們倆自己的事，就不煩勞二少爺費心了。」

「呸！這是什麼破茶，簡直污了本少爺的口！」孫晉陽突然啐了一口，露出一臉嫌棄的表情。「姚姑娘有所不知，我生平最大的樂趣就是搶我大哥的東西，不管是吃的、穿的、用的，還是家裡伺候的丫鬟、僕人，只要他對那件東西流露出一丁點兒的興趣，我都會想方設法地將那件東西占為己有；倒不是因為我對那件東西有多麼的喜愛，而是我就想看看他生氣失態、暴跳如雷的模樣。」

姚婧婧越聽越氣，忍不住怒斥道：「你、你就是有病！」

孫晉陽依舊自顧自地繼續說道：「不過我這位大哥卻是一個地地道道的偽君子，不管他心裡對我有多麼的厭惡、憎恨，表面上卻總是一副雲淡風輕的模樣，就連我睡了他未過門的媳婦，就是妳那個蠢到極點的大姊，他都能若無其事地嚥下這口氣，妳說這世上怎麼會有這樣的男人？所以有病的不是我，而是他啊！」

看著眼前這個男人幾近瘋狂的表情，姚婧婧已經斷定他有很嚴重的心理障礙，這或許和他從小不健康的家庭生活有關，再加上孫夫人毫無底線的嬌慣與放縱，才導致他如今這種偏激、執拗的思想。姚婧婧並不是心理專家，她也沒有能力去疏導、開化他，面對這種危險份子，她能做的就是盡可能地逃離，以免自己受到傷害。

她暗暗地觀察了一下屋內的環境，房門已被鎖死，唯一的出口就是那扇僅容一人通過的小窗，可依照孫二少爺的身分，肯定有隨侍的僕人守候在外，自己就算能搞定這個荒誕不經的孫晉陽，也很難有逃出生天的機會。

更糟糕的是，孫晉陽好像已經察覺到她的意圖，竟然伸起一隻手指在她面前晃了晃。

「姚姑娘，我勸妳還是不要白費心思了，想想怎麼伺候好本少爺才是正經。本少爺也算得上是採花無數，平常像妳這樣身無二兩肉、模樣又醜的女人，根本入不了本少爺的眼；不過想想，我和我大哥兄弟倆能共用一個女人，這種感覺還真是有些刺激，本少爺受點委屈也就不算什麼了。」

姚婧婧氣得心肝肺都疼了，這個孫晉陽自己一肚子齷齪的想法，就以為全天下的人都和他一個模樣，簡直是豈有此理！雖然知道和這種瘋子解釋也是白搭，可她還是忍不住高聲喊道：「孫二少爺，我和你大哥之間清清白白，你可不要血口噴人。」

孫晉陽臉上露出一絲壞笑。「前些日子妳和我大哥一起共赴埕陽時，孤男寡女在外廝混了一個晚上就沒發生點啥？說出去誰會相信呢？姚姑娘，妳大姊說妳是個烈性子，怕妳不肯屈服於本少爺，還特地準備了催情的藥物，不過卻被本少爺拒絕了，本少爺已經看厭了那些討好賣乖的柔弱臉孔，就想嚐嚐妳這嗆辣椒的野味。」孫晉陽說完，猛地站起身，一步步朝姚婧婧逼近。屋內的空間本就狹小，很快地姚婧婧就避無可避，被堵到了一個小角落裡。「都說妳是一個不可多得的聰明女人，與其做一些無謂的反抗，倒不如和本少爺一起共赴巫山雲雨，本少爺可是很厲害的，保證妳舒服得忘了還有我大哥這號人。」孫晉陽不僅說得露骨，竟還伸出一隻手朝著姚婧婧的胸部襲去。

幸虧姚婧婧早有防備，一把將其打開了。「孫晉陽，我警告你，強搶民女可是犯法的，為了和你大哥逞一時之快就做出這樣的糊塗事，你不覺得自己太無聊、太幼稚了嗎？」

誰知孫晉陽聽了這話，反而厚顏無恥地點了點頭。「沒錯，這世上的有用之事都被大哥做完了，我除了無聊，還能剩下什麼？好了，不要浪費時間了，料理了妳後，我還得趕著回去做新郎官呢！」孫晉陽一邊說、一邊扯下自己的外袍，小小年紀的他卻早早被酒色掏空了身子，那瘦弱的胸膛看起來沒有一點男子氣概。

可男人畢竟是男人，再怎麼說力氣比起姚婧婧還是大得多，當他傾身向前扯著她的胳膊把她往床上拖時，任憑她再用力地反抗也是徒勞。

「孫晉陽你這個混蛋！你趕緊放開我，否則我就對你不客氣了！」

孫晉陽一把將她丟在床上，撲了上去，用一隻胳膊壓住她的身體，另一隻手則想要扯掉她身上的衣裙。「妳可千萬不要客氣，本少爺就喜歡霸王硬上弓的感覺！我大哥眼光的確不錯，本少爺已經好久沒有這麼迫不及待地想要睡一個女人了。」

眼見自己最外面的衣裳已經被扯掉了一半，姚婧婧一邊負隅頑抗，一邊悄悄地在衣袖中拿出一把造型精巧的匕首。這把梅花匕首正是前些日子歐陽先生送給她的禮物，由於太過喜愛，姚婧婧一直都隨身帶著，沒想到關鍵時刻竟派上了用場。

姚婧婧雖然沒有習過武，可她的優勢在於對人的身體結構有足夠的瞭解，知道哪裡是一擊見效的要害。

孫晉陽的神情已經有些癲狂，噘著嘴想要親吻姚婧婧的脖子。

趁著他的視線出現盲點的一瞬間，姚婧婧手起刀落，一下子割斷了孫晉陽右手手腕的肌腱。所謂肌腱，就是通常說的手筋，其重要程度自然不言而喻，一旦斷裂，手就不能再運動了；而且這種傷害是完全不可逆的，也就是說，從這一秒開始，孫晉陽已經成了一名徹頭徹尾的殘廢。

孫晉陽此時還沒有意識到問題的嚴重性，他只感覺到自己右手的手腕上猛地一涼，緊接著便是一陣鑽心的疼痛感排山倒海地襲來，這種要命的疼痛感讓孫晉陽的大腦瞬間失去思考的能力，整個人抽搐著向後倒去。

姚婧婧適時地推了他一把，他便一頭栽倒在床下。

並不是姚婧婧故意下狠手，只是她心裡清楚，她只有這一次出手的機會，若是不能一擊中的，讓孫晉陽得到了反擊的機會，那她的結局將會十分悲慘。

姚婧婧料想得不錯，果真有兩個孫晉陽帶來的小廝在門口把風，聽到裡面動靜不對，立刻有一人出聲詢問。

「少爺，您沒事吧？」

孫晉陽正欲開口呼救，突然感覺到那股熟悉的涼意架在了他的脖子上，讓他的心也跟著一抖。

「閉嘴！再敢亂叫，我就割斷你的脖子！」

姚婧婧的威脅得到了立竿見影的效果，孫晉陽立刻閉上嘴巴，臉上的表情卻依舊猙獰。劇痛之下，他渾身上下的衣衫都已被汗水染透，看起來狼狽極了。

「我這把刀可是削鐵如泥，絕對能在他們衝進來之前要了你的命，不想死就識相點，該怎麼說不用我再提醒你吧？」

此時孫晉陽心中雖然恨極，他卻只能乖乖地聽面前這個小丫頭的擺布，因為他不能，也不敢拿自己的性命開玩笑。「沒事，你們都給老子離遠一點，免得壞了老子的興！」

姚婧婧等他說完這句話，立即用床單塞住他的嘴，然後將他那隻沒有受傷的手綁在了床尾上。

眼前的危機算是暫時解決了，姚婧婧往窗外望了一眼，那兩個小廝雖然聽從主人的命令向前方移了一段距離，可兩雙眼睛還是直直地盯著這邊。

在這種嚴密的監視下，姚婧婧根本找不到機會翻窗逃出去，可就這樣一直等下去也不是辦法，因為若是孫晉陽長時間不出去，肯定會引起那兩個小廝的懷疑。

身後的孫晉陽雖然被堵住了嘴，可眼看自己手腕上的鮮血越流越多，內心強烈的恐懼感讓他止不住地亂動起來。

出於人道主義，姚婧婧還是找來了幾塊布條給他進行了簡單的包紮。待血止住後，孫晉陽的情緒也穩定了一些，便開始「嗯嗯嗯」的，並用眼神示意，讓姚婧婧將他放了，自己絕不會為難她。

姚婧婧吸了吸鼻子，自己要是信了他的話，那真是怎麼死的都不知道。

正當她急得像熱鍋上的螞蟻，不知如何是好時，屋頂上的瓦片突然動了一下，驚得她立即退到屋角，一臉防備地盯著頭頂上的動靜。

很快地，姚婧婧看清楚有人正在揭屋頂上的瓦片，一塊、兩塊、三塊，不多時，屋頂上就出現了一個能容一人通過的大洞，而姚婧婧的心也提到了嗓子眼。

屋頂上的人究竟是誰？這人的出現又會給自己帶來什麼樣的命運呢？

第六十一章　飛簷走壁

雖然姚婧婧已做足了心理準備，可當她看清楚梁上之人那張清秀中還帶著幾許稚嫩的臉頰時，還是忍不住張大了嘴巴。「妳……妳是誰？」

這位不速之客並沒有回答姚婧婧的問題，只見她用那雙猶如黑櫻桃一般的靈巧眼珠迅速將房內的情況察看了一番，然後以迅雷不及掩耳之勢飛身而下，兩手在房樑上輕輕一盪，整個人就輕巧地落在姚婧婧的面前，這一整套動作一氣呵成，簡直比猴子還要敏捷。

這個小丫頭的身形和她差不多高，年齡看起來應該比她還要小，頭上梳著兩個小巧的花苞頭，身上穿著一套灰不溜丟的粗布長裙，看起來就像哪個大戶人家負責灑掃的小丫鬟。

姚婧婧忍不住又追問道：「妳到底是誰？妳想幹什麼？」

小丫頭依然沒有說話，只是歪著頭衝著姚婧婧甜甜一笑，露出一對淺淺的酒窩，那可愛的模樣看得姚婧婧忍不住一愣。

躺在地上的孫晉陽卻像是看到救星一樣，使勁抬起頭衝著小丫頭連連招手。

那小丫頭也很聽話，匆忙跑過去扶住孫晉陽的胳膊，脆生生地喊了一句。「二少爺。」

壞了！姚婧婧在心裡大叫一聲不好，原本以為是上天派給她一個救命的天使，沒想到卻是和孫晉陽一夥的，看來這回自己是插翅難逃了。

姚婧婧正想著要不要最後再拚一把，直接破窗而出，那個小丫頭卻出人意料地搶先一步變了臉色，只見她高高地揚起巴掌，「啪」地一聲，用盡全身的力氣甩在孫晉陽的臉上。

孫晉陽一下子被打懵了，臉上浮起一個鮮紅的手指印。

小丫頭仍覺得不解氣，站起身對著孫晉陽的臉惡狠狠地啐了一口，指著他的鼻子罵道：「你這個卑鄙下流的大色鬼，仗著自己家裡有幾個破錢，整日欺負我們這些幹活的下人，沒想到吧，你也有陰溝裡翻船的日子！今天我就要為民除害，結束了你的性命，讓你再也不能去坑害別的姑娘！」小丫頭罵完後，竟然真的從櫃中的繡籃裡抓起一把剪刀，對準孫晉陽的胸口就要往下刺。

「等等！」這巨大的轉折看得姚婧婧都有些傻眼了。孫晉陽固然該死，可從小接受法制教育的她還是不能接受這種隨隨便便就取人性命的做法，所以她只能衝上去攔在那小丫頭的面前，硬著頭皮勸道：「衝動是魔鬼，妳要是殺了他，妳就變成了殺人犯，官府是不會放過妳的。」

小丫頭卻依舊不肯放下手中的剪刀，皺著眉衝她低聲喊道：「這位小姐，妳將他傷成這個樣子，妳以為孫家會放過妳嗎？殺了他咱們還有可能瞞天過海，放他出去咱們才是必死無疑！妳趕緊讓開，小心濺了妳一身血。」

姚婧婧簡直一個頭、兩個大，這小丫頭明明就還是一個孩子，怎麼動不動就喊打喊殺，看起來十分違和。「別急、別急，妳先把剪刀放下，我有辦法讓孫晉陽不敢來找我們麻煩。」

見小丫頭那巴掌小臉露出一副不太相信的模樣，沒辦法，姚婧婧只能定了定神，從懷裡掏出一個白色藥瓶，從瓶中倒出一粒暗紅色的藥丸。

小丫頭伸頭瞅了瞅，瞪著眼睛問道：「這是什麼？」

姚婧婧鄭重其事地介紹道：「這是我獨門配製的一種劇毒藥品，名叫腐骨穿心丸，中了此毒之人若是沒有按時服用解藥，就會腸穿肚爛，骨體銷蝕，渾身化為一灘污血而亡，那模樣，嘖嘖，別提有多淒慘了。」姚婧婧故意提高聲調，用誇張的表情繪聲繪色地將這毒藥的威力形容了一番。

孫晉陽的臉上果然露出了恐懼的神色，與他不同的是，面前這小丫頭的眼中卻露出了一臉崇拜的表情。

「小姐，您真是太厲害了，竟然還會製作毒藥，您這一招果然比較高明，像這種十惡不赦的壞人，就是應該讓他多受點折磨，趕緊把這毒藥給他吃了。對了，您可千萬別給他解藥，就應該讓他像您說的那樣，死後變成孤魂野鬼，永世不得超生！」

姚婧婧對此卻不置可否，她拿著那顆藥丸走到孫晉陽的面前，冷眼望著他。「孫二少爺，這位小姑娘的話你聽到了嗎？看來你平日裡的確是作惡多端，想要你性命的人可不只我一個呢！」

「嗚嗚嗚……嗚……」孫晉陽明顯害怕了，一邊掙扎，一邊衝著姚婧婧瘋狂地搖頭。

姚婧婧明白他的意圖，突然將話鋒一轉。「只是作為一名大夫，我向來只會救人，還從來沒有殺過人，這也是我為什麼製了毒藥又配了解藥的原因。」

「小姐是怕被這種人髒了手？沒關係，我願意替您代勞。」

姚婧婧的話音剛落，小丫頭就衝到她身前，一手接過她手中的毒藥，另外一手扯掉孫晉陽嘴裡的床單，把毒藥往他的嘴裡塞。孫晉陽自然不肯乖乖就範，小丫頭竟然直接捏住他的臉頰，迫使他張開嘴，只聽得「咕嚕」一聲，那顆腐骨穿心丸就落進了孫晉陽的肚子裡。

孫晉陽正欲呼救，突然脖間又是一涼，那把要命的匕首又架在了他的脖子上。

姚婧婧蹲下身子，一臉平靜地望著他。「孫二少爺還不想死？」

孫晉陽立刻點頭如搗蒜，他長這麼大，第一次體會到什麼叫做搬石頭砸自己的腳。這些被他視若螻蟻的女人狠戾起來竟然能要了他的命，這對他來說還真是諷刺。

「那好，這腐骨穿心丸的解藥每隔十天就得服用一次，如果你乖乖聽話，不來尋仇滋事找我兩人的麻煩，我就會定期提供解藥；若是你偏偏不信這個邪，非要用自己的性命來賭一賭，那我也奉陪到底。」

孫晉陽顯然已被嚇破了膽，哆哆嗦嗦地說道：「不……不敢，我不尋仇，妳一定要給我解藥，我不想死啊！」

目的達到，姚婧婧示意那個小丫頭將孫晉陽的嘴重新堵上。

小丫頭卻嫌孫晉陽動來動去的太麻煩，抓起桌上的一柄燭臺直接將他敲暈過去。

姚婧婧暗自吞了一口口水，這小丫頭的性格還真是……讓她自愧弗如。

孫晉陽這個禍害算是暫時被料理了，可門口有那兩個看門狗守著，如何出去還是一個難題。那個小丫頭一眼看出了姚婧婧的顧慮，竟然伸手指了指頭頂上的大洞，姚婧婧忍不住張大了嘴巴。這小丫頭以為她是空中飛人嗎？自己從小連樹都沒有爬過一棵，怎麼可能完成這麼高難度的動作？眼見小丫頭一而再、再而三地催促，姚婧婧只能一邊搖頭，一邊往後退，誰知那丫頭卻突然傾身向前，躥到她眼前，露出一個意味深長的笑容。

姚婧婧心裡突然有一種不好的預感，可她還沒來得及說什麼，小丫頭的手就摟住了她的腰，下一秒她就覺得身子一輕，整個人猶如騰雲駕霧一般飛身而起。這種突然失重的狀態讓姚婧婧腦子一片空白，等她再睜開眼時，卻發現自己已經到了一個完全陌生的地方。

「這……這到底是怎麼回事？」姚婧婧內心的驚駭簡直無以復加，若非親身體驗，她絕對不敢相信這個世界上真的有「輕功」這種違背地心引力的事物存在，而且這種在她看來猶如神技的武林絕學，竟然出現在一個尚未成年的小丫頭身上，這簡直是太不可思議了。姚婧婧拍了拍自己的胸口，長呼了一口氣，難以置信地問道：「妳真的是孫家的丫鬟？」

小丫頭一臉篤定地點點頭。「千真萬確，我被上個主人賣到孫家當丫鬟已經整整十天了，原本是負責整理花圃的，卻不小心撞見了那個一肚子壞水的二少爺，他就想方設法地把我調到他跟前伺候，然後有事、沒事就想來占我便宜，要不是我機靈，早就和其他那些小丫鬟一樣遭到他的魔爪了。」

小丫頭臉上的表情很是氣憤，姚婧婧卻是一個字也不敢相信。開什麼玩笑，尋常的小丫鬟怎麼可能有這麼好的身手？姚婧婧忍不住瞪著眼問道：「妳這哪裡是機靈，妳到底是什麼人？妳到孫家才十天而已，那妳之前是做什麼的？」

小丫頭突然嘆了一口氣，緩緩地回道：「我的家在一水之隔的埕陽縣城，由於家裡太窮，從小我爹娘就把我賣給一家富戶當童養媳，後來主人家的兒子得了怪病死掉了，主家婆認為是我剋死了她的兒子，便把我轉賣給一家開妓院的老鴇，專門伺候樓裡那些當紅的姑娘，只是後來……」

「後來怎麼樣？」姚婧婧聽得已經有些入迷了，忍不住連連催促道。

小丫頭的臉上露出憂愁的神色。「可能我生來就運氣不好，沒有一個地方能待得長久，原本生意極好的妓院在我去後不久，就因為惹上了人命官司被官府查封了，我也被拉到人市上重新發賣。之後前前後後又伺候了三、四個主子，其中一個是一家鏢局老闆的千金，那位小姐對我算是不錯的，只不過她每天夢想成為像她爹爹一樣闖蕩江湖的大俠客，還拉著我陪她一起練功；可是由於我力氣太小，練了兩年多的功夫卻只學會了一些逃跑的招式，其他那些刀槍棍棒卻是一竅不通。」

「這逃跑的功夫就是世界上最厲害的，怪不得那個孫晉陽沒能奈妳何，妳這動不動就飛簷走壁的，誰又能追得上妳呢！」在姚婧婧看來，這個小丫頭的人生經歷已經算得上是傳奇了，小小年紀就有如此豐富的閱歷，讓她這個活了兩世的人都自嘆不如。

「可我畢竟不是天上的燕雀，這門功夫也不能換來填飽肚子的米糧，我依舊逃脫不了被賣來賣去的宿命；這不，上個月我不小心打爛了主家一只看起來很值錢的花瓶，主家一氣之下又把我賣了，恰逢孫家要辦喜事亟需添置人手，我就跟著孫家的大管家來到了長樂鎮。」

姚婧婧一邊對她的遭遇表示同情，一邊在心裡揣測這丫頭的話到底是真是假？或者說，是有幾分真、幾分假？不知為何，姚婧婧心裡總覺得這丫頭的來歷不簡單，她的背後一定還有什麼不為人知的秘密，不過她既然不肯說，姚婧婧也沒有多問，身為一個現代人，這點人權意識還是有的。

折騰了半天，時辰已經不早了，姚婧婧抬頭望了望，如今她們身處的位置應該是與元寶巷有一牆之隔的大馬巷，從這裡一直往前走就是回村的路。

「小妹妹，今天真的是謝謝妳，如果不是妳及時出現，我還真不知該怎麼辦才好，可是妳得罪了孫晉陽，孫家恐怕是再難回去了，妳日後打算怎麼辦呢？」

小丫頭搖了搖頭，一臉茫然地回道：「我也不知道，我的賣身契還在孫家，沒有那張紙，我就是一個黑戶，就算是去給人當丫鬟也沒人肯要我的。」

「那妳不如就回家去吧！我請艘小船將妳送回埕陽，再送妳一筆安身立命的錢財，妳的家人肯定不會為難妳的。」

姚婧婧的提議卻得到了小丫頭的強烈反對。「不行，我不回去！從前我那麼難的時候都沒有想過回去，如今我已經長大了，也不再需要他們了，這輩子我就當自己是從石頭縫裡蹦出來的，什麼血脈親情都和我沒有關係。」

姚婧婧不由得有些傻眼了，這也不行、那也不行，這丫頭難不成也打算去闖蕩江湖嗎？

正當姚婧婧一籌莫展時，小丫頭突然湊到她跟前眨著眼問道：「不知小姐家裡缺不缺丫鬟？」

姚婧婧嚇了一跳，立即向後跳了一步。「開什麼玩笑？小妹妹妳看清楚，我可不是什麼小姐，我家裡只是一個普通的農家，祖上幾十代都沒有用過丫鬟、僕人，妳趕緊死了這條心吧！」

誰知小丫頭竟還賴上她了，一把扯住她的胳膊大聲嚷道：「我不管，從今以後我跟定您了，我得罪了孫二少爺，他肯定不會放過我的。我算是看明白了，只有您有辦法對付他，再怎麼說我今日也算是救了您一命，您就忍心看著我流落街頭、無家可歸嗎？」

這下姚婧婧徹底無話可說了，這個從天而降的小丫頭身上雖然還有許多值得懷疑的地方，可她救了自己卻是鐵打的事實，自己還真沒辦法就這樣丟下她不管。

小丫頭彷彿看出她的猶豫，立即黏上前，一臉乖巧地央求道：「小姐，您就收下我吧！我可以不要工錢的，您隨便賞我口飯吃就行了。您別看我個頭小，我會幹的活可多了，什麼洗衣做飯、捶背按摩，通通都不在話下，您可以帶我回去先試用兩天，若是嫌我伺候得不好再趕我走也不遲啊！」

看來這個小尾巴無論如何是甩不掉了，姚婧婧忍不住長嘆一聲，無奈地問道：「小妹妹，妳叫什麼名字？」

「像我這樣身家、性命都捏在旁人手裡的丫頭，哪有什麼正經名字，都是主人家願意叫什麼就叫什麼，如今我既然已經跟了小姐您，就煩勞您給奴婢賜個名吧！」小丫頭說完竟然撲通一聲跪在地上，衝著姚婧婧磕了個響頭。

姚婧婧連忙拉起她，有些為難地說：「我比妳也大不了兩歲，哪裡會取什麼名字。」

小丫頭卻一臉崇拜地望著她。「小姐隨便賞一個就好，我覺得您學識淵博，很有取名字的天賦呢！就像剛才那個毒藥，腐骨穿心丸，這名字取得多霸氣啊，光是聽到就能嚇破那些壞人的狗膽。」

姚婧婧只能啞然失笑，自己情急之下胡謅了一個藥名竟讓這小丫頭給記住了，只是這給人取名和給藥取名能一樣嗎？對啊！姚婧婧突然一拍腦門，其實很多中藥的名字聽來頗有寓意，叫起來也琅琅上口，用來做人名也很不錯啊！就像自己的爺爺姚景天，還有她那個不知身在何處的小徒弟南星，皆是以藥為名。

「要不以後我就喚妳白芷吧！妳也不要叫我小姐了，我姓姚名婧婧，家就住在前面的清平村，妳可想好了，我家裡可不是一般的窮，妳確定要跟我一起回去嗎？」

小丫頭一聽這話，立即又跪了下去。「多謝小姐賜名，從今以後您就是我的主子，哪有做奴才的直呼主子姓名，這可是大逆不道的事，恕白芷實難從命。從小到大，什麼樣的苦我都吃過，只要您願意收留我，我絕不敢有絲毫埋怨。」

話說到這個分上，除了帶著她一同回去，好像也沒有別的辦法，姚婧婧只能認命了。她正抬腳欲走，白芷卻一下子攔在了她的身前。

「小姐，您先找個沒人的地方躲一躲，我去給您弄套乾淨衣服回來。」

姚婧婧這才察覺到自己身上沾染了許多鮮血，若是就這樣大搖大擺地走出去，被人看見了又是一番麻煩。

好在白芷做事極有效率，很快就在街上的成衣店裡給她買了一套新衣服回來，姚婧婧找了個僻靜的地方換了，這才接著往家裡趕。

第六十二章　丫鬟白芷

兩人回到家時，正好趕上晚飯時間，姚婧婧原本還怕姚老太太看到她驟然帶了一個陌生人回來會來找她麻煩，結果大房那邊今天晚上看起來很熱鬧，所有人都圍坐在姚老太太房裡，不時還傳出陣陣久違的笑聲，這可真是稀奇事。姚婧婧驚奇之餘也有些慶幸，至少省了一場鬥嘴。

雖然姚婧婧一再強調要娘親多休息，可賀穎卻是一個閒不住的人，每天還是瞅到空檔就鑽到廚房給丈夫和閨女準備飯菜。

剛才在路上時，姚婧婧已經把自個兒家裡的情況大致向白芷介紹了一下，這丫頭是個有眼力見兒的，一進廚房就跑過去搶走賀穎手中的鍋鏟。

「夫人，您趕緊歇著，以後這些活都交給我吧！」

賀穎瞪著眼，瞅了瞅面前這丫頭，又瞅了瞅自家閨女，簡直是一頭霧水。「二妮，這、這是怎麼回事？」

姚婧婧自然不會將詳情一五一十地全都告訴娘親，以她那脆弱的心臟哪裡承受得了這麼血腥的事情。「娘，妳現在身子不方便，所以我特地找了個小丫鬟回來伺候妳。」

此話一出，賀穎臉上的表情不只是驚恐，簡直就是驚嚇了。「二妮，妳在胡說什麼？咱們鄉下人家哪裡有使喚丫鬟的，要是讓人知道了，還不得罵咱們忘本。娘的身子沒問題，妳趕緊讓這丫頭回去吧！」

姚婧婧癟了癟嘴，娘親的反應和她預想的一模一樣，她轉過頭，一臉無辜地瞅著白芷，意思就是：妳自己看著辦吧！

白芷沒有絲毫猶豫，丟下鍋鏟，撲通一聲跪在地上，抱著賀穎的腿開始聲淚俱下地哀求。「夫人，求求您大發慈悲，千萬不要趕我走。我爹娘都不要我了，把我賣給人家當丫鬟，可是我不小心犯了大錯，原先的主人家正滿世界地追殺我，我實在是無處可去了，求求您就讓我留下來吧！」

「使不得、使不得，這孩子，妳先起來再說。」賀穎原本就心軟，眼前這個比自家閨女還矮半個頭的小丫頭哭得叫一個淒淒慘慘，瞬間就讓她沒了主意。「小姑娘，不是我不願意收留妳，咱們這個村本就不大，每門每戶是個什麼情況大家都一清二楚，妳說咱們房裡突然多了一個人，妳讓我如何跟人家解釋啊！」

姚婧婧一直覺得娘親在某些方面實在是謹慎過了頭，有錢不敢花、有好衣裳不敢穿，就連平時灶上添兩個好菜都要思慮再三，生怕人家說閒話。

這種心理讓姚婧婧覺得很是憋屈，在她看來自己不偷不搶，憑自己的本事和努力發家致富，改善自家的生活條件本就是天經地義的事啊！

「娘，妳到底在怕什麼？前幾日我去五嬸娘家，那湯家大舅舅還從鎮上請了一個手藝了得的廚娘專門伺候他們一家子的一日三餐，其他人看了也只有羨慕的分，誰又會在背後亂說什麼？」

賀穎卻皺著眉搖頭道：「那能一樣嗎？湯家可是咱們村除了里正家之外最富裕的人家，更重要的是他們家出了一位秀才，可能馬上就是舉人老爺了，咱們如何能比得上。」

白芷原本只是默默地聽著，此時卻突然趁姚婧婧母女倆不注意，拿起案上的一把菜刀架在自己脖子上。「夫人，您要是實在不願意收留我，我也不能強逼您，反正都是死路一條，我不如現在就自己了結了，還落個乾淨。」白芷說完咬咬牙，竟真的做出要抹脖子的動作。

賀穎嚇得驚呼一聲，猛地撲上前攔住她。「不要啊！小姑娘，妳可千萬別衝動，先把刀放下，咱們有話好好說。」

白芷哪裡肯依，不停地哭喊道：「妳們都別管我，讓我死、讓我死——」

賀穎急得快哭出來了，轉頭對著自家閨女喊道：「二妮，妳快來攔著她啊！」

姚婧婧雖然知道這小丫頭在使苦肉計，可娘親如今懷有身孕，一把大菜刀在眼前揮來揮去實在有些嚇人。「白芷，快把刀放下，我娘她答應留下妳了。」

白芷暫時止住哭聲，一臉懷疑地看著賀穎。

賀穎只能一咬牙，點頭道：「沒錯，小姑娘，妳想留就留下來吧！」

白芷大喜過望，扔下菜刀跪在地上，不住地磕頭。「謝謝夫人、謝謝小姐，妳們的大恩大德，白芷沒齒難忘。」

姚婧婧看著一臉驚魂未定的娘親，心裡對這個古靈精怪的丫頭也很是無語。

「好了、好了，妳趕緊起來吧！看把我娘給嚇的，我扶她回房歇息一會兒。」

白芷連連點頭。「是是是，都是白芷的錯，夫人您好好休息，這裡就交給我吧！」

姚婧婧把娘親扶回房間坐了好一會兒，賀穎才緩過神來。

賀穎雖然迫於無奈答應留下白芷，可心裡的憂慮卻並未就此消除。

由於心裡有事，第二天一早姚婧婧就趕到鎮上想找孫晉維打探一下消息。昨日情急之下，她用幾顆糖豆子冒充毒藥暫時鎮住了孫晉陽，可難保他過後突然醒悟過來，面對這個心思歹毒的男人，她必須早做準備。

然而，讓她意想不到的是，孫晉陽比她想像中更加惜命，竟然連夜帶著家眷、奴僕直奔臨安，尋找名醫為自己解毒去了。

不瞭解內情的孫晉維是一頭霧水，他只知道嫡母和二弟此行一時半刻怕是回不來了，這對他來說也算是一種解脫，終於可以過幾天舒心的日子了。

姚婧婧並不是一個睚眥必報的人，可她也不會忘記當初是誰設計將她誘騙到元寶巷，險些將她置於萬劫不復之地的；然而姚大妮卻像是消失了一般，再也沒在長樂鎮上出現過。

姚婧婧不打算耗費心力去找她，在這個社會，一個被夫家拋棄的小妾，注定不會有什麼好的出路，就讓她自生自滅吧！

製藥坊的工作逐漸走上了正軌，除了金創藥，姚婧婧還研製出了其他幾款藥方，這些成品藥膏價格實惠、藥效極佳，一推出就受到了百姓的追捧，借此東風，杏林堂一躍成為附近十里八鄉最有名的藥鋪，前來問診的人絡繹不絕，胡掌櫃和姜老大夫每日忙得人仰馬翻，可心情卻是無比舒暢。
姚婧婧在外面忙，姚家眾人也沒有閒著。
姚老太太見三兒子一家竟明目張膽地開始使喚丫鬟，心中自然憤憤不平，於是便每日想方設法地找白芷麻煩，目的就是想給姚婧婧添堵，想讓她明白誰才是真正的一家之主。
姚婧婧原本還替白芷擔著心，生怕她禁受不住姚老太太的百般搓揉，誰知一進大門卻聽到姚老太太撕心裂肺的哭喊聲，且聲音中竟然還帶著一絲驚恐的意味。
姚婧婧正覺得奇怪，一個嬌俏的身影突然躥到她跟前，滿臉笑意地和她打著招呼。
「小姐，總算是把您給盼回來了，怎麼樣，今天還順利嗎？」
姚婧婧打量著眼前活蹦亂跳的白芷，確定她身上真的是毫髮未損，這可真是出乎她的意料，難不成是姚老太太良心發現，暫且放了她一馬？
姚婧婧正準備細問，賀穎卻憂心忡忡地走了過來，拉著閨女的手，示意她有什麼話進房再說。
三人一起回到房裡，姚婧婧連忙追問道：「奶奶這是怎麼了？這個時間了還不生火做飯，罵罵咧咧地做給誰看呢？」
賀穎沒有回答她的問題，反而板著臉質問道：「還說呢！二妮，妳老實告訴娘，這主意是不是妳給白芷出的？」
姚婧婧只覺得一頭霧水，瞪著眼問道：「主意？什麼主意？」
白芷連忙在一旁解釋道：「夫人，請您相信我，這事跟小姐真的沒有關係，都怪我做事情笨手笨腳的，才惹出這麼大的禍端，我真的不是故意的。」

姚婧婧越聽越糊塗，忍不住跺了跺腳，大聲問道：「哎呀，究竟發生了什麼事？妳們快說啊，真是急死我了。」

賀穎嘆了一口氣，有些無奈地說：「白芷這丫頭存心給妳奶奶搗亂，妳奶奶讓她灑掃，她不是撞倒了櫃子就是絆翻了椅子；讓她去河裡洗衣，結果半籃子衣裳都漂走了；最過分的是讓她燒火煮飯，她竟然把廚房都給燒了，要不是妳大伯他們搶救及時，結果真是不堪設想。」

姚婧婧也沒想到這小丫頭這麼能折騰，呆了好半天終於忍不住「噗哧」一聲笑了出來。

白芷原本還有些忐忑，見到姚婧婧的反應頓時鬆了一口氣，一把摟住她的胳膊，臉上露出討好的笑容。「小姐。」

賀穎簡直快被這兩個天不怕、地不怕的小魔王給弄昏了頭，面紅耳赤地指著兩人說道：「妳們兩個胡鬧也要有個限度，妳奶奶被氣得胸口疼，差一點暈了過去，這事還不知怎麼收場呢！」

姚婧婧連忙收起笑容，輕聲勸道：「娘，事情都已經這樣了，妳再著急又有什麼用呢？我覺得咱們家就缺一個像白芷這樣豁得出去的狠角色，讓大家知道咱們也不是好欺負的，否則奶奶總把咱們當軟柿子踩。」

賀穎知道說不通這兩個無法無天的丫頭，只能搖了搖頭，轉身出去了。

白芷看著她的背影，怯怯地問道：「小姐，我是不是做錯了？」

姚婧婧搖了搖頭，堅定地說：「沒有，妳只是做了我一直想做而不敢做的事，反正妳就一口咬定不是故意的，有我護著妳，奶奶她不敢把妳怎麼樣的。」

「小姐，妳真好，我就知道妳不會不管我的。」見到姚婧婧願意為自己撐腰，白芷笑眼彎彎，一臉崇拜地看著她。

第六十三章 醫鬧

為了獎賞白芷的「勇猛機智」，第二天姚婧婧特意將她帶在身邊，好讓她出門散散心，這些日子待在姚家她實在是憋屈壞了。

可誰知兩人剛走到鎮口，就聽到身後傳來一陣疾呼。

「大東家、大東家，不好了、不好了，杏林堂出事了！」

慌慌張張跑過來的是一個年輕的小夥子，名叫姜瑜。

最近杏林堂裡生意太好，光靠姜大夫和胡掌櫃兩人實在是難以應付，在姚婧婧的提議下，姜大夫把自己本家的一個姪孫、曾經跟著自己學了幾年醫的姜瑜給請來幫忙。

「慢點說，到底發生了什麼事？」姜瑜雖然年紀不大，但行事向來穩重，姚婧婧從來沒見過他如此驚慌失措，由此可見事情的嚴重性。

只見姜瑜扶著院子裡的一棵大樹，使勁地喘了幾口粗氣，這才斷斷續續地將事情的原委一一道來。

原來三天前店裡來了一位三、四十歲的中年男病人，他聲稱自己吃了不乾淨的東西，導致上吐下瀉、渾身無力。姜大夫接診後確定他所說的基本屬實，就給他開了一副止瀉的藥，讓他回去煎服；誰知剛剛那個男人又來了，而且是被幾個壯漢給抬來的，領頭的是一個和他年紀不相上下的男子，自稱是躺著那位病人的表哥。

他讓那幾個壯漢把手裡的擔架堵在杏林堂門口，本就狹窄的大門被堵了個嚴嚴實實，想進的進不去，想出的出不來，不僅病人越擠越多，許多聞風來看熱鬧的人更是把半條街都圍了個水洩不通。

「那個男人到底怎麼了？」姚婧婧雖然沒有親眼見過那個病人，可腹痛、腹瀉只是尋常病症，依姜大夫的老道，應該不會誤診。

姜瑜顯然也很茫然，他搓著手搖頭道：「不知道啊！只是他那個表哥罵罵咧咧的，說病人吃了咱家的藥，病情不僅沒有好轉，反而越發嚴重了，直到今天早上一直不見動靜，進去一看已是面如白蠟，徹底暈死過去了。」

姚婧婧心裡猛地一涼，追問道：「面如白蠟？除此之外還有其他症狀嗎？」

姜瑜哭喪著一張臉，後怕不已地回道：「哪裡有機會細看，您是不知道他那個表哥有多厲害，一進來就把咱們鋪子裡的桌椅、板凳砸了個稀碎，還揪住我二大爺的衣領不放，罵他是草菅人命的庸醫，我二大爺那麼大一把年紀了，哪裡受得了這個，登時兩眼一翻，暈了過去。」

姚婧婧心知不妙，連忙跟著姜瑜往杏林堂趕去，可走到門口卻被看熱鬧的人給堵在了外面，半天都動彈不得。最後還是白芷施展飛簷走壁之術，帶著她從後院進入大堂。

發生了這麼大的事，統領長樂鎮上所有治安事務的周捕頭不得不出面了。周捕頭為人倒還算公正，只可惜腦子不太靈光，尤其是涉及到醫療之事更是一竅不通，於是乎他便請了熟識藥理的一位程老闆前來幫忙。

這位程老闆原本也在鎮上開藥鋪，只是世間之事此消彼長，杏林堂的生意好了自然會影響到其他的藥鋪，這程老闆便是第一個堅持不下去，關門大吉的。

此時大廳之內已是一片狼藉，周捕頭帶著程老闆翻箱倒櫃地檢查藥品，想從中發現一些異常之處，一名膀大腰圓的男子則怒氣沖沖地站在門口不停地叫罵著。

姜瑜縮了縮脖子，輕輕地在姚婧婧耳邊介紹道：「這就是那個病人的表哥，姓鄭，自己給自己取了一個混名，叫鄭一刀。平常以幫人家殺豬宰羊餬口，性格暴躁，行事魯莽，大東家您可一定要當心啊！」

姚婧婧點了點頭，冷眼審視著這個名叫鄭一刀的男子。按理說如果地上躺著的那個人真是他表弟的話，他臉上多少應該會流露出一些悲傷的情緒，但很可惜，姚婧婧卻沒能尋覓到分毫；不過很快地她又有了一些意外的發現，這個鄭一刀雖然站在門口不停地叫罵，還好幾次伸手推搡前來求情的胡掌櫃，可他的眼睛卻總是時不時地瞟向某個地方。

姚婧婧順著他的目光，很快地看到了一個熟悉的身影。程老闆今日雖然打扮得很是低調，且此時正默默地縮在牆角冷眼看戲，可他眼裡的緊張還是出賣了他。

姚婧婧暗暗地鬆了一口氣，一開始她還真怕是姜大夫的誤診導致了什麼嚴重的醫療事故呢，至於這些故意來尋釁滋事的醫鬧，她保證會讓他們對自己的愚蠢行為付出代價。

周捕頭那邊找了一圈卻什麼都沒有發現。

胡掌櫃此時早已是焦頭爛額，見到周捕頭更是撲通一聲跪了下去。「周捕頭明鑒啊，我這回真是冤枉啊！胡某活了大半輩子，一直本本分分地做生意，杏林堂的口碑在咱們鎮上也是有目共睹的，你就算給我十個膽子，我也不敢草菅人命啊！」

鄭一刀立刻露出一臉凶相，瞪著眼睛斥罵道：「事到如今，你們還想找藉口推託責任？你們杏林堂找了這麼一個耳花眼盲的老貨來坐堂問診，簡直不把我們這些病人的生死看在眼裡！」

胡掌櫃氣得手都在抖。「這……這是哪裡話？姜大夫自幼從醫，已經在咱們杏林堂坐診了幾十年堂，從來沒有出過差錯，你……你不要血口噴人！」

鄭一刀哪肯示弱。「我血口噴人，分明是你們店大欺客！」

「都給我住嘴！」周捕頭被吵得暈頭轉向，看來想當一個明察秋毫的主審官也不是那麼容易的事，他將程老闆叫到跟前追問道：「程老闆，你看這方子有沒有問題？會不會把人吃死？」

程老闆嚇了一跳。「吃死人？不會的、不會的，這就是一個普通治療腹瀉的方子，姜大夫的用量也都很安全，就算病人吃了沒治好病，也不會對身體造成什麼損傷，只是……」

「只是什麼？」程老闆的遲疑讓周捕頭看到了一絲希望，他連忙追問道：「程老闆，有什麼問題嗎？」

程老闆並沒有急著回答周捕頭的問題，而是抓起一把筐中的藥材來到門口的亮光處仔細觀察，甚至還拿了一些放進嘴裡細細品嚐。

不明就裡的周捕頭轉頭對著胡掌櫃問道：「這是什麼？」

「白、白朮啊！」胡掌櫃只覺得丈二金剛，摸不著頭腦，這些藥材都是他親手放進去的，應該不會出什麼差錯。

姚婧婧心裡卻突然有了一種不好的預感，雖然隔著好幾步遠的距離，她也察覺出程老闆手中的藥材有些蹊蹺。

終於，程老闆抬起頭，一臉嚴肅地宣判道：「這不是真正的白朮。」

周捕頭對藥材一竅不通，只能乾瞪著眼睛繼續問道：「不是白朮，那是什麼？」

「是菊三七。」程老闆為顯慎重，將手中的藥材捧到周捕頭面前細心地和他解釋。「周捕頭請看，這菊三七的外表雖然看起來和白朮非常相似，可細微之處還是有差別的。菊三七比白朮短，切片面的色澤與真品差距較大，而且……」程老闆說了一大堆。「另外，真正的白朮嚼起來有黏性，而菊三七則沒有……」

周捕頭是越聽越糊塗，最後他有些不耐煩地打斷道：「你就直接告訴本捕頭，這兩種藥有什麼區別便是。」

程老闆有些為難地瞅了胡掌櫃一眼，最後嘆了一口氣說道：「這菊三七雖然也可以入藥，但卻有一定的毒性，過量服用會對人的肝臟造成不可挽回的損傷；假若恰好遇到對這種毒素反應強烈的病人，有可能造成致命的危險。」

程老闆這一番話無異於判了杏林堂死刑。

鄭一刀頓時激動不已地對著周捕頭高呼。「我就說吧，是他們用假藥害死了我表弟！周捕頭，你趕緊把這些利慾薰心、喪盡天良的殺人凶手給抓起來，除了我表弟，這鎮上不知還有多少人被杏林堂的假藥所害，真真是作孽啊！」

案情這麼快就水落石出，周捕頭心中忍不住有些得意，此時正是他顯威風的好時候，他如何能錯過。「大膽胡掌櫃！為了區區蠅頭小利，竟然敢做下如此傷天害理的惡事，把全鎮百姓的性命當成兒戲，如今人證、物證齊全，你還有什麼好說的？」

「我冤枉啊！周捕頭。」此時的胡掌櫃除了喊冤，似乎已經辯無可辯。他實在想不清楚，他親手放進藥櫃裡的白朮怎麼突然之間變成了有毒的菊三七？雖然他心中感到絕望，卻並沒有向姚婧婧求救的意思，他欠大東家的太多、太多了，如果能替她頂下這無妄之災，也算是報答她對自己的恩情了。

程老闆似乎有些於心不忍，對著周捕頭拱手求情道：「周捕頭，胡掌櫃在咱們鎮上做了幾十年生意，口碑一直很好，從來沒有發生過這樣的事情，也許是最近杏林堂的生意太好，他一時忙暈了頭，才錯把菊三七當成了白朮，還請您念在大家同住一鎮的分上，對他從輕發落吧！」

胡掌櫃卻不打算領這個情，堅持為自己和杏林堂辯護。「我沒錯，這是有人惡意栽贓、陷害，這是一個陰謀。」

「程老闆，你倒是個實在人，這杏林堂砸了你的飯碗，你卻還肯替胡掌櫃說話，今天多虧有你幫忙，才能如此順利地結案，改天你到衙門裡來找我，本捕頭要好好嘉獎你一番。」

聽周捕頭的意思，是打算就此結案了。胡掌櫃心中冰涼一片，連求饒的話都說不出口了；然而姚婧婧臉上卻依舊沒有絲毫表情，只是目不轉睛地盯著大門的方向。

「沒、沒死？動、動了！」

關鍵時刻，門外突然傳來了姜瑜驚慌失措的高喊聲，緊接著便是看熱鬧的百姓們發出的一聲聲夾雜著驚恐的呼叫聲。

「詐屍啦！」

「有鬼啊！」

一個在大庭廣眾之下死了半天的人，竟然冷不丁地自己坐了起來，這樣的場景對任何人來說都是莫大的衝擊；要不是因為頭頂上豔陽高照，身邊還有一大堆街坊鄰居做伴，在場的人只怕早就嚇得抱頭鼠竄了。

周捕頭正準備凱旋離開，沒想到風波又起，很是不悅地皺眉道：「到底是怎麼回事？」

「那個病人，又活了！」

「什麼？這怎麼可能？我剛剛明明已經摸了他的脈搏，的確是死透了啊！」

鄭一刀明顯不相信姚婧婧的話，也不等周捕頭吩咐，轉身大踏步衝出了門外。

其他人不明就裡，也跟著衝了出去。

胡掌櫃今日莫名承受了不白之冤，心中自然是悲憤難當，可當他看到眼前那死而復生的病人時，心中的委屈與憤怒全都消失不見了，剩下的只有驚訝。要知道，在鄭一刀將他表弟抬來後，他是第一個上前檢查的，當時這個人面如白蠟、雙眼緊閉，既沒有呼吸、也沒有心跳，這不是死了又是什麼？可如今，他的的確確是自己坐了起來，不僅睜開了眼睛，還一邊咳嗽、一邊嘔吐，那架勢好像要把自己的心肝脾肺腎全部都吐出來似的。

他吐出來的那些東西不僅呈現出詭異的黑紫色，還散發著一種令人作嘔的腥臭之氣，令身旁之人紛紛掩鼻退後。

姚婧婧卻連眉頭都沒皺一下，一臉關切地上前問：「你感覺如何？要不要喝點熱水？」

那個死而復生的病人感覺很難受，聽到姚婧婧的建議立即點點頭，一臉感激地望著她。

姚婧婧吩咐身旁的白芷去後堂倒水，自己則掏出手帕，親自替他擦掉身上的污漬。

眾人這下看得眼都直了，誰能想到一個看起來弱不禁風的小姑娘居然有這麼大的膽量，敢去碰觸一個不知是人是鬼的妖怪。

就連周捕頭也好心地勸道：「小丫頭快過來，此人又髒又臭，渾身上下還透著一股邪氣，妳還是離遠一點比較好。」

姚婧婧轉頭嫣然一笑。「他的臉是熱的，他沒死，他還活著呢！」

周捕頭努力將一雙小眼瞪到最大。「真……真的？」

姚婧婧點點頭。「真的呢！程老闆，你要不要來檢查一下？」

程老闆明顯有些踟躕，眼中甚至還閃過一絲難以察覺的慌亂。

最可笑的還是鄭一刀，自從踏出杏林堂的大門後，他的嘴巴就一直保持著能塞進一個饅頭的大小，呆立在門口一動也不動，彷彿石化了一般。

胡掌櫃卻恰恰相反，剛回過神就異常激動地撲了上去。如果這個人沒有死，那他草菅人命的罪名也就不存在了，這對他而言簡直是峰迴路轉，絕處逢生啊！「沒死！真的沒死！周捕頭您快來看，這個人真的還活著啊！」

這下所有人都鬆了一口氣，紛紛湧上前，圍觀這難得一見的詭異發展。

第六十四章　幕後黑手

眼前這中年男子的模樣看起來真的非常落魄，一身黑不溜丟的衣服是補丁疊補丁，亂草一般的頭髮上面爬滿了蝨子，明顯好幾個月都沒洗過。

在姚婧婧的耐心照料下，他終於慢慢停止了嘔吐，可很快地，更糟糕的事發生了，一滴一滴的鮮血不停地從他的口鼻中淌出來。

姜瑜手忙腳亂地拿著條白布想將他的鼻孔塞住，可鮮血很快就將紗布全部浸透。

這名中年男子從頭至尾一言不發，只是摀著肚子，露出一臉痛苦的表情，整個人看起來很虛弱，好像隨時都會再次斷氣。

「這到底是怎麼回事？」周捕頭在長樂鎮當了這麼多年的捕頭，還從來沒見過如此駭人的情景，一時也不知如何是好。

沈默許久的程老闆此時卻突然上前，尖著嗓子驚叫道：「此人雖然還沒死，可他服用了大量的菊三七，這正是毒性發作的表現。」

姚婧婧抬頭冷冷地看了程老闆一眼，突然揚聲，一字一句地回道：「他的的確確是中了毒，只是這毒和菊三七卻無絲毫關係。」

「小丫頭，妳、妳知不知道妳到底在說什麼？」原本在他眼中嬌憨可愛的小姑娘突然像變了一個人似的，周身散發出一股讓人無法輕視的冷冽氣質，這讓周捕頭如何不驚？

姚婧婧從懷中掏出一個小小的白瓷瓶，裡面裝的是她之前在臨安城時為衛國公特製的解毒丸，最後衛國公突然暴斃，這些藥丸也就剩了下來，她一直把它帶在身上，沒想到在這時候有了用武之地。

程老闆急得在一旁大叫。「妳那是什麼玩意兒？此人現在性命垂危，千萬不能隨意用藥。」

姚婧婧卻連看都不看他一眼，直接將手中的藥丸塞到病人嘴裡，吩咐白芷幫忙餵水。直到藥吞下肚，姚婧婧才輕輕地說了一句。「程老闆請放心，出了任何事，我姚婧婧負責到底。」

程老闆簡直氣得跳腳。「周捕頭，您看她……」

周捕頭卻像是沒聽見一般，只是瞪著眼看著姚婧婧，有些難以置信地問道：「小丫頭，妳說妳叫什麼名字？」

姚婧婧將病人交給姜瑜，站起身對著周捕頭行了一禮，一臉認真地回道：「民女姚婧婧，是清平村人，自幼對醫經、藥理頗感興趣，後有幸得恩師傾囊相授，卻因天資所限，只略微習得了一些皮毛。」

「姚大夫，您實在是太謙虛了。」蹲在地上的姜瑜突然出聲道：「要不是您一眼看出此人並未身亡，提醒我暗中觀察，只怕好端端的一個大活人就要被當成屍體拉到亂葬崗埋了。」

周捕頭忍不住發出一聲驚呼。「原來妳早就發現他還沒死？」

姚婧婧謙虛一笑。「我只是有些懷疑罷了，剛才這個病人渾身上下被白布蒙著，我根本沒有機會靠近，也沒有辦法上前檢查，我只是透過對他身體形態的觀察，發覺他和那些僵直硬挺的屍體有所差別，所以才請小姜大夫留心一下。」

「妳對死人和活人之間的差別為何如此瞭解？難道妳經常有機會見到死人嗎？」

「啊？」姚婧婧沒想到周捕頭會突然問起這麼一個愚蠢的問題，這讓她如何回答是好啊？「周捕頭說笑了，咱們長樂鎮的治安這麼好，哪裡有那麼多死人？對人體各個部位瞭若指掌，這是每一個行醫者必備的基本功夫啊！」

周捕頭點點頭，有些驚嘆地讚道：「不錯，之前聽人說下面的村子裡出了一個神農之女，不僅醫術了得，還能把藥材當成莊稼來種，我原本以為是哪個別有用心的人在胡吹亂捧，沒想到世上還真有如此冰雪聰明的女子。」

姚婧婧連忙低頭道：「周捕頭過譽了，民女實在愧不敢當。」

「小丫……啊，不，姚大夫不必自謙，正如小姜大夫所言，今天要是沒有妳洞若觀火，這個倒楣鬼真是必死無疑了。只是我心中還有一個疑問。」說著，他轉頭看向姜瑜。「就連胡掌櫃都說這個男子之前確實是死了，小姜大夫，你到底做了什麼才讓他起死回生？」

姜瑜抬頭，一臉崇拜地看了姚婧婧一眼，將事情的經過緩緩道來。「剛才周捕頭您在堂中審案，所有人的目光都聚集在您那裡，我趁著那些壯漢分神的空隙，偷偷將他扶了起來，依照姚大夫的吩咐，強行將他的嘴巴撬開，將他口鼻之內的穢物清理乾淨，還用姚大夫教給我的按摩手法替他推拿了一番，後來就是你們看到的那樣，此人突然嘔出一股濃血，活了過來。」

姜瑜講得離奇，聽得大家一個、兩個都驚得合不攏嘴。

周捕頭忍不住拍了拍自己那肥碩的臉，不解地問：「姚大夫，這到底是怎麼回事？」

在眾人的驚嘆聲中，姚婧婧卻更顯平靜。「鄭一刀剛才提到過，這位病人發病的症狀有一項就是劇烈嘔吐，通常情況下，對於這種病人我們會格外細心地照護，因為稍有不慎就會窒息，繼而危及生命，有許多酒醉者的意外死亡皆是由此造成。」

周捕頭一拍腦門，恍然道：「妳是說，他是自己把自己給嗆死的？」

姚婧婧先是點點頭，接著又搖了搖頭。「周捕頭所說大致沒錯，只是這位病人比較幸運，因為某種外力原因，他在剛剛發生嗆咳的第一時間就暈倒了，嘔吐物雖然堆積在胸腔和食道中，可氣管卻並未完全堵塞，因此他的生命力雖然極其微弱，以至於外表看起來好像已經死亡，但實際上卻還活著，這就是我們通常所說的假死。」

「假死？」

這個詞又引發了眾人的一片嘖嘖與討論之聲。

周捕頭感覺自己好像聽明白了，可仔細想想，不明白的地方反而更多了。

「姚大夫，若是照妳這樣說，那這位病人之所以變成這個樣子完全是一個意外，和杏林堂開給他的菊三七毫無關係了？」

姚婧婧看了看依然呆立在那裡的鄭一刀，眼中露出一絲譏笑。「周捕頭，咱們暫且不說杏林堂究竟有沒有弄虛作假，用有毒的菊三七代替治病的白朮，請您仔細看看這位病人的嘔吐物，根本就沒有和姜大夫開的那張藥方相關的任何藥品殘渣，所以我可以斷定，他從頭至尾就沒有服用過那副藥，更不可能因此而中毒了。」

周捕頭雖然嫌髒，可姚婧婧所說的話太過匪夷所思，他只能捂住口鼻，在胡掌櫃的陪同下隨意檢查了一下嘔吐物。「看著好像是沒有，可花錢買了藥回去後又不吃，天底下怎麼會有這麼奇怪的人？」

姚婧婧笑而不語，只是定定地看著惹出這場鬧劇的鄭一刀。

周捕頭即刻厲聲質問道：「鄭一刀，究竟是怎麼回事？你口口聲聲說杏林堂草菅人命，可你表弟根本就沒有服用過那些藥，你對此做何解釋？」

鄭一刀此時已完全方寸大亂，磨蹭了半天才吶吶地說：「這、這我也不清楚啊！他那麼大個人了，我總不能時時刻刻地看著他吧？說不定是他自己怕苦，偷偷給倒掉了。」

這話完全是在哄鬼，周捕頭頓時勃然大怒，指著他的鼻子罵道：「好你個鄭一刀，一個大男人說話顛三倒四，滿口胡言亂語，你是把本捕頭當猴耍嗎？」

鄭一刀雙腿一軟，嚇得撲倒在地上，連連告饒道：「我不敢！我不敢啊！」

胡掌櫃卻再也忍不住了，義憤填膺地嚷道：「這還不簡單，這說明他們從頭到尾就不是真心來治病的，只是為了找機會陷害我杏林堂！還有那些不知從哪裡來的菊三七，究竟是怎麼跑到我家藥櫃裡的，周捕頭，請您今日無論如何都要問個清楚，我胡某雖然人微言輕，卻也不能平白遭此無妄之災！」

「胡掌櫃，你先別激動，這事讓我好好想想。」周捕頭只覺得自己腦袋都快要炸了，扶著額頭揮手道：「姚大夫，若說這一切都是鄭一刀有意陷害，那他如何能提前算得他表弟會自己把自己給嗆死？這機會也太小了吧？」

姚婧婧有些意外地點點頭，看來這位周捕頭還沒有蠢到無可救藥的地步。「沒錯，這種事根本就無法設計。事實上，鄭一刀並不知道他這位表弟只被堵住了食道，此人突然死而復生，最驚訝的非他莫屬，因為在他的計劃中，他這位表弟是百分之百必死無疑的。」

「妳這又是什麼意思？」周捕頭發現除了這句話，他已經完全詞窮了。

姚婧婧正欲繼續解答，沈默許久的程老闆突然笑著開口了。

「姚大夫果然心思機敏，能言善道，只是妳說的這些事實在非常人所能想像，把我們大家都給聽糊塗了，依我看，事情或許沒妳想得那麼複雜，今天的事可能真就是一個巧合。如今杏林堂的冤屈洗刷了，這位病人也撿回了一條命，可以說是皆大歡喜；至於那個鄭一刀，就是想乘機敲一筆竹槓而已，卻誤打誤撞地救了他表弟一命，也算是將功贖罪，周捕頭派人好好教訓他一頓也就罷了。」

程老闆三言兩語就把這件事給定了結果，偏偏那些不明就裡的百姓還頗為贊同的樣子，直看得姚婧婧冷笑連連。

胡掌櫃見程老闆竟然想就此息事寧人，當然是一萬個不同意，忍不住勃然懟道：「程老闆，您說什麼呢？這事沒攤在您頭上，您自然可以在旁邊和稀泥，可我胡某人卻嚥不下這口氣，今天我就算豁出去這條老命，也要求得一個公正！」

事到如今，周捕頭也有些拿不定主意了，沈思片刻後，他竟然抬頭對著姚婧婧詢問道：

「姚大夫以為如何？」

姚婧婧卻沒有直接回答他的問題，反而仰起頭看著一碧如洗的天空，露出若有所思的表情。「這個世上有許多事情看起來紛繁複雜、飽含玄機，可真正抽絲剝繭後，你會發現潛伏在其中暗暗作祟的是人們那永遠得不到滿足的慾望與私心，所以這個世界上最可怕的並不是鬼怪，而是害人的人心。」

程老闆臉上的笑容瞬間凝結了。「姚大夫，妳、妳這話是什麼意思？妳是說誰有害人之心？」

姚婧婧深深地看了他一眼，漠然回道：「我說的自然是意圖殺人滅口、嫁禍他人的鄭一刀了，程老闆您以為呢？」

「啊？不是……沒有，我……」程老闆的表情極度不自然，支支吾吾了半天也沒說出個所以然來。

周捕頭不耐煩地瞪了他一眼。「姚大夫，妳說是鄭一刀故意謀害他的，可有什麼證據嗎？」

「當然有。」姚婧婧突然抬手從頭上拿下一支式樣素雅的纏枝銀簪，將簪尾的尖頭浸入殘存在地上的嘔吐物中。

眾人原本都是丈二金剛，摸不著頭腦，可當姚婧婧把銀簪高高舉起來後，所有人都忍不住發出一聲驚恐的尖叫。

周捕頭更是猛地向前一步，一把將姚婧婧手中的銀簪搶了過去，拿到眼前仔細端詳。

「銀簪變黑了，此人竟然服用過砒霜?!」

姚婧婧微微頷首。用銀器驗毒在古代是很流行的做法，可一般人卻是只知其然，而不知其所以然。事實上，作為古代最常見的一種毒藥，砒霜實際上是由雄黃加熱製成的，純度不高，裡面含硫，一遇到銀器就會發生化學反應，生成一種叫做硫化銀的化學物質，姚婧婧的銀簪子也就是因此變黑的。

雖然事實擺在眼前，可胡掌櫃卻依然不敢相信。誰都知道砒霜是一種非常厲害的劇毒，一般人只要沾染一點就回天乏術，鄭一刀的表弟竟然能身中此毒而不死，這實在是有悖常理，能解開他這些疑問的，自然只有姚婧婧了。

「大家用不著感到驚訝，剛才我在這位病人後腦發現了一塊紅腫之處，若我所料不錯，鄭一刀應該是趁著這位病人劇烈咳嗽時突然在背後襲擊了他，以至於那些穢物沒來得及及時排出，堵在了他的胸腔及食道，導致他出現了假死的症狀。鄭一刀對此並不知情，只是按照之前的計劃，將準備好的砒霜強行給這位病人灌了下去；可那些堵塞的穢物卻讓砒霜的毒性無法及時擴散，以至於這位病人中毒不深，這才撿回來一條命。」

姚婧婧剛一說完，姜瑜立即附和道：「沒錯，姚大夫剛剛教給我的推拿之法不僅能幫他排出那些堵塞的穢物，還將大部分毒液也帶了出來，所以大家聞到的腥臭之氣才會如此強烈。」

愣了半天的胡掌櫃終於感嘆道：「這未免也太巧合了吧！」

「是啊，而且鄭一刀竟然會為了誣陷和他沒有絲毫利益關係的杏林堂，狠心毒殺自己的表弟，這也太不可思議了吧！」其實周捕頭心中已經完全信服了姚婧婧的說法，可身為一名捕頭，這些年積累的經驗告訴他，這裡面還有一些說不通的地方。

「周捕頭，我剛才讓白芷去打聽了一下，鄭一刀從小沒爹、沒娘，這麼多年來一直是孤身一人，從來沒聽說過他還有一個表弟。」

姚婧婧的話猶如炸藥般炸開，瞬間惹得眾人議論紛紛。

「不是表弟？那他究竟是誰？為什麼會和鄭一刀一起來杏林堂看病？」

「這事容易，想知道他是誰，把此人叫過來一審便知。」周捕頭一邊說，一邊示意兩名衙差將情況有些好轉的病人給押過來聽審。

姚婧婧卻有些惋惜地嘆了一口氣。「周捕頭可能要失望了，這位病人不僅口不能言，腦子也受到過嚴重損傷，您問他只怕是問不出個所以然來。」

「妳是說，他不僅是個啞巴，還是一個傻子？」周捕頭之前嫌髒，根本就沒有認真觀察過那病人，此時細看之下才發現此人果真有些不對勁。

「這到底是怎麼回事？」人群中又生出一片喧譁之聲。

「是啊，到底是怎麼回事？鄭一刀，你能給大家解釋一下嗎？這個人真的是你的表弟嗎？」姚婧婧突然轉過頭，對著早已如坐針氈的鄭一刀厲聲質問。

「啊？是……不是……我……」

「你什麼你？你可知道蓄意毒殺他人是什麼罪名？再加上無故栽贓、陷害杏林堂，你今日若是不肯將內情從實招來，本捕頭定會讓你後悔來到這個世上。」周捕頭胖手一揮，兩名衙差立刻一擁而上，一左一右將鄭一刀按跪在地上。

眼看大勢已去，鄭一刀立刻以頭觸地喊道：「我招、我招！這個人的確不是我的表弟，前些日子我去鄰鎮幫人殺豬，半道上遇到一個無家可歸的流浪漢，我就偷偷地把他給帶了回來，對外宣稱是我的遠房表弟。」

周捕頭橫眉怒目地問道：「在那個時候你就計劃利用此人來誣陷杏林堂了嗎？」

鄭一刀只能點頭承認。「是的。」

「你與杏林堂素無瓜葛，如此處心積慮、鋌而走險，到底是為了什麼？」

鄭一刀的身子猛然一僵，表情也有些猶豫。

周捕頭即刻大怒道：「我看你真的是不見棺材不落淚，本捕頭也懶得與你廢話了，來人，趕緊把他給我押回牢裡，大刑伺候！」

「我說、我說，我全都說！我之所以做出這些事，全因有人在暗中指使，毒藥是他給的，這些主意也都是他想出來的，他還承諾我，事成後會給我十兩銀子的辛苦費。」

周捕頭一聽說作惡之人不只一個，立即跳了起來。「那個人究竟是誰？」

鄭一刀掙扎著抬起頭來，將目光緩緩地投向姚婧婧身側。

「程老闆？怎麼會是他？」

這樣的反轉太過突然，在場的所有人都倒抽一口氣，發出一聲驚呼。

事情到了這個地步，與鄭一刀的驚慌失措截然相反，程老闆反而鎮定了下來，臉上甚至露出了一絲自嘲般的笑容。「沒錯，就是我，整個長樂鎮最有理由這麼做的，也非我莫屬了。杏林堂砸了我的飯碗，讓我一大家子都活不下去，我當然不能坐以待斃，可惜老天不開眼，竟然讓我在最後一刻功虧一簣。」

胡掌櫃跺了跺腳，痛心疾首地說道：「程老闆，你心中若有什麼不滿可以直接來找我，怎麼能為了這一點點利益之爭，就做出如此歹毒的事情？」

程老闆斜著眼發出一聲冷笑。「一點點利益？當你下定決心將我們這些同行趕盡殺絕時，我就恨不得將你碎屍萬段，方能解我心頭之恨！」

「大膽狂徒，死到臨頭了還敢嘴硬。你們兩個還愣著幹麼？還不趕緊去把他給我綁起來！」

一想起幕後黑手竟然敢登堂入室，還裝模作樣地幫助自己查案，周捕頭都快氣炸了。

那兩名衙差押著一個鄭一刀都略顯吃力了，哪裡還騰得出手去對付程老闆，正在左右為難之際，程老闆突然動了起來。

周捕頭其實並不害怕程老闆會逃跑，畢竟這會兒人山人海，堵得水洩不通，除非程老闆能突然生出一雙翅膀，否則無論如何都無法突破重圍；可他萬萬沒想到，這個姓程的不僅沒有逃跑的打算，還一步跨到姚婧婧身後，用一隻胳膊勒住她的脖子，右邊的衣袖一閃，手中竟然多出了一把銳利的尖刀，直抵姚婧婧的心窩。

第六十五章　峰迴路轉

剛剛沈冤得雪的胡掌櫃又眼睜睜地看著大東家被人劫持，頓時感到眼前一黑，連叫都叫不出聲了。

「姓程的，你幹什麼？」危急時刻，周捕頭終於抖著他的大肚腩向前走了一步。

白芷原本聽從姚婧婧的吩咐，在幫忙姜瑜照顧那個中了砒霜之毒的病人，此時聽到聲音才發現自家小姐身陷危境，急得她丟下藥碗就要往這邊衝。

「站住！都給我站住！誰敢再動一下，我就一刀殺死她！」程老闆語氣激憤地大聲叫喊著，猙獰的表情和之前那個懦弱的藥鋪老闆形象簡直是天差地別。

白芷頓時嚇得雙腿一軟，撲通一聲跪在地上，止不住地哀求著。「別激動，程老闆，有話好好說，求求您千萬不要傷害我家小姐。」

事情的發展已經遠遠超出了周捕頭的預想，可這麼多雙眼睛看著，保護全鎮百姓的安危是他這個捕頭應盡的責任，他不得不硬著頭皮繼續和程老闆周旋。「那個……程老闆，你先把刀放下，咱們有話好好說。姚大夫今天的所作所為只是在盡她的醫者本分，她只是一個無辜的小丫頭，無論如何你都不應該遷怒於她啊！」

「無辜？」程老闆的笑容有些癲狂，他手腕微動，作勢在姚婧婧的心口處戳了戳，低頭用威脅和挑釁的眼神看著手裡的人質。

「竟然有人說妳是無辜的，妳自己以為呢，姚大夫？不，應該是姚大東家。」

姚婧婧心裡默嘆一聲，程老闆果然早已知曉自己的身分。

也是，最近杏林堂發生了如此翻天覆地的變化，旁人可能不會留心，可程老闆作為最直接的利益相關者，不可能不刨根究底、打探清楚。

「程老闆，你這又是何苦呢？如今你的罪行確鑿，人證、物證俱在，你就算劫持了我又能改變什麼呢？」雖然有一把閃著冷光的尖刀在自己眼前亂晃，可姚婧婧依舊是一臉的平靜。

如此泰然自若的樣子看在程老闆眼裡卻是一種無形的蔑視，他突然一用力，姚婧婧只覺得脖子上猛地一緊，連呼吸都有些困難。

「怪不得姓胡的那個老狐狸肯死心塌地替妳賣命，姚大東家果然不是一般人，只是現在妳落到我的手上就得乖乖地任憑我擺布，我看妳今日還能得意多久！」

「不是，程老闆，你到底在說什麼？什麼大東家，你莫非是認錯了人？」周捕頭只覺得自己越來越糊塗，心裡急得跟什麼似的，只能轉過頭悄聲吩咐一名衙役回去召集人手前來支援。

「周捕頭，不用麻煩了，我程某本就是該死之人，能多偷得這幾年的閒散時光已是僥倖；再加上如今有這麼一位有勇有謀、巾幗不讓鬚眉的奇女子給我陪葬，我也算是死而無憾了。」程老闆低頭看著身前這個比自家閨女大不了兩歲的小丫頭，眼睛裡突然流露出一股讚賞與寵溺之意。「小丫頭，不要怕，我的刀法比鄭一刀那個半吊子強上一百倍不止，絕對不會讓妳多受一分苦楚，黃泉路上妳也不會孤單，我很快就會來陪妳的。」

姚婧婧此時已經快被這個瘋子給勒斷了氣，她拚盡全力想要掙脫他的禁錮，結果卻是徒勞。

白芷已經急得失聲痛哭起來，她不管不顧地撲上去想要解救自家小姐，卻被程老闆飛起一腳給踹開老遠。

「既然你們都嫌這丫頭死得不夠快，那我就成全你們。」程老闆說完這句話，突然將手裡的尖刀高高舉起，然後用盡全身的力氣朝著姚婧婧心臟的位置狠狠刺下。「死吧！」

這一聲呵叱就像一道可怕的催命符，可在場的所有人都沒有想到，最終被催掉性命的並不是姚婧婧，而是高舉尖刀的程老闆。

旁人也許沒有看明白，可身處其中的姚婧婧卻是看得一清二楚，就在程老闆張嘴的剎那，從正前方的人群中飛過來一根閃著銀光的繡花針，直直地插進他的咽喉要害，力道之大，竟然將程老闆整個脖子都刺穿過去。

原本戾氣高漲的程老闆連哼都沒來得及哼一聲，兩手一鬆，略微發胖的身體隨著那把尖刀一起頹然倒地。

如此遽變是眾人始料未及的，竟然還有未露面的高人藏在眼前的人群中？雖然他的出手及時救了姚婧婧的性命，可輕而易舉就隔空取人性命的本領實在太過危險，在不知道對方身分如何、是敵是友的情況下，周捕頭還是立刻退後一步，做出一個防備的姿勢。

「小姐！」

「大東家！」

白芷和胡掌櫃卻顧不上這些，姚婧婧得救對他們而言簡直是天大的喜事，兩人幾乎同時朝她撲了過去。

「小姐，您沒事吧？都怪白芷一時大意，沒能照顧好您，您要是真有個什麼三長兩短，我也不活了。」白芷雖然遭遇坎坷，難得的是依舊保留了骨子裡的真性情，誰對她真好、誰又是假意，她一眼辨得分明。和姚婧婧相處的時間只有短短幾日，可她的內心卻早已被姚婧婧的才華與人格所折服，發誓一輩子效忠於她。

姚婧婧一邊大口喘著粗氣，一邊搖頭道：「我……我沒事，你們快看看他是不是真的死了。」

胡掌櫃連忙蹲下身，和隨後趕來的姜瑜一起將程老闆從頭到腳、翻來覆去地檢查了一遍。

姜瑜一臉慎重地回道：「大東家，這次是真真正正地死透了，絕對不可能再醒過來。」

姚婧婧卻絲毫不敢放鬆，推開白芷的手上前一步，眼睛微瞇，在面前的每一個人臉上梭巡而過，想要找出那位救她性命的大恩人。

周捕頭卻沒這麼有耐心，很快地他便扯著嗓子開始叫喚。「究竟是哪位大俠路見不平、拔刀相助，還請堂堂正正地站出來，本捕頭一定重重有賞！」

這樣的舉動當然得不到回應。

就在姚婧婧看得眼花撩亂，正準備放棄時，突然，從最遠處的角落裡傳來了一聲嘹亮而爽朗的笑聲，緊接著，一個熟悉的面孔映入了姚婧婧的眼簾。

「陸老闆?!」很快地，胡掌櫃也認出來人正是製藥坊的第一大主顧陸雲生。離規定的交貨日期還有四、五天，日理萬機的陸雲生竟會突然出現在長樂鎮，怎能不讓人覺得訝異？

看熱鬧的百姓們雖然不瞭解內情，可也看得出突然出現的這個男子非同尋常，都很自覺地側身替他讓出了一條道。

眼看來人越來越近，周捕頭只覺得一股無形的壓力撲面而來，正想轉頭和姚婧婧商量一下，卻看見她臉上溢滿了笑容。「怎麼？你們都認識這個人？他到底是什麼來路？」

姚婧婧還未來得及回答這個問題，陸雲生已大跨步地行至眼前，臉上的表情帶著一貫的沈穩與世故，微笑著對周捕頭拱了拱手。

「周捕頭，數年未見，您還是依然如故啊！」

這一下周捕頭徹底傻了眼，眼前這名男子竟然認得自己？可為什麼自己對他卻一點印象都沒有？不應該呀！在這小小的長樂鎮，有這樣風度與氣勢的人猶如鳳毛麟角，若是真見過面，他沒有理由會忘記，思索了半天，他還是踟躕地開口問道：「你是？」

陸雲生對此卻並不以為意，只是哈哈一笑答道：「陸某離家多年，周捕頭又公務繁忙，記不清楚也是應該的。」

周捕頭的小眼睛卻一下子亮了。「你說你姓陸？」

在這方圓百里內，一說起姓陸的人家，大家第一個想到的便是清平村的里正大人，他手中所擁有的財富以及身後隱藏的實力是他這個小小的捕頭所無法企及的。

為了討好這位富甲一方的鄉紳，每當逢年過節時，周捕頭都會提著禮品登門求見，里正為了一些村務考慮，十次中也總會見他一、兩次，正因為如此，陸雲生才有機會見過這位個人特徵明顯的周捕頭。

可畢竟已經過去了這麼多年，陸雲生無論是身形、容貌，還是氣質，都發生了巨大的改變，周捕頭認不出他也是情有可原。

姚婧婧連忙幫忙介紹道：「沒錯，這位就是里正家的大公子陸雲生。」

周捕頭的臉上立刻堆滿了諂媚的笑容。「陸大公子請見諒，小人實在是有眼不識泰山，我就說咱們長樂鎮除了陸大公子，還有誰有如此灑脫豪邁的風采。剛才出手救下姚大夫的也是您吧！嘖嘖，這樣的身手，要不是親眼所見，就算是打死小人，小人也不敢相信，拜您所賜，今日大夥兒也算是開了眼界。」

陸雲生倒是沒有否認，只是搖了搖頭，不甚在意地說：「雕蟲小技，不足掛齒，只是我剛一回來就見了血，周捕頭不會怪我給您惹事了吧？」

「哪能啊！」周捕頭連忙揮手道：「陸公子忠肝義膽、除惡扶善，是全鎮百姓學習的楷模，我一定會將您的善行稟告給縣令大人，請他為您頒發一則嘉獎令。」

陸雲生臉上的笑意更濃。「那我就多謝周捕頭的美意了，您有事就去忙吧，省得這麼多人一直圍在這裡，打擾人家杏林堂開門做生意。」

周捕頭原本還想多拍拍這位陸大公子的馬屁，可人家都這麼說了，他只能派人抬著程老闆的屍首，押著五花大綁的鄭一刀，匆匆離開了。

事情已經水落石出，圍觀的老百姓們也三五成群，滿臉興奮地散去了。從此以後又多了一件吸引人的事可聊，也不枉費他們耽誤的這小半日工夫。

一直到此時姚婧婧才終於有機會和陸雲生好好打個招呼，救命之恩非比尋常，她彎下身，認認真真地給他行了一個大禮。

陸雲生連忙把她扶起來。「姚姑娘，妳既喚我一聲大哥，又何須如此生分，今日的事也是我恰巧趕上了，否則妳要是真有個三長兩短，我又該如何向倚夢交代呢？」

「陸大哥，這位是？」姚婧婧一眼看出陸雲生並不是孤身一人，他的身後還跟著一個穿著一身灰色長袍的中年男子。那名男子的氣場很奇怪，明明比陸雲生還高半個頭，可他就像一道影子一樣，旁人若是不仔細留心根本就不會注意到他的存在。

「這是我的一個隨從，出門在外有個人照應一下還是方便些。」陸雲生輕描淡寫地解釋了一句，並沒有多做介紹的意思。

那名男子在主人提到他時也只是微微欠了欠身，立刻朝後退了一步，好像很不習慣眾人的焦點聚集在自己身上。

可姚婧婧的目光卻一直沒能從那名男子身上移開，並不是因為他長得有多麼奇特，相反地，他的五官就如同一口枯井般，無論外界如何變幻，彷彿都驚不起一絲波瀾。

那名男子很快就意識到姚婧婧在注視著他，他不露聲色地朝陸雲生身後移了一步，將自己徹徹底底地置身於陰影中。

姚婧婧只得收回目光，自己一個小姑娘家家的，總是盯著一個陌生男子使勁瞅，看起來的確不太像話。

陸雲生此次是為了那一千瓶金創藥而來，看到姚婧婧又推出了幾個新方子，他想也不想地又追加了一筆新的訂單。

姚婧婧歪著頭問道：「陸大哥不先問問價格嗎？萬一我獅子大開口怎麼辦？」

陸雲生非常罕見地露出了一個狡黠的笑容。「沒關係，反正羊毛出在羊身上，說不定有人就是愛當冤大頭。」

姚婧婧總覺得陸雲生話中有話，可究竟有什麼深意，一時半刻她也想不明白，只能笑著換了一個話題。「這些金創藥已經分裝完畢，陸大哥這回要全部提走嗎？」

陸雲生頓時皺起了眉頭，露出一臉的為難之色。「姚姑娘，不瞞妳說，我現在正為這件事感到頭痛。這批金創藥已經被南方廣陵城裡的一個大主顧給預訂了，他交代我一定要在月底之前把東西送過去，可我手上現在有一筆非常重要的生意等著我去談，根本沒有辦法脫身。」

胡掌櫃算了算日子，拍手道：「那還不簡單，請個人給他送去便是，廣陵城離咱們這裡最多五日路程，應該能趕得到。」

陸雲生臉上露出一絲苦笑。「你們不知道，這位買主平日裡自視甚高，以往除非我親自去拜訪，否則他是決計不肯現身的。」

「那怎麼辦？難道這筆生意就這樣黃了嗎？」一想到折騰了大半個月的成果可能就這樣砸在手裡，胡掌櫃急得快要跳腳。

陸雲生沈思了片刻，突然開口道：「除非……」
胡掌櫃連忙追問道：「除非什麼？」
「除非姚姑娘能親自走一趟，將這批藥送到廣陵城。」
這下連姚婧婧也感到有些出乎意料，指著自己的鼻子問道：「我？」
陸雲生點點頭。「之前我曾在這位大主顧面前提起過妳，他對妳一身過人的醫術非常仰慕，說是要找機會見見妳，如果妳肯親自出馬，這件事肯定沒有問題。」
這個提議太過突然，姚婧婧一時之間不知如何回答。
「姚姑娘，我知道這件事有些為難妳，可我實在是沒有別的辦法，那位大主顧做了多年的藥材生意，手上有許多一般人尋不到的珍貴藥材，能與他結識對妳而言也是好事一樁。」
陸雲生果然是個老狐狸，姚婧婧這陣子正為尋覓不到一些稀罕的藥材而煩惱，聽到這些話自然很容易就動心。
她當機立斷地下定了決心。「那我什麼時候出發？」
陸雲生見姚婧婧這麼爽快地就答應了，臉上頓時露出喜色。「時間緊急，明天一早就得啟程。這麼多藥品，總得有人押送，我聯繫了埕陽縣城裡的一家鏢局，到時他們會派幾位鏢師與妳一起同行。」
姚婧婧點了點頭。折騰了大半天，她感到有些疲累，和胡掌櫃交代了幾句，便帶著白芷起身朝家裡趕了。這次出門的時間說長不長，說短不短，該收拾的行李還是要準備妥當。

第六十六章　遠行

姚婧婧和白芷兩人剛走出製藥坊的大門，就看見幾日未見的孫晉維急急忙忙地往這裡跑，看到姚婧婧時，他的臉上露出一種失而復得的激動神色。

「婧婧，妳還好吧？我剛才聽人說才知道杏林堂竟然發生了這麼大的事，我之前是怎麼跟妳說的，妳為什麼不第一時間派人去找我？」孫晉維一邊拉著她的胳膊前前後後檢查了一遍，一邊喘著粗氣質問道。

姚婧婧知道他是在替自己擔心，只能微笑著回道：「好了，我這不是好好的嗎？」

孫晉維伸手彈了一下她的腦門，氣沖沖地說道：「我急得要死，妳倒還有心思說笑。我告訴妳，以後遇到這種事，妳最好有多遠、躲多遠，今天是僥倖碰到了陸老闆，以後可就沒有這麼好的運氣了。」

知道孫大少爺囉嗦起來和自己娘親有得拚，姚婧婧立即點頭哈腰地認錯。

孫晉維卻突然嘆了一口氣。「婧婧，剛剛我收到父親的來信，讓我立刻連夜趕往臨安城，我這一去至少要半個月左右，一想起要把妳丟在這裡，我這心裡還真是放心不下。」

姚婧婧疑惑地問道：「孫老爺為何會突然招你，到底發生什麼事了？」

孫晉維搖了搖頭。「具體我也不清楚，我就是想告訴妳一聲，我不在的這段時間萬事小心為上，如果有什麼解決不了的事情就等我回來再說，千萬不要再強出頭。」

白芷一臉興奮地插話道：「正好我們也要——」

「放心吧！不會有事的。」姚婧婧立刻打斷了白芷的話頭，還暗暗地瞪了她一眼，示意她不要多嘴。

孫晉維心裡有事，沒有注意到兩人的不對勁，時間緊急，他又交代了幾句後便匆匆告辭了。

待人已經消失不見，白芷才噘著嘴問道：「小姐，您為什麼不讓我告訴孫大少爺您明日要去廣陵城的事？」

姚婧婧若有所思地說道：「有什麼好說的？孫家的事就已經夠讓他頭疼得了，何苦再讓他為我們擔心，等他從臨安城回來了再說也不遲。」

白芷眨了眨眼。「我明白了，這就叫先斬後奏。」

姚婧婧瞪了她一眼，嗔怒道：「就妳聰明，有這工夫，還是好好想想怎麼說服我娘吧！想當初我去埕陽縣城，來去只有兩日的工夫，她都堅持要陪我一起，還險些傷了肚子裡的孩子，真真是頭痛死了。」

白芷那一對黑葡萄似的眼珠子骨碌骨碌地轉，很快便有了主意。「您要是實在怕夫人不答應，何不仿效對待孫大少爺的做法，也來一個先斬後奏？」

姚婧婧的嘴巴頓時張得老大。「這怎麼行？那可是我娘。」

姚婧婧雖然有些不忍心，可一時半刻也尋不到其他的法子，因此第二日天還沒亮，她和白芷兩人在床頭留下了一封信後，便躡手躡腳地出了門。

待她們趕到鎮上，陸雲生帶來的那幾名鏢師已經將裝有藥品的箱子分裝在三輛馬車上，最後一輛馬車則是單獨為她準備的，上面裝有一個小小的車廂，雖然模樣很樸素，可給人的感覺卻很溫暖、結實。

「時間緊迫，還是快些出發吧！」

姚婧婧和眾人告別後，轉身帶著白芷準備登上馬車，可眼尖的她發現，眨眼的工夫，隊伍裡竟然多了一個人，她有些疑惑地問道：「陸大哥，這是……」

陸雲生笑著解釋道：「昨天夜裡我思來想去，總覺得只有你們這些人還是多有不妥，就讓我這位隨從跟你們一起去吧！他跟著我走南闖北這麼多年，見過不少大風大浪，萬一有什麼事也好有個照應。」

不知為何，姚婧婧總覺得陸雲生這隨從的模樣有些奇怪，雖然他一直低著頭極力隱藏自己，可那沒有一絲生氣的臉頰總是讓她不自覺地想起現代那些注射玻尿酸過量的整容臉；不過陸雲生既然這樣說了，她也沒有反對的理由，一行人就這樣沿著官道朝南方駛去。

小小的馬車上裝備倒挺齊全，最裡面還有一個小小的軟榻可供人休憩。

白芷替姚婧婧鋪好床鋪，轉頭就看見她靠坐在窗戶邊，手上捧著一根帶血的銀針在細細把玩，白芷忍不住發出一聲驚呼。「這不是那天殺死程老闆的那根針嗎？怎會在您手裡？」

姚婧婧淡然一笑，雖然她不是學武之人，可對古人這些設計巧妙的暗器還是頗有興趣，所以當時她才會趁旁人不注意，悄悄地將這根銀針藏了起來。

「真是人不可貌相，陸大哥看起來渾身上下一副書生氣，沒想到在武學方面也有這麼高的造詣，為什麼倚夢之前從未向我提起過？」姚婧婧只是隨口一提。

可白芷的臉色看起來卻有些奇怪，猶豫了半天後，還是小心翼翼地張口道：「小姐，有句話我昨天就想跟您說了，可我怕是我看走了眼，一直不敢開口。」

姚婧婧微微蹙了眉。「有什麼話妳就直說吧，現在只有我們兩人，說錯了也沒關係。」

白芷點點頭。「小姐，據我觀察，那陸老闆根本就沒有習過武，這根暗器也不太可能出自他手。」

「什麼?!」這個結論的確太過出人意料，姚婧婧不由自主地坐直了身子，連聲追問道：「妳為什麼這麼說？有什麼證據嗎？」

白芷歪著頭仔細地回憶道：「雖然我之前從未見過陸老闆，可無論是他走路的姿勢，還是身上所散發出來的氣質，都和平常的習武之人有所區別；更重要的是，修習暗器的人最注重手上功夫，至少要練得滿手老繭才能小有所成，可您看他的手，簡直比女人還要白淨，要說這樣一雙手能夠輕而易舉地取人性命，我是打死也不會相信的。」

姚婧婧一邊聽，一邊讚許地點點頭。「不錯，妳觀察得很仔細，這些我之前竟從未留意，可這根銀針如果真不是出自陸大哥之手，那他為什麼要承認呢？」

白芷癟著嘴搖了搖頭。「這我哪知道？也許是他故意想讓小姐以為他是您的救命恩人，以後在做生意的時候好壓低價格，多得一些優惠？」

「不可能。」白芷的猜測立即被姚婧婧否決，幾次接觸下來，她對陸雲生的人品和行事風格都有所瞭解，他絕對不是那種為了利益而處心積慮的人；很快地，她又想到了一個問題。「白芷，妳說射出這根銀針的若不是陸大哥，那又會是誰呢？」

白芷見自家小姐表情有些奇怪，突然一拍腦門道：「小姐，您的意思是……」

姚婧婧沒有回話，只是伸手掀開掛在車窗上的布簾，只見陸雲生派來的那神秘隨從騎著一匹高頭大馬默默地走在隊伍的最前方。路途顛簸，可他的脊背卻挺得很直，單從背影來看，絲毫不像是一個四、五十歲的平庸下人，反而有一種器宇軒昂的少年將軍之感。

那人很快察覺到有人在暗中窺視，回過頭來，眼裡射出一道懾人的精光，嚇得姚婧婧連忙放下簾子，縮回腦袋。

白芷也有些發急。「小姐，我怎麼覺得咱們這一趟並不只是送藥這麼簡單？要不咱們還是回去吧！大不了這筆生意咱們不做了，否則萬一再遇到像程老闆那樣的歹人該怎麼辦呀？」

姚婧婧不為所動。「都已經走到了這裡，哪裡有半路折返的道理？這批藥是藥坊的第一筆訂單，無論如何咱們都要把它完成。」

「可是，小姐……」

姚婧婧拍了拍她的腦袋安慰道：「好了，我知道妳在擔心什麼，可是我相信陸大哥他一定不會害咱們的，至於其他的事，就走一步、看一步吧！」

既然姚婧婧已經下定決心，白芷也無可奈何；但是她在心裡暗暗地發誓，這一路上絕對不能讓那個危險的男人接近自家小姐。

雖然還沒弄清楚那個男人的來路與意圖，可不得不承認，他的確是一個經驗豐富的老手。這一路上他將每日的行程路線、三餐飲食、落腳住店都安排得妥妥當當，為姚婧婧省去了不少麻煩。

得知姚婧婧有暈車的毛病，他趁著夜間休息的時候，獨自一人到附近的山上採了一些連姚婧婧都不認識的野草根回來，讓她煮水喝下。

白芷原本堅決不同意自家小姐喝這種來路不明的東西，那個男人也沒有多言，只是當著兩人的面端起碗一飲而盡，之後便揚長而去。

姚婧婧看著他的背影，愣了好一會兒，最後竟然「噗哧」一聲笑了出來。

白芷沒有辦法，只得嘗試著弄了一點給她家小姐嚐嚐。

別說，這玩意兒還真管用，姚婧婧喝了兩碗後，整個人都舒坦不少，她終於不用每天蒙著被子，昏昏沈沈地躲在馬車裡，這趟旅程對她而言也變得輕鬆起來。

大楚的江山比她想像中更加廣闊無垠，氣勢磅礴，越往南去，秋天的氣息也越發濃厚，看著滿地枯黃的落葉，姚婧婧突然生出一種感慨。

也許自己的命運就像這漫天飛舞的黃葉一般，飄飄蕩蕩，卻不知歸往何處。

一眨眼，三天很快就過去了，由於一路上快馬加鞭，最多再一日的工夫就能到達廣陵城，眾人緊繃的神經都慢慢地放鬆下來，隊伍裡也多了一些調笑、嬉鬧聲。

可要到達廣陵城，有一片無論如何都繞不開的河谷地帶，雖然道路不算陡峭，不過附近幾十里都沒有人家，更別提有供旅人居住的客棧、旅店了。

其實這也不算是難事，對這些常年以走鏢為生的鏢客而言，隨時隨地安營紮寨是每個人必備的生存技能，反正帳篷、鍋碗等工具都是隨身攜帶的。

姚婧婧記得自己還很小的時候和同學一起去野外露營過，只不過所謂的「野外」也只是一處比較偏僻的度假村而已，因此和白芷的憂心忡忡不同，她對於這樣的體驗倒是充滿好奇。

在那神秘男子的安排下，隊伍在一處相對開闊的小河邊停了下來，幾個鏢客拾柴的拾柴、生火的生火，很快就有裊裊的炊煙冒起。

那男子不知從哪裡拿出一套打獵用的弓弩，獨自一人往身後的茂林中走去，想打點野味回來給大家打打牙祭。

在馬車裡窩了一天，姚婧婧不願再枯坐著，她站起身在四周轉了一圈，舒展了一下僵直的胳膊和腿。「吃了幾天乾糧，嘴裡膩味得很，白芷，要不咱們也到山上尋一尋，說不定能採些酸酸甜甜的野果回來潤潤喉，妳說好不好？」姚婧婧眼珠子一轉，突然生出個念頭。

白芷的頭立即搖得像撥浪鼓一般。「不好、不好，這天眼看就要黑了，山上還不知有什麼厲害的凶猛野獸，實在是太危險了。」

姚婧婧此時正興致勃勃，哪裡有那麼容易被說服。「沒關係的，咱們就在這山腳下轉一圈，又不往裡走，能有什麼危險？妳到底去不去？妳要是不去，我就一個人去了。」

白芷哪裡放心姚婧婧一人上山啊！連忙邁著小腳跟了過去。

正如姚婧婧所料，此時正是果子成熟的季節，各種野梅子、野石榴、野棗，星星點點地分布在灌木叢中，讓人一看就忍不住流口水。

姚婧婧和白芷兩人一邊採、一邊往嘴裡塞，別提多開心了。

不知不覺天已經完全黑了，白芷這才驚醒過來，連忙拉著姚婧婧往回走。

由於她們玩得太過忘形，直到此時兩人才後知後覺地發現竟然已經走到了半山腰上。

山林裡原本有幾條羊腸小徑，可由於兩人身上都沒有帶火摺子，也沒辦法生火照明，只能憑著記憶摸索著往回走。

兩人跌跌撞撞地不知走了多久，卻只感覺腳下的路越來越艱險。

白芷施展輕功跳到樹枝上一看，有些絕望地哭訴道：「小姐，咱們好像離剛才紮營的地方越來越遠了。」

姚婧婧心中也是一萬個後悔，都怪自己一時大意放鬆了警戒，才惹來眼下這場禍端，若是因此連累了白芷，自己可真是罪該萬死。

兩人正一籌莫展間，突然聽到身後傳來一陣異響。

白芷面上一喜。「莫非是他們發現我們不見，找我們來了？」

姚婧婧側耳傾聽，心裡猛地一沈。「不對，這不是人走路的聲音。」

白芷一臉驚恐地反問道：「不是人，那是什麼？」

這個問題並不需要回答，藉著月光，兩人很快便看清楚一頭體形龐大的棕熊呼嘯著朝她們所站的位置走來，黑暗中，一雙拳頭大小的熊眼散發出可怕而凶狠的幽光，讓人忍不住毛骨悚然。

姚婧婧和白芷都是第一次看到如此駭人的龐然大物，兩人驚出一身冷汗的同時，白芷更是哆哆嗦嗦地問道：「怎……怎麼辦？」

如果可以，姚婧婧此時恨不得直接閉眼暈死過去，她猛吸一口氣，拉著白芷的手大叫一聲。「跑啊！」

兩人這會兒也顧不上什麼東南西北了，只是閉著眼睛拚命地往前跑，可很顯然身後的那頭猛獸並沒有放棄追逐她們，相反地，那巨大而厚實的熊掌拍擊土地的聲音越來越近，彷彿下一秒就會將她們撲倒。

「不行了，我跑不動了，白芷，妳不要管我，妳趕緊跳到樹上去躲著。」

姚婧婧的話提醒了白芷，她一手摟住姚婧婧的腰，猛提一口氣，兩人頓時拔地而起，落到了一根樹杈上。

兩人原本以為可以暫時鬆一口氣，可她們都忘記了一件很重要的事，那就是——所有的熊都是攀爬高手，而且這樣的高度對牠們來說簡直是輕而易舉。

逼不得已，白芷只能帶著姚婧婧在一棵棵大樹上跳來跳去，但卻只能稍微拖延一點時間，而且這個辦法也堅持不了多久，因為白芷的內力有限，再加上還帶著姚婧婧這個大包袱，很快地她就精疲力盡了，有兩次還險些從樹上跌下去。

姚婧婧不忍心再拖累她，便在她耳邊大聲叫道：「別傻了，放下我妳還有一條生路，否則就只能兩個人一起去死。」

誰知白芷卻毫不猶豫地喘著粗氣回道：「那就一起死吧！」

姚婧婧只覺得鼻子發酸，正所謂患難見真情，其實算起來她並沒有為這個小姑娘做過什麼，可白芷對自己卻是一心一意、不離不棄，這樣的情誼讓姚婧婧更加堅定了自己的決心。

「謝謝妳，白芷。」這句話說完，姚婧婧就使勁一掙，掰開白芷摟著自己腰的手，整個人猛地向下墜去。

白芷沒想到姚婧婧會做出如此驚人之舉，連忙伸手想要抓住她，卻只摸到了冰冷的裙角。「小姐——」

隨著這一聲撕心裂肺的呼喊，姚婧婧四腳朝天地跌落在一片鬆軟的樹叢中，她沒有片刻的遲疑，立刻使出吃奶的力氣朝著山下滾去。這是她老早就想好的舉措，一來可以為自己尋得一絲生機，二來可以引開棕熊，讓白芷有逃跑的機會。

果然，那頭棕熊稍稍猶豫了一下，朝著姚婧婧的方向撲了過來，畢竟爬樹是個力氣活，時間長了就算是熊也受不了啊！

藉著陡峭的山勢，姚婧婧一刻不停地朝下滾去。為了防止沿路的尖石與利刺劃傷她的雙眼，也為了讓自己滾得更快些，她雙手抱頭，整個人蜷縮成一團，遠遠望去就像是一隻從樹上滾落的野木瓜，就這樣不知滾了多久，巨大的衝擊力讓姚婧婧的意識都有些模糊了。

砰！伴隨著一聲脆響，姚婧婧只覺得一股迫人的壓力鋪天蓋地襲來，就連呼吸都變得困難起來。

水！全部都是水！到處都是水！

原來這座山中有一處斷崖，崖下長年霧氣繚繞，在這樣的濃霧之下隱藏著一汪碧藍幽深的潭水。姚婧婧就這樣一路跌跌撞撞，最後一頭栽進了這汪從未被打擾過的潭水中。

折騰了大半天，眼看就要到嘴的肥肉卻飛了，那頭棕熊氣得站在崖邊發出一聲憤怒的咆哮，最後擺擺頭，無奈地轉身離開了。

可此時的姚婧婧卻連睜眼的力氣都沒有了，好不容易躲過了熊口，卻還是逃不脫被淹死的命運，姚婧婧心裡那個悔啊！小時候嬤嬤送她去學游泳，她卻在泳池旁邊連哭了一個月就是不肯下水。

果然應了那句話：少時不知藝珍貴，等到用時空流淚。

姚婧婧只覺得越來越暖，那感覺就像是泡溫泉一般，於是她漸漸地放棄了掙扎，只想永永遠遠地沈溺在這醉人的溫柔中。

第六十七章 落入山崖

啪！

是誰？為什麼要打擾她泡溫泉？不要、不要，她才不要醒來，外面太危險，她只想縮在這裡一輩子。

啪！

臉頰上不斷傳來的刺痛感讓姚婧婧再也不能繼續她的美夢，隱隱約約中，她感覺到有一個討厭的人正在用手拍打她的臉頰。

這還得了，俗話說得好，打人不打臉，更何況她還是一個手無縛雞之力的小姑娘，就算不是什麼美女，可人與人之間該有的尊重還是要有的好嗎？

姚婧婧是真的生氣了，她握緊拳頭、張大嘴巴，想發出一聲憤怒的抗議，可最終卻像是一條魚一樣，只吐出了一大口水。

「咳咳咳。」一意識到自己得救了的姚婧婧第一時間不是歡呼慶祝，而是抱著自己被搖成豆腐渣一樣的腦袋，不住地哀鳴。她能夠在這艱難的異世生存下來靠的全是這腦子，若是因此落下個腦震盪什麼的，讓她還怎麼混呢？

「妳還好吧？」

一個冰冷而沙啞的中年男人聲音突然在耳邊響起，驚得姚婧婧一下子從地上跳了起來。

「你……你是誰？」不能怪姚婧婧變成了睜眼瞎，這懸崖上長滿了參天大樹，就連月光都照不進來，是實實在在地伸手不見五指。

面前的男人並沒有說話，只是從一旁的草堆中拿出一個火摺子，點燃了一個同樣被放在草地上的火把。

「是你？」不知為何，當看清楚來人是陸雲生那位奇怪的隨從時，姚婧婧的心裡竟然並不是特別意外。

「是我。」男人臉上依舊沒有過多的表情，簡單地回了她一句後，便從草地上撿起自己的外衣披在身上。

姚婧婧偷偷地癟了癟嘴，自己險些被淹死了，他不急著救人，還有心情顧惜自己的衣裳，實在是有夠冷血。

一陣涼風吹過，渾身濕淋淋的姚婧婧忍不住打了一個大大的噴嚏，此時的溫度絕對在攝氏零度以下，姚婧婧覺得自己全身的骨骼都在咯咯作響。

男子好像終於察覺到了她的異樣，木著臉問道：「妳很冷？」

姚婧婧一邊抖、一邊使勁地點了點頭。按照接下來的劇情，他肯定會將身上那件毛絨絨的大皮襖子讓給她穿，方能彰顯出江湖兒女的古道熱腸；可事實證明，是姚婧婧自己想多了。

男子只是輕描淡寫地說了一句「妳等著」，然後就轉身朝身後的密林中走去。

藉著他留下來的火把，姚婧婧終於看清楚自己身處的地方就像是一座巨大的深坑，四周都是陡峭險峻的崖壁。看來今天夜裡想出去是不大可能了，只有等到明天早上太陽升起來後，再看看有沒有什麼旁的出路。

姚婧婧只希望在此之前，自己能夠不被凍成一根無人問津的老冰棍。

好在那男子很快就抱著一堆乾枯的樹枝跑了回來，隨著篝火冉冉升起，姚婧婧覺得自己終於撿回了半條命。

她將濕透的外衣脫下，架在一根樹枝上烤。

其實又濕又冷的裡衣貼在身上更容易生病，可她雖然是一個現代人，讓她在一個陌生的男人面前全部脫光光還是有些困難。

「妳快點，我半個時辰後回來。」男子莫名其妙地丟下一句話，轉身又消失不見了。

姚婧婧略微一遲疑，很快就將身上的衣服全部脫了下來。算起來她和這個男子連話都沒說上幾句，可不知為何，他的話彷彿有一種魔力，讓人莫名覺得安心。

等她重新將溫暖乾燥的衣裳穿上身後，男子還沒有回來。她正準備坐下來邊休息、邊等，可稍微放鬆下來的身體卻又鬧起了脾氣。

之前逃命的時候，渾身上下被劃了許多條細小的口子，雖然都不致命，可被冷水這麼一沖就像被無數隻螞蟻啃咬似的，又疼又癢。

好在姚婧婧有隨身攜帶急救藥品的習慣，藥膏雖然被水打濕了，可藥效並未受到影響，她很快就將四肢和頭頸上的傷口抹好藥，可背上卻是無論如何都搆不到。

「需要幫忙嗎？」

男子如幽靈一般突然出現在她背後，毫無防備的姚婧婧嚇得手一抖，圓滾滾的膏藥瓶子也滾落在地上。

男子並不在意姚婧婧的回答，逕自彎腰撿起藥瓶，開始替她上起藥來。

如沙礫般陌生的觸感經由男子的指尖刺激著姚婧婧背部敏感的皮膚，彷彿觸電一般，姚婧婧咬著牙強忍著心中想要躲閃的衝動。

這彷彿是一場無聲的試探，姚婧婧既不想在他面前露出扭捏的小女兒姿態，也不想讓他看出自己內心深處的恐懼與無力感，她強迫自己一定要鎮定。作為一個農家女，她的皮膚並不算細嫩，可男子手上堅硬的老繭還是刮得她有些不適。

她突然想起白芷的話，只有這樣的手才能使出那樣殺人於無形的暗器吧！

萬幸的是，這男人並沒有絲毫不軌的意圖，上好藥後他就一揚手，將藥瓶扔還給她。

「這藥不錯。」

「什麼？」姚婧婧一邊匆忙整理好自己的衣服，一邊奇怪地看了他一眼。這藥是塗在自己身上，好不好他怎麼會知道？

這個小小的疑惑並沒有讓她糾結多久，因為男子接下來的舉動簡直讓她大開眼界。

原來他消失了那麼久是為了去尋覓果腹的食物，只見他從身後拖出一隻剛剛獵得的野兔和兩尾鮮魚，將牠們剝皮去筋後放到潭水中清洗乾淨，最後用樹枝穿起，架到火上炙烤。

接著他又從懷裡拿出一個小布包，然後像變戲法似的，從裡面又拿出好幾瓶裝著油、鹽、辣椒粉等各種調味料的小瓶。

他烤肉的手法十分嫻熟，一會兒給肉翻面，一會兒刷油，一會兒又放調味料，讓姚婧婧眼花撩亂的同時，又不得不懷疑他真正的職業到底是什麼？

很快地，面前的烤肉發出酥脆的聲響，一滴滴熱油順著肉的紋路慢慢往下滴，那迷人的香氣勾起了姚婧婧肚裡的饞蟲，她只能不停地偷偷嚥著口水。

終於，肉都烤好了，男子非常大方地分給她一條烤魚外加一隻烤兔子腿。姚婧婧顧不上矜持，什麼儀態、儀表更是拋到九霄雲外了。

她忍著燙，抓起那隻肥碩的兔子腿就往嘴裡塞，一咬就是一大口。頓時，滿口的火熱沸騰，嫩滑、焦酥，鮮鹹、麻辣，各種複雜的口感滋味一瞬間如同煙花般在舌尖綻放開來。

即使是兩世為人，姚婧婧也可以確定，這是她吃過最美味的食物，沒有之一！

風捲殘雲後，姚婧婧恨不得將魚骨頭啃個乾淨，最後當她意猶未盡地抬起頭時，突然發現那男子正目不轉睛地盯著她。可能是從未見過吃相如此狼狽的女子，他的唇角有些生硬的上揚，露出一種似笑非笑的奇怪表情。

姚婧婧有些不好意思，抹了抹嘴，沒話找話地說：「那個……謝謝你的肉，也謝謝你救了我的命，你是怎麼知道我在這裡的？」

男子略微皺了皺眉，好像姚婧婧的問題勾起了他心中的怒火。

他的怒火從他打獵完畢回到營地，發現姚婧婧竟然擅作主張地和那個丫頭一起跑到這危機四伏的深山老林裡開始，就一發不可收拾。

他當即命令所有的鏢客上山尋找，可這林子這麼大，天色又這麼黑，想要尋人，難度可想而知。

男子長這麼大，經歷了多少迫在眉睫、千鈞一髮的危急時刻，可他從來沒有如此焦躁過。正當他急得恨不得一把火燒了這山林時，突然察覺有一個圓滾滾的小肉球從自己眼前滾了下去。

還沒等他反應過來，緊隨在後的那隻大棕熊讓他整個心都提到了嗓子眼，他甚至來不及思考就飛身追了上去。

眼睜睜地瞅著那顆肉球落入深不可測的斷崖時，他只能在心裡默默地嘆了一句，然後眼睛一閉，跟著跳了下來。

好在有驚無險，底下的情況並沒有他想像得那麼糟糕，這汪深潭更是機緣巧合地救了她的性命，否則他只有下來收屍的分了。

如此膽大妄為的女子，實在是讓他感到有些無可奈何。

剛剛經歷了九死一生，她的臉上竟然沒有一絲害怕和後悔之意；和一個陌生的男人被困在這叫天天不應、叫地地不靈的荒野之地，她也沒有絲毫人為刀俎，我為魚肉的自覺；不僅非常坦然地在他面前裸露肌膚，連吃個東西都那麼專注而忘我，好像他們倆就是專門來這裡野炊的。

「等辦完事，妳想死我不攔著，可在此之前妳最好給我安分一點，否則從明日開始，妳就給我待在車上，哪兒也不准去。」

姚婧婧還是第一次聽到這個男子一次說這麼多話，可他那粗聲粗氣的語調和身上散發出來的凶狠氣息讓她再也坐不住了。

開什麼玩笑？這個男人雖然救了自己的性命，可並不代表他就能因此而要脅自己，她又不是犯人，憑什麼連最基本的自由都要受到限制？

「我很感激你救了我，可你也別忘了，陸大哥讓你來是幹麼的，咱們這支隊伍裡我才是老大，你最好對我客氣一點，否則我現在就有權力讓你回去！」

「嗤！」

這下姚婧婧看得真真切切，這個男人竟然毫無忌憚地當著她的面發出了一聲鄙夷的笑聲，好像在嘲諷她的不自量力。姚婧婧心裡猛地一驚，甚至來不及發怒、生氣，因為她突然意識到自己這一路上都是被眼前這個男人牽著鼻子走。

雖然在出發之前，陸雲生曾交給她一幅手繪的大楚官道圖，可那上面迷宮一樣的走勢讓原本就是路癡的姚婧婧看了一眼就覺得頭痛不已，此後再沒有拿起來看過。

所以這一路上已經走到了哪裡，接下來還要走哪條道，她根本是一無所知。

之前她還慶幸自己能落個清閒，可如今看來的確是她太大意了。

這男子既然肯下這麼大的力氣來救她的性命，說明他對自己並無惡意，不過這種萬事不能自己作主，一切由他人掌控的感覺，還是讓姚婧婧難以忍受。

「你到底是誰？陸大哥把你交給我，怎麼連名字都忘了通報一聲？」

男子的笑聲卻更響了。

「現在才想起來問我的名字？晚了！妳老老實實待著吧！否則月黑風高的，我可不敢保證會不會做出讓大家都遺憾終身的事。」

沒想到這個男人會突然變臉，姚婧婧不由得緊張起來。「你、你什麼意思？」

「睡覺！」男子明顯不想再搭理她，在篝火旁選了一塊較為平坦的地方，鋪了一些乾燥的枯葉，就躺下和衣而眠。

此時的姚婧婧卻猶如百爪撓心，無論如何都睡不著。

可她也不敢再去招惹眼前那名男子，只能抱著自己的腿縮在篝火旁，靜靜地等著明日的到來。

可這樣的寧靜並沒有持續多久，溫暖的篝火和地上散落的碎骨很快就吸引了一大群這裡的「原住民」，其中就有姚婧婧最為厭惡的灰老鼠。

更可怕的是，大概由於缺少天敵，這裡的老鼠一個個成精了似的，足足有平常老鼠的三倍大小。

伴隨著姚婧婧此起彼伏的尖叫聲，男子再也無法忍受，拿起一根火把一躍而起，指著他原本睡的那塊地，咬著牙說：「閉上嘴到那裡待著！」

姚婧婧這次倒非常聽話，比起那些可怕的大老鼠，眼前這個男人還是顯得可親許多。她乖乖地躺了過去，瞇起一隻眼偷偷地觀察著男子的一舉一動。

只見男子舉著火把開始在她方圓三、五公尺的位置不斷地轉圈，看到有想要入侵的大老鼠，就會舉起木棒毫不猶豫地把牠趕走。

由於視線所限，姚婧婧看不到他臉上的表情，只覺得他的背影猶如不斷閃耀的火光一般，讓人不自覺地想要依靠。

一圈、兩圈、三圈……恍惚中，姚婧婧只覺得眼前的人影被不斷地打碎、重組，漸漸地竟然有了幾分熟悉之感。

她努力想要看得清楚些，可不知不覺眼皮子卻越來越重、越來越重——

第六十八章 人皮面具

第二天清晨，姚婧婧是被凍醒的。她哆嗦地睜開眼，發現昨夜的火堆已完全熄滅，那些討人厭的大老鼠也沒了蹤跡。

那個替她值夜的男人怎麼不見了？難道是丟下她，自己一個人走了？

自知毫無荒野求生能力的姚婧婧連忙從地上跳了起來，四處尋找，還好沒多久就在離她不遠的一棵大樹上尋到了他的身影。

那男子也許是累極了，竟然直接躺在一根樹杈上睡著了，如此高難度的睡姿讓姚婧婧忍不住暗暗讚嘆，不愧是習武之人，連睡個覺都這麼多花樣。

姚婧婧輕手輕腳地靠了過去，生怕吵醒了這個沈睡的男人。不知為何，從見到他的第一眼開始，她的心裡對這個男人就有一種超乎尋常的好奇心，好不容易有這樣近距離觀察的機會，她當然不能輕易錯過。

這名男子臉上的皮膚很奇怪，姚婧婧從未見過這樣慘白到沒有一絲血色的臉頰，她一開始還想著這個男人是不是得了什麼奇怪的病，可很快地她就察覺出異樣。

在男子耳後尋常看不到的地方有一些凸起的部分，好像是多餘的皮堆積的，那裡看起來很不服貼，惹得姚婧婧強迫症都要發作了。

可正常人哪會有這樣多餘的皮膚？姚婧婧突然想起上高中時在被窩裡偷偷看過的那本叫

做《換臉》的恐怖小說，一陣冰冷的寒意慢慢地從她心裡升起。

不知從哪裡來的勇氣，她竟然對著那張和死人無異的臉慢慢地伸出了手，嗤的一聲，男人的臉皮居然生生地被她撕了下來！她還沒來得及發出一聲尖叫，就感到有一股驚人的內力從男人體內迸射而出，將她整個人掀翻在地。

在這樣巨大的衝擊之下，男人身下的那根樹枝自然也不能倖免於難，就像是被雷劈過似的，斷成了數截。

男子凌空一翻，整個人飛身而起，落到姚婧婧身後三步遠的地方。

此刻誰也不能體會他心中的驚駭與懊悔，多少年了，他就算是睡著了手裡也握著劍柄，從來沒有人能夠近他的身；可今天他竟然在這個小丫頭面前完完全全地放下了防備，不僅讓她有機會靠近自己，還識破了他隱藏整路的秘密，這對他來說實在是不可饒恕的失誤。

更讓他生氣的是，這樣的錯誤已經不是第一次，這個小丫頭究竟有什麼樣的魔力，能一而再、再而三地打破他的禁忌？

姚婧婧內心的震撼一點也不比他少，她渾身上下的骨頭都散了架，沒有一處不疼。她掙扎著抬起頭，望著眼前那個始終不肯回過頭來的男人，深吸一口氣，咬著牙喊。「蕭啟！」

男子的肩膀微微一抖，緊接著慢慢地轉過身來，臉上掛著不可一世的輕浮笑容。

沒錯，這才是世人眼裡的京城第一紈袴，浪蕩多情的公子哥兒，端恪郡王蕭啟。

可姚婧婧卻清楚地知道，這並不是他真正的面孔，事實上他隱藏的面孔太多了，包括她手中這張假面，她很懷疑就連他自己也分不清哪張是真、哪張是假了吧？

「姚姑娘，別來無恙啊！知道本郡王的身分還敢直呼本郡王的大名，妳這膽子未免也太大了吧！」蕭啟說話的聲音已經恢復了正常，清朗中帶著一絲慵懶意，和之前那個又粗又老的語調形成鮮明的對比。

這種對自己的聲帶運用自如，在多重身分間切換跳躍的本事，讓姚婧婧也不得不嘆服。要是放在現代，絕對是能一人撐起一部劇的天才配音師。

「郡王殿下，您不打算解釋一下嗎？」姚婧婧問得一臉嚴肅。

可蕭啟卻眨著眼睛，無辜地說：「解釋什麼？妳別忘了，本郡王可是妳的救命恩人，如果沒有本郡王，妳怕是只能化為一堆白骨，永遠葬身在這潭底了。」

要不是難以動彈，姚婧婧恨不得衝過去一巴掌打醒這個一直到現在還想裝傻的男人。

「一碼歸一碼！我問你，你為什麼要假冒陸大哥的隨從，一路跟隨我們去送藥？你究竟有什麼目的？」姚婧婧氣得什麼敬語都不用了。

「姚姑娘，請注意妳的言辭，本郡王只是請陸雲生幫了一點小忙而已，至於假冒一說實在是無稽之談，妳要知道，本郡王可是堂堂的郡王，這世上又有誰值得本郡王去假冒的？」

姚婧婧有些不可思議地反問道：「你是說，陸大哥他早已知道你的身分，只是故意欺瞞我？」

蕭啟有些得意地點點頭。「姚姑娘，妳別怪他，其實他也是被逼無奈的。俗話說朝廷有人好做官，做生意也是一樣，要不是有本郡王做靠山，他陸雲生的生意怎麼可能做到今天這個規模？」

姚婧婧雖然能夠理解陸雲生這麼做一定有他的苦衷，可一時半刻她的心裡還是無法釋懷，這種被信任的人出賣的感覺實在很不好受；但她也知道現在並不是計較這些的時候，眼前這個男人每次出現在自己眼前都會給自己帶來無法預計的麻煩，更何況這次他明顯是有備而來，自己必須打起十二萬分的精神與他周旋，否則最後被賣了還不知是怎麼回事。

「妳打算一直這樣趴著與本郡王說話嗎？」看著她在地上撲騰許久都沒能站起來，蕭啟一臉鄙夷地伸出手抓著她的肩膀，像拎小雞一樣把她從地上拎了起來。

「啊！疼、疼！輕點。」

眼看姚婧婧疼得冷汗直冒，整張臉都扭曲了，蕭啟終於意識到問題的嚴重性，連忙把她放在一塊大石頭上坐好。「就妳這身子骨兒還敢到處亂跑，真是自討苦吃。」蕭啟一邊抱怨，一邊伸手替她檢查了一下，發現她左邊的胳膊竟然在剛才跌倒的過程中脫臼了。

姚婧婧也有些傻眼，關節脫臼對她來說並不是什麼大問題，只須運用一定的按摩手法按照骨頭生長的方向把錯位的關節推回去便是；可俗話說病不自治，同樣的道理，她雖然身為大夫，無論如何是無法給自己正骨的。

「坐好了，不要動。」

姚婧婧嚇了一跳，看蕭啟那架勢是打算親自動手了，可這活雖然看似簡單，其實對實施者的要求極高，不僅要對人體骨骼的構造十分瞭解，還要掌握其中的力道與分寸，一個不好很可能由脫臼直接變為骨折。「你行不行啊？我跟你說……」她準備好好跟他講解一番。

蕭啟卻不耐煩地瞪眼道：「再廢話本郡王就直接把妳這條胳膊給卸下來！」

姚婧婧頓時閉上嘴，昨天晚上被他搧了幾巴掌，自己的臉到現在都還火辣辣地疼，眼前這位可是個心狠手辣的主，自己還是不要自討苦吃得好。

啪嚓！姚婧婧還在暗自思索，突然就聽到一聲脆響，蕭啟已經乾脆俐落地將她的胳膊正了回去，她甚至都沒有察覺到動靜，疼痛的感覺就這樣消失了。這傢伙還挺專業的嘛！姚婧婧突然想起，作為一個經常受傷的武林人士，這樣的急救手法應該只能算是小兒科。

蕭啟神氣十足地炫耀道：「怎麼樣？不比妳這個名聲在外的女大夫差吧！妳好好算算，這是本郡王第幾次出手相救了？」

姚婧婧抬起頭，面無表情地答道：「算上那個程老闆，這已經是第三次了。」

蕭啟明顯有些意外，嘴角露出一絲意味深長的笑。「哦？」

姚婧婧從懷裡拿出那根帶血的銀針扔在蕭啟面前，一臉篤定地問道：「這是你的東西吧？世人若是知道表面上荒誕無能的端恪郡王其實是一個深藏不露的高手，不知會做何感想？」

蕭啟臉上的笑容依舊，只是眼底有些發寒。「姚姑娘，本郡王這麼做可是為了救妳，難不成妳想恩將仇報？」

「郡王殿下言重了，我只是區區一介農家之女，既無顯赫的背景，也沒有什麼雄心壯志，我只想規規矩矩地做點小生意，過好自己的小日子；像郡王殿下這樣身分高貴、心思詭奇的人中龍鳳，我實在是不想惹，也惹不起。」

蕭啟卻像是完全沒聽懂姚婧婧話中的意思，竟然一臉深以為然地點點頭。「知道惹不起就好，以後在本郡王面前還是溫順一點。這女人啊，有時候太過聰明未必是好事。」

姚婧婧只覺得一口氣堵在胸口，讓她再也無法安坐，她一下子跳起來，指著蕭啟的鼻子問道：「姓蕭的，你處心積慮把我騙到這裡到底想幹什麼？」

蕭啟兩手一攤，癟了癟嘴說道：「姚姑娘一會兒說本郡王心思詭奇，一會兒又指責我處心積慮，本郡王實在是冤枉得緊啊！」

姚婧婧冷笑一聲。「冤枉？堂堂一個郡王竟然喬裝打扮，潛入一座偏遠小鎮，你告訴我，你到底想幹什麼？」

蕭啟眉頭微皺，用模稜兩可的語氣反問道：「姚姑娘不會以為本郡王是專門為妳而來吧？」

姚婧婧立刻反唇相稽。「難道不是嗎？」

蕭啟突然嗤笑道：「腦袋長在姚姑娘脖子上，妳非要這麼想本郡王也無可奈何，可一個小姑娘家家這麼自以為是真的好嗎？」

「郡王殿下用不著嘲笑我，長樂鎮是大楚的國土，你自然是想來就來，想走就走，誰也管不了你，可你為什麼非要讓陸大哥編出一個送藥的幌子把我騙出來？」

蕭啟卻是一臉的不服氣。「騙妳？本郡王騙妳什麼了？這批藥本來就要送到南方，本郡王免費給妳做了一路保鏢，妳還有什麼不滿意的？」

姚婧婧盯著他的眼睛回道：「這批藥最終會送到哪裡我不知道，可訂藥之人明明近在眼前，還非要編出一個什麼廣陵城的鬼話，實在是讓人百思不得其解。」

「近在眼前？」蕭啟指著自己的鼻子問道：「姚姑娘說的難道是本郡王？」

姚婧婧斬釘截鐵地回道：「沒錯！這批金創藥的買主就是你，郡王殿下！」

直到此時姚婧婧才意識到，當初她種的金線蓮銷路受阻時，陸雲生會突然出現並非只是巧合，而是受到蕭啟的指示前來接洽的。他大手筆地從她手中收購金線蓮只是順帶之舉，真正的目的一直都是這些適用於戰場上的金創藥。

一開始在靈谷寺時，蕭啟就看中了這款她獨門自製的金創藥，匆忙之下還曾向自己下過訂單；後來知曉他的身分後，她以為這件事只能不了了之，沒想到這位郡王殿下卻是執著得很，竟然透過陸雲生重新找上了她。

「姚姑娘果然聰明過人，妳既然早已認出本郡王，本郡王也沒什麼好隱瞞的。沒錯，這批金創藥的確是本郡王訂的，本郡王之所以把妳帶到這裡，自然有本郡王的道理。」蕭啟的臉上終於換上了談正事的表情。

姚婧婧卻忍不住在心裡默默地嘆了一口氣，該來的終究還是逃不了。「我心中實在好奇得緊，究竟是哪位了不起的大人物，讓郡王殿下費盡心思地把我騙出來替他診治？」

姚婧婧心裡跟明鏡似的，除了略通岐黃之術，自己身上還真沒什麼其他值得蕭啟如此大費周章的地方。

蕭啟並沒有否認的意思，只是皺了皺眉，不滿地說：「姚姑娘，說話不要這麼難聽，本郡王可是誠心誠意相邀。」

姚婧婧悄悄地翻了個白眼。「如果我沒猜錯，此人現在應該不在廣陵城。咱們此行到底要去哪裡，郡王殿下應該可以如實相告了吧？」

蕭啟眼中終於露出驚異之色。「沒想到妳連這個都猜到了，不錯，廣陵城並不是咱們最終的目的地，咱們真正要去的是廣陵城外三百里的陷陣軍大營。」

「軍營？」姚婧婧忍不住發出一聲驚呼，她終於知道蕭啟為什麼不直截了當地找上她，而是要用這種坑蒙拐騙的方法。

大楚一向軍紀嚴明，軍營內全部是男人的天下，每個出入口還專門設置了一個驗明正身的場所，任何人想要進去都必須經過一道道繁瑣的檢查。在這裡，像花木蘭替父從軍的故事永遠只能存在於美好的傳說中，若是有哪個昏了頭的姑娘想尋求刺激，結果絕對是連第一道關卡都沒過就會被火眼金睛的驗身團給拎出來，當成細作就地正法了。

姚婧婧立即將頭搖得跟撥浪鼓似的，正所謂不作死就不會死，她這條小命得來不易，可不能就這樣莫名其妙地折在蕭啟手裡。

「姚姑娘，本郡王知道這件事有些為難妳，不過妳放心，本郡王既然敢將妳請來，就一定做好了萬全的準備，到時候妳只管安心診病，其他的事情都交給本郡王，本郡王以性命擔保，絕對會保證妳的安全。」

蕭啟說得信誓旦旦，姚婧婧卻絲毫不敢相信。眼前這個男人就是一個在刀尖上舔血的亡命之徒，說不定哪天就把自己給玩死了，又如何能保證她的安全？

「郡王殿下，我只是區區一介草民，觸犯國法天威的事我是萬萬不敢幹的，能讓您如此上心的一定不是普通士兵，何不讓他出來一見，民女可在營外等候。」

蕭啟嘆了一口氣，搖頭道：「他要是能出來，本郡王又何須如此麻煩？」

姚婧婧立即露出一臉可惜的表情。「那就恕我無能為力了，郡王殿下還是另請高明吧！」

對於姚婧婧的拒絕，蕭啟並沒有分毫惱怒的意思，反而微笑著湊過頭問道：「妳確定自己不願意去？」

姚婧婧態度堅決地搖了搖頭。「不是不願，而是不能。」

蕭啟立即站直了身子，一臉若無其事地說道：「姚姑娘既然已經下定了決心，本郡王也不能強求，那咱們就此別過了。」蕭啟說完竟然轉過身，準備自行離去。

姚婧婧嚇得顧不上儀態，匆忙撲上去拽住了他的胳膊。「你不能丟下我，我、我……」

蕭啟明顯是故意的，看著她著急發窘的模樣，他的眼裡露出一絲狡黠的奸笑。

「是隨本郡王一起去陷陣大營裡走一趟，還是留在這裡和那些大老鼠搶食吃，姚姑娘是個聰明人，如何抉擇一定要想清楚了。」

姚婧婧非常氣憤地吼道：「趁人之危，恐嚇逼迫，非君子所為。」

「君子？妳可不要嚇唬我，整個大楚的人都知道，這兩個字和本郡王一點邊都沾不上。」

姚婧婧簡直快要被嘔死了，偏偏卻拿他一點辦法都沒有。如果蕭啟真的將她一個人扔在這裡，她要麼慢慢餓死，要麼被野獸當作食物吃掉，除此之外似乎沒有其他的出路。

權衡利弊之後，她只能跺腳，咬著牙說道：「我可以答應你，可是不管治沒治好，你都必須將我和白芷安全地送回長樂鎮，不得以任何理由藉故為難我們。」

姚婧婧的擔心是有道理的，對於這些上位者來說，卸磨殺驢並不是什麼稀奇事，畢竟只有死人的嘴才是最嚴的。

蕭啟一眼看出了她的顧慮，立即對天發誓道：「妳放心，事成之後本郡王會親自送妳們回長樂鎮，如有違背，必遭天譴。」

姚婧婧又盯著蕭啟的臉看了一會兒，雖說古人看重誓言，可她怎麼看都覺得眼前這個男人天生反骨，說不定有一天就會做出什麼逆天改命的驚世之舉。

蕭啟卻當她是默認了，兩人既已達成協議，接下來就該想想怎麼逃出生天了。

兩人身處的這座幽谷三面都是絕壁，只有正前方有一座陰森可怖、危機暗伏的密林，讓人看一眼就覺得毛骨悚然。經過昨天和那隻大棕熊的生死追擊，姚婧婧心中對這樣的深山老林已經有了恐懼之感，無論如何都邁不開腳。

偏偏蕭啟還在不停地火上澆油。「昨天本郡王去抓野兔時，發現這林子裡有許多毒蟲，什麼蜈蚣啊、蜥蜴啊、毒蛇啊，對了，還有那無處不在的大老鼠，姚姑娘一定要時時刻刻注意腳下，若是不小心被咬上一口，那滋味可不好受啊！」

姚婧婧只覺得身上寒毛直豎，想想就心驚膽戰，最後她索性一屁股坐在地上耍起賴來。「不行、不行，我不走了！我寧願死在這裡，也不要再看到那些噁心的死耗子。」

眼看姚婧婧成功被自己嚇到了，蕭啟的心情很是愉快。不知為何，他就是看不慣這小丫頭總是一副處變不驚、少年老成的模樣；不管再厲害的女人，也要偶爾撒撒嬌、示示弱，這樣她身邊的男人才有用武之地啊！

「上來。」蕭啟看夠了笑話，突然轉身在姚婧婧面前扎了一個馬步，拍了拍自己的肩膀示意她趴到自己的背上。

姚婧婧抬起頭，有些遲疑地問道：「你想幹什麼？」

「帶妳出去啊！這片林子裡不僅有毒蟲，還有許多沼澤爛泥，就憑妳那腳程，只怕半日也走不出去，本郡王可沒有時間一直跟妳耗在這裡。」蕭啟本以為要費一些口舌，誰知還沒等他說完，那丫頭就像一隻敏捷的猴子一般攀上了他的肩膀，雙手抓得死死的，好像生怕他會反悔一般。「妳還真是一點都不客氣。」蕭啟伸手扶住她那兩條比筷子粗不了多少的小腿，有些哭笑不得地嘲笑了一句。

姚婧婧沒有說話，只是默默地甩出去一個大大的白眼。客氣也要分人，自己的小命都交給他了，享受這點福利也是應該的；而且經過昨天那一連串折騰，此時她只覺得渾身上下沒有一處不疼。她在心裡默默地思索著，是不是該找個靠譜的大夫檢查一下自己是不是中了什麼內傷？

「啊！我的媽呀！」姚婧婧心裡還在胡思亂想著，突然覺得身子一空，整個人就飛了起來，那種失控的感覺就像是在坐雲霄飛車一樣。姚婧婧嚇得閉上雙眼，將頭緊緊地抵在蕭啟的頸窩處。過了一會兒，姚婧婧感覺蕭啟的動作稍微平穩了些，她心裡也沒一開始那麼緊張了，便偷偷地睜開一隻眼瞟了一下。

姚婧婧之前以為白芷那丫頭的輕功就已經夠厲害了，可與蕭啟相比簡直就是小孩子扮家家酒，他不僅身手矯捷，而且內力驚人，就算是背上揹著一個人也絲毫不影響他的速度。

此時此刻他揹著姚婧婧在密林間穿梭，每隔一段距離就用腳尖輕輕點一下樹枝，由於速度太快，姚婧婧只覺得一陣陣風吹樹葉的聲響在耳邊呼嘯而過。

這也太神奇了吧！姚婧婧心裡的驚羨之情猶如滔滔江水，迅速氾濫。掌握了這種技能就如同插上了一雙無形的翅膀，就算不能像真正的鳥兒一樣在天空飛翔，可人生的視野比旁人開闊了許多，最重要的是，逃起命來非常方便。

姚婧婧還沈浸在這種飛翔的感覺中無法自拔，蕭啟卻已一個迴旋，輕輕巧巧地落在了地上。

姚婧婧定睛一看，那片密林已經不知不覺被他們甩在了身後。

她張了張嘴，難以置信地問道：「咱們得救了？」

「還早呢！」

蕭啟指了指前面那座彷彿被人用斧頭劈過的險峻山峰，有些頭痛地說：「咱們必須翻過這座山才能到達昨日的營地，剩下的路程只能靠腿了，妳還不趕緊下來。」

「啊？哦！」不知是不是剛才飛得太快，姚婧婧只覺得腦袋昏沈沈的，她鬆開手想從蕭啟身上下來，結果卻是兩腿一軟，直接跌坐在地上。

「喂！妳可別想耍賴，這可不是鬧著玩的。」蕭啟一開始還以為她想故技重施，讓自己揹著她翻山越嶺，可當他轉身細看時，卻發現她的臉色紅得很不正常，就連呼吸都有些急促。蕭啟立即蹲下身子伸手一摸，姚婧婧的額頭之處果然一片滾燙。「該死！」

蕭啟心知這丫頭身體單薄，昨日在潭水裡那麼一折騰已經讓她寒氣入體，剛剛又被冷風一吹便徹底發作出來。

怪不得他剛才揹著她時就覺得她的身體有些發燙，他還以為是這丫頭不習慣和異性如此肌膚相親，誰知道竟是病了。

姚婧婧身為大夫，對自己身體的變化卻很遲鈍，還在那裡掙扎著想要起身繼續趕路。

蕭啟伸手輕輕一攔，她就像失了方向的暈頭鴨子，一頭栽倒在他的懷裡。

蕭啟默默地嘆了一口氣，唉，果然騙人是要付出代價的。

第六十九章　糞桶

姚婧婧不知道自己是何時睡著的，她醒來時發現自己竟然躺在一張無比溫暖、舒適的雕花木床上，頭上還掛著一頂繡滿牡丹的紅色紗帳。

姚婧婧正覺得奇怪，耳邊突然響起白芷那帶著哭腔的驚叫聲。

「小姐，您終於醒了！阿彌陀佛，真是老天保佑！您不知道我心裡有多麼著急，您要是有個什麼三長兩短，我也不活了。」

姚婧婧只覺得自己的頭又開始疼了，她伸手指了指櫃子上的茶壺，又指了指自己乾燥到裂開的嘴唇。

白芷這才反應過來，立刻起身倒了一杯熱茶送到姚婧婧嘴邊。

猛灌了幾口茶後，姚婧婧覺得自己的腦子清醒多了，便開口問道：「白芷，咱們這是在哪家客棧裡嗎？」

白芷連忙點點頭，說話時又忍不住想哭。「小姐，您已經昏迷了一天一夜，您不知道昨天上午那個老馬把您揹回來的時候，您整個人燒成什麼樣子了，我還以為……以為您再也醒不過來了。」

「好了，我這不是沒事了嗎？」

姚婧婧安撫了一下白芷那顆受到驚嚇的玻璃心，有些奇怪地繼續問道：「妳剛才說什麼？老馬？」

「對啊！您還不知道嗎？陸老闆的那個隨從名字就叫老馬，我也是聽鏢局那幾個人這樣喊的；不過這次多虧有他，否則您的這條命只怕是真的救不回來了。」

「老馬？是『老馬識途』的那個老馬嗎？」

「什麼？」小姐這話問得莫名其妙，莫非是昨夜燒得太狠，把腦子給燒壞了？

姚婧婧卻自顧自地點頭道：「那人腦子裡像自帶GPS一樣，這名字倒是貼切得很。」

「小姐，您到底在說什麼呀？我怎麼一句都聽不懂。」白芷驚慌失措地伸手想再摸摸她的額頭。

姚婧婧側身躲了過去。「我說過我沒事了。白芷，咱們現在究竟在哪裡？」

白芷卻又囉哩囉嗦地說了一大堆。「昨天上午你們回來後，老馬怕耽誤您的病情，便命令隊伍一路疾馳，於傍晚時分就到達了廣陵城，匆忙下榻後便請大夫給您看診、抓藥，那個老馬還一直在這裡守到半夜，直到您退燒後才回去休息呢！」

姚婧婧啞然失笑道：「白芷，妳之前不是一直覺得他別有用心，還讓我小心防備嗎？怎麼才一天的工夫，就倒戈相向了？」

白芷的臉略微有些發紅，卻依舊梗著脖子道：「才不是呢！我這是就事論事，一碼歸一碼，他行為怪異是真，真心救您也是真。我現在也算是想明白了，不管他是好人還是壞人，只要他不做出傷害小姐的事，咱們就可以和他和平共處。」

姚婧婧沒想到這丫頭琢磨得還挺深刻的，忍不住對她豎起大拇指以示鼓勵。「那個老馬人呢？我要見他。」姚婧婧是個急性子，有些事情既然已經下定決心要做，索性當機立斷，爹娘還在家裡盼著她，她實在沒有時間拖延下去。

臨行之前，姚婧婧看著眼前這套低階士兵穿的軍服，不僅布料粗糙，樣式也醜到爆炸，這些姚婧婧都可以忍受，只是這又寬又大的軍服明顯不合她的身形，讓她整個人看起來就像是穿錯了戲服的小學徒，要多可笑、有多可笑。

「郡王殿下，這就是您所謂的萬全準備？細節決定成敗，您能稍微用心一點嗎？」可蕭啟見了卻還滿意地點點頭。「像妳這樣平淡的長相，果然還是穿男裝比較適合。」姚婧婧聽出他這是在諷刺自己長得不夠美豔，心中不僅不惱，反而還有幾分慶幸。若非自己的長相在安全範圍內，她也不敢和這位花名在外的郡王殿下同進同出。

從客棧的後門出來後，一輛不起眼的小馬車就停在路旁的一棵大樹下，姚婧婧上車後，蕭啟便坐在車前親自駕駛馬車。

只要城內沒有大事發生，一般的城門口都是嚴進鬆出，再加上他們又恰好趕上守衛交班的鬆懈時候，因此出城的過程很順利。

眼看時辰還早，姚婧婧閉著眼靠坐在馬車裡想要繼續小憩一會兒，可隨著蕭啟的一聲呼哨，那匹看似毫不起眼的小灰馬突然大發神威，像一道閃電般飛奔著向前駛去。強烈的慣性讓毫無防備的姚婧婧猛地向後倒去，後腦勺「砰」地一聲磕在堅硬的車廂上。

姚婧婧疼得眼淚都快流出來了，好不容易重新坐穩後便扯著嗓子對著窗外大聲喊。「慢點！慢點！」

可蕭啟顯然沒有聽到她的呼喚，手上的馬鞭反而揮舞得更急了，很快地，小小的馬車就消失在無邊的暮色中。

不知過了多久，當馬車終於停下來，蕭啟伸頭進來請她時，姚婧婧只覺得自己渾身上下的部位散落了一地。

「怎麼樣，妳還好吧？」

姚婧婧立即坐直了身子點點頭，生死攸關，現在不是矯情的時候。

蕭啟伸手將她扶下馬車，藉著月光，姚婧婧發現他們所在的位置並不是大營的正門，而是一處小小的、專供後勤人員進出的角門。

蕭啟帶著她朝前走了幾步，在牆角的隱蔽處發現了另外一輛馬車。這輛馬車上沒有車廂，而是整整齊齊地擺放了七、八個半人高的圓形大木桶。

「這是什麼味啊？」姚婧婧吸了吸鼻子，只覺得一股令人作嘔的惡臭撲面而來。

蕭啟沒有直接回答她的問題，而是非常有耐心地做起了解說。「陷陣大營裡生活了十萬將士，生活中產生的糞水是很驚人的，因此每天晚上的這個時候，就會有很多輛這樣的拉糞車從各個角門進入，收集各自負責區域內的糞水，然後趕在天亮之前再運送出來。」

姚婧婧卻一下子聽出了重點，用難以置信的語氣反問道：「所以呢？你該不會是想讓我藏在這糞桶裡混入大營吧？」

蕭啟鄭重其事地點點頭。「姚姑娘果然聰慧。」

原本就被顛簸的車馬給震得七葷八素的姚婧婧頓時覺得胃裡翻江倒海。「不行了，我……哇……」姚婧婧轉身將下午吃的稀粥吐了個乾淨。

蕭啟面無表情地在一旁看著，非但不表示安慰，反而幸災樂禍地點頭道：「吐了好，反正現在不吐，一會兒也是要吐的。」

此時姚婧婧只覺得心中無比悔恨，她原本以為憑蕭啟的能耐定能想出一個瞞天過海的高明計策，沒想到卻是這麼一個臭不可聞的爛點子。

蕭啟見她渾身上下都寫著抗拒，好像隨時準備奪路而逃，索性直接一把將她扛起，掀開一個糞桶蓋將她塞了進去。

「不要啊！救命，放我出去！」姚婧婧用手摀著鼻子屏了半天氣，才驚覺這桶裡的臭味好像比外面還淡些，她稍微鬆了一口氣；算蕭啟還有點人性，知道給她準備一只沒用過的新桶，否則她非要把心肝脾肺腎都吐出來不可。

姚婧婧整個人蜷縮在桶裡，根本就看不到外面的景象，也不知道自己身置何處，只能聽見轂轆磨擦青石板發出的嘎吱聲，在這靜謐的暗夜中顯得格外刺耳。

馬車一路不停，沿著寬闊的營道左拐右拐，其間還遇到好幾批巡夜的衛兵，蕭啟竟還扯著沙啞的嗓音和他們打招呼，那些衛兵也未察覺出異常，只是摀著鼻子攆他快些離開。

姚婧婧一開始還覺得很納悶，隨後很快就想通了，蕭啟臉上的那層人皮面具一定是仿照某個原本就在這裡工作的運糞工所製成的，甚至包括他的聲音都是在特意模仿那個人。

看來蕭啟對於今天的行動的確是用了心，姚婧婧心裡越發好奇，到底是什麼了不起的大人物，值得這個有多重身分的郡王殿下如此耗費心力，親身上陣？

好像差不多走了一個世紀的時間，姚婧婧終於感覺馬車停了下來，緊接著便響起了一個陌生青年男子的聲音。

「郡王殿下，您終於來了！」

與男子的滿心激動不同，蕭啟只是冷靜地點了點頭。

「帳內伺候的人都安排妥當了？」

「放心吧，郡王殿下，除了兩個我培養出來的心腹，其他的都被您送來的迷藥給迷暈了。」

躲在桶中的姚婧婧忍不住翻了個白眼，看來蕭啟對這種迷藥的確是情有獨鍾啊！

蕭啟冷著臉繼續問道：「六皇叔的情況怎麼樣？」

男子皺著眉搖頭。「威龍大將軍的情況和您十天前來看他那次相比好像更嚴重了，如今每日有大半時間都在昏睡，軍醫診斷說一定要靜養，因此沒人敢拿軍中的雜事來打擾他。」

「所以說，如今陷陣大軍內所有的大小軍務全部都由唐信一人作主嗎？」

「沒辦法，作為皇上親封的鎮遠大將軍、陷陣大軍內排名第一的副帥，在主帥沒有辦法執掌帥印時，他有權力和責任挑起這個重擔。」男子的聲音聽起來有些無奈。

蕭啟也跟著嘆了一口氣。「留給咱們的時間已經不多了。」

姚婧婧聽兩人竟然你來我往地聊起天來，絲毫不管她縮在這個密不透風的木桶裡有多麼憋屈，最後忍無可忍，只能攥緊拳頭使勁地對著桶壁捶了兩拳。

蕭啟像是終於想起有她這麼個人似的，慢吞吞地揭開桶蓋把她給放了出來。

姚婧婧正準備吐槽兩句，那名青年男子卻一臉欣喜地迎了上來握住她的手。

「這位一定就是郡王殿下請來的神醫吧？非常情況、非常手段，實在是太委屈您了！」

「放開她！」

姚婧婧還沒來得及反應，蕭啟就冷著臉發出一聲低斥。

青年男子一下子愣住了，瞪著眼莫名其妙地看著兩人。

姚婧婧知道自己現在這身打扮很容易被人誤會，只能開口道：「有話慢慢說，你還是先放開我吧！」

「呀！妳竟然是女的。」

男子像觸電一般，一下子甩開了姚婧婧的手，猛地向後退了兩步，一臉驚恐地瞪著姚婧婧，好像自己面對的不是一個女人，而是什麼駭人的洪水猛獸一般。

姚婧婧無奈地點了點頭。「沒錯，我是個女醫。」

男子依舊沈浸在震驚中無法自拔。「郡、郡王殿下，您怎麼弄了個女人進來？這要是被威龍大將軍知道了，非把我屁股打開花不可。」

「非常情況行非常手段，這可是你自己說的。衛然，留給咱們的時間已經不多了，若是等皇上派來的御醫一確診，六皇叔只怕真的只有回京養病一條路，到時候整個陷陣大軍十餘萬人馬就都得拱手讓人，你知道這意味著什麼嗎？」

這個叫衛然的青年男子一臉沈重地點點頭。「意味著您多年的心血付之東流，也意味著大楚的朝局隨之將要發生翻天覆地的變化。」

「你明白就好。事不宜遲，咱們還是進去再說吧！」

在任何一個軍營裡，主帥的帳篷都是駐紮在最中心的位置，按理說也應該是戒備最森嚴的地方，可剛才他們三人就那樣大剌剌地在門口站了半天，竟然沒有任何人察覺，想必都是這個衛然的功勞。

作為陷陣大軍的主帥，威龍大將軍的住所雖然名為帳篷，可形制、格局卻與普通府宅無異，一些豪華的裝飾看起來竟然隱隱有幾分皇家風範。

三人一進入帳內，姚婧婧卻發現這麼大的地方竟連個伺候的人都沒有，大廳裡靜悄悄的，只有幾支紅燭散發著慘澹的光芒。

「請郡王殿下和女神醫在此稍候，我先進去跟威龍大將軍稟告一聲，大半夜的別再嚇到他老人家。」

看蕭啟點點頭表示同意，衛然便轉身進了內室。

姚婧婧看著他的背影，若有所思地道：「我聽說衛國公有一位智勇雙全的大孫子，好像也叫衛然，難道就是他嗎？」

蕭啟轉頭奇怪地看了她一眼。「沒錯，如果他知道妳就是那位將他祖父醫死的庸醫，妳猜猜他今晚會如何款待妳？」

姚婧婧聽了頓時生氣了，跳著腳說道：「胡說！衛國公明明是中毒身亡，我雖然沒能從閻王手裡將他拉回來，可你也不能隨隨便便就血口噴人、栽贓陷害！」

蕭啟面無表情地回道：「這些話都是從衛家人口中傳出的，和我有什麼關係？妳覺得衛然會相信自己的親人，還是相信一個不知從哪裡跳出來的野丫頭？」

姚婧婧冷笑一聲。「衛家人？除了衛大小姐和她的母親，還有誰會做出這種背後搞鬼、暗箭傷人的事？如果衛然真的相信她們的胡話，那只能說明世人對他的讚揚都是虛假的笑話。」

蕭啟忍不住發出了一聲輕笑。「怎麼？妳還想倒打一耙？我只是想提醒妳，離衛然遠一點，他不是妳招惹得起的人物。」

姚婧婧癟了癟嘴，說得好像她多稀罕似的。事實上，他們這些人總是莫名其妙來打擾自己的生活，她又能找誰說理去？

第七十章　威龍大將軍

剛剛掀開門簾，姚婧婧便覺得有一股熱浪撲面而來，定睛一看，這間內室的四個牆角都擺放著熊熊燃燒的火盆，看來這位病人一定極其畏寒。

內室裡有兩個伺候的人，一看就是衛然的心腹，見他們進來便躬身行了一禮，而後轉身默默地出去了。

費了這麼大的勁終於見到了正主兒，姚婧婧心裡卻有幾分奇怪的感覺。床上那位裹著暖絨貂皮外加兩床厚棉被的男人看起來年紀並不很大，可頭髮卻已花白；他看起來好像還沒睡醒的樣子，眼皮微微地抖動著，眉頭間的皺紋像是打了一個死結，永遠沒有打開的時候。

「這是我的六皇叔蕭元時，也是當今聖上唯一還在世的兄弟。他雖身為皇子，可從小志向遠大，還未成年就向先皇請命，隱姓埋名到軍中歷練自己。幾十年來，他的足跡踏遍大楚的每一寸邊防，每每有外族來犯，都是他身先士卒，帶領將士們浴血奮戰；可以說，他在大楚百姓心中的地位遠遠超過那位高居龍座之上的真命天子。」

姚婧婧沒想到蕭啟會在這個時候向她介紹這位威龍大將軍的生平，他的這些話在這個時代屬大逆不道之言，要是被有心人聽見可是殺頭的大罪。

就連衛然都變了臉色，出言提醒道：「郡王殿下，請您慎言。」

「慎言？就是因為我們太謹慎過頭了，所以這些為了江山社稷熬盡一身心血的股肱良臣才會一個接一個莫名其妙的中招。先是忠勇大將軍衛國公，接著又是六皇叔，再這樣下去，誰知道下一個倒下的又會是誰？」也許是被躺在床上的蕭元時那氣息奄奄、朝不保夕的模樣所刺激，蕭啟竟然十分罕見地露出激動的情緒。

「啟兒？是你嗎？」蕭元時聽到熟悉的聲音，終於睜開了雙眼。

縱然看到眼前這張怪異的面孔，蕭元時也沒有露出訝異的表情，想來蕭啟已經不是第一次通過這種方式前來看望他了。

蕭啟連忙收起臉上的憤恨之色，躬下身子輕鬆喚道：「六皇叔，是我，我帶了一位非常能幹的大夫來給您看病，您很快就會好起來的。」

蕭元時的臉上露出一絲知天命的苦笑。「別費那個勁了，我自己的身子我知道，年輕時受過的那些傷病表面上咬咬牙都挺過來了，其實禍根都還留著呢！一旦爆發出來就是要命的事，誰也看不好。」

衛然也跟著在一旁勸道：「大將軍，您就聽郡王殿下一次吧！您這病來得蹊蹺，這麼多軍醫都查不出個所以然來，要是真的有小人暗中作祟，咱們一定不能姑息養奸啊！」

蕭元時虛弱地搖了搖頭。「我知道你們在想什麼，你們放心，我從小在爾虞我詐的宮廷中長大，見慣了各種害人的卑劣手段，我是不會走那個衛老兒的老路的。」

「六皇叔，我知道您老火眼金睛，誰想在您面前耍花招只怕都不容易，可明槍易躲，暗箭難防，總有些人為了達到自己不可告人的目的，什麼樣的招式都能想出來，咱們還是小心一點為好。」蕭啟一邊說，一邊拿了兩個軟枕墊在蕭元時身後，讓他能夠躺得更舒服一些。

衛然也在一旁附和道：「就是，郡王殿下說得有道理，畢竟您這條命不僅屬於您自己，您身後還有那麼多誓死效忠您的將士在心心念念地盼著您重回疆場呢！這陷陣大軍沒有您是萬萬不行的。」

「陷陣大軍雖然是我一手創立起來的，可它並不屬於我，確切地說，它不屬於任何一個人。雖然我久不回朝，卻也知如今的京城並不安穩，皇上雖然已經立了太子，可其他幾位皇子並不甘於人下，紛紛急著拉攏自己的勢力；然而這些人的手就算再長，也不應該伸到軍隊裡來，軍隊的責任是保家衛國，而不是成為某些人爭權奪利的籌碼。」蕭元時越說就越覺得痛心疾首，他並不是一個迷戀權位的人，這些年他的身子一日不如一日，兒孫們也希望他能夠功成身退，回到京城的王府中頤養天年，可他就是放心不下；只要有他在的一日，這陷陣大軍就可以維持表面上的清明，那些暗中洶湧的勢力就算想要滲透也要掂量掂量自己惹不惹得起他這位地位與名望都達到頂峰的威龍大將軍。

蕭啟點了點頭。「六皇叔明白就好，所以您覺得陷陣大軍如今的副帥，鎮遠大將軍唐信是一個值得託付的人嗎？」

蕭元時臉上露出迷茫的表情。「他是奉旨而來的空將軍，我們倆一起共事還不到兩年，對於行軍打仗他的確有自己的見識，至於其他的我就不太瞭解了。」

衛然急切地說：「把自己的畢生心血交給一個一點都不瞭解的人，您真能放心得下嗎？」

蕭元時一臉正色地道：「我剛才已經說過了，這陷陣大軍並不是我蕭元時的私人物品，以後誰來當這個主帥，自然由皇上親自定奪。」

「可是——」衛然猛地一跺腳想要繼續進言，卻被蕭元時的一聲嘆息給打斷了。

「衛然啊，說實話，原本我看中你這一身風骨與你祖父有七成相似，想著把你帶在身邊好好培養一番，日後說不定能夠繼承我的衣缽，帶領陷陣大軍繼續走下去；可如今我已經沒有那麼多時間了，以後你要學著審時度勢，我看唐信對你也是青眼有加，只要你勤勤懇懇地做事，不愁沒有出頭之日。」

「大將軍，您不會以為我說了這麼多是為了我自己的前途吧？那您也太小瞧我衛家子孫了！」衛然像是被蕭元時的話給氣著了一般，竟然連聲招呼都不打就轉身出了房門。

蕭啟望著衛然的背影，有些無奈地說道：「六皇叔，您明明知道衛然的性子，為何偏偏要說這些話來嘔他？」

蕭元時彎了彎嘴角，眼中閃過一絲孩子般的狡黠笑容。「我要是不這麼說，他就會一直在這裡嘮嘮叨叨個沒完，應付你一個就夠我這把老骨頭費神了，再加上他還真有點吃不消呢！」

「好了，六皇叔，咱們還是辦正事吧！再這樣下去天都快亮了。」蕭啟拿這個在沙場征戰了半輩子卻依舊保持一分初心的六皇叔毫無辦法，只能無視他的反對，招呼姚婧婧上前來替他診治。

姚婧婧在一旁冷眼瞅了半天，這個威龍大將軍並沒有她想像中那麼可怕，相反地，他的性格就像一個小孩子一樣正直明朗，讓人忍不住想與之親近。

「民女姚婧婧給大將軍請安。」姚婧婧並不打算在他面前隱瞞自己是女子的事實，再加上剛剛聽蕭啟的意思，這個威龍大將軍眼睛很毒，想必早已將她看透。

果不其然，蕭元時臉上並沒有顯出很驚訝的表情，只是將目光在姚婧婧和蕭啟身上來回穿梭，嘴角露出一絲意味深長的笑容。「不錯，這還是啟兒第一次帶姑娘來給我看，姚姑娘今年多大了？家在哪裡啊？和啟兒是怎麼認識的？」

姚婧婧越聽越不對勁，這位威龍大將軍是不是會錯了意？上一世作為一位大齡剩女，對於這樣的說話語氣她是再熟悉不過了。「回稟大將軍，民女只是一名小小的醫女，奉郡王殿下的命令來給您診病，還請大將軍能夠配合，也好讓民女能順利交差。」

「配合、配合，一定配合，這小子終於主動了一回，我這個做叔叔的當然要全力配合了。」蕭元時一改之前抗拒的態度，樂呵呵地衝著姚婧婧伸出了手。

姚婧婧心中很是無奈，只想盡快診完脈，趕緊遠離這個心思詭異的老王爺。

由於之前蕭啟和她說過心中的懷疑，姚婧婧診脈診得格外細心，大約過了半盞茶的工夫，她才長出一口氣，將蕭元時的手放回了被子裡。

「怎麼樣？」蕭啟連忙開口問道。

姚婧婧衝著他輕輕搖了搖頭。「從脈象上看，並沒有什麼中毒的徵兆，只是由於長期虧損過度，導致陰陽失衡，氣血兩虛，所以才會如此畏寒怕冷；另外，大將軍身體內多個器官都出現了不同程度的退化，這種損傷會嚴重影響病人的生活，如果不細心調理的話，很快就會發展成各種惡性疾病，隨時有可能會致命。」在醫療界有一個不成文的規定，如果一個病人得了很嚴重的疾病，診病的大夫一般不會直截了當地將病情告訴他，而是會先告知他的家人。可姚婧婧卻覺得如果自己這樣做，對蕭元時來說是一種輕視，對於他這樣早已做好了赴死準備的人來說，這個世上還有很多比生死更為重要的事。

蕭元時臉上露出一副「我早就知道」的表情，感嘆道：「我就說嘛，怎麼可能有人能算計得了我？生老病死是人之常情，你我雖身在皇族，卻也逃不開命運的無常。」

蕭啟卻還不死心，繼續追問道：「那您最近吃了什麼藥？藥方呢？拿給姚姑娘看看。」

蕭元時指了指桌上擺放的起居冊，上面詳細寫了幾時幾刻自己吃了什麼藥，所有藥材是什麼，會有什麼作用。

姚婧婧從第一頁開始，認認真真地檢查了一遍，卻沒有看出任何不妥的地方。那些軍醫開的藥雖然不是特別對症，可若說能將人吃出什麼毛病，那也不大可能。

「好了，連姚姑娘都這樣說了，你還有什麼不放心的？你這孩子什麼都好，就是疑心太重。人啊，還是要活得灑脫一些，否則像你這樣實在是太累了。」

蕭啟垂著頭沒有說話，可從他的表情就可以看出，這樣的結果並不能使他信服。

「好了，軍營不比旁的地方，你們還是早些離去吧，若是被人發現又是一場麻煩，如今我已是諸事不管，就算想保也保不了你們了。」說了這麼半天話，蕭元時明顯有些精神不濟，他強撐著衝姚婧婧招了招手，示意她走到他面前。「姚姑娘這一趟只怕不太輕鬆，我這個將死之人也沒有什麼能夠答謝妳的，這塊玉珮我隨身戴了許多年，就算是上陣殺敵也從未離過身，現在我就把它送給妳了。」蕭元時說完，真的從衣襟旁拿下一枚晶瑩剔透、看上去沒有一絲雜質的平安扣塞到姚婧婧手裡。

姚婧婧對這些玉器瞭解得雖然不是十分深刻，卻覺得觸手一片溫潤，能讓這位天潢貴胄當作寶貝一樣珍藏，這玉珮一定非比尋常。姚婧婧連忙拒絕道：「大將軍萬萬不可如此，民女來之前郡王殿下已經付過診金。再說了，民女也沒能為您做什麼，如何能收您如此厚禮？」

蕭元時的態度卻非常堅決。「姚姑娘切莫推辭，這平安扣還是當年我第一次掛帥出征時，我大哥親手為我掛上的，說是特地請天竺的國師開過光，能逢凶化吉，保我一世順遂。我這條老命能夠撐到今天全因它的庇佑，可我大哥他卻……」蕭元時的聲音突然斷掉了。

姚婧婧覺得他的眼睛裡充滿了水霧，彷彿陷入傷感的漩渦中無法自拔。

不知是不是姚婧婧的錯覺，她隱約覺得蕭啟的鼻子輕輕地吸了吸，就連聲音也變得有些沙啞。

「六皇叔，這都是多少年前的舊事了，您怎麼會突然提起？」

蕭元時像是突然從回憶中驚醒，自嘲地笑道：「不提了、不提了，這人老了啊，總是會不自覺地想起從前的一些舊人、舊事。姚姑娘，這玉珮妳要是實在不願意要，出了這個大門就把它交給啟兒吧！這麼有靈性的東西跟著我這把老骨頭一起埋進黃土，實在是太可惜了。」

話都說到這個分上，姚婧婧也不好繼續推辭，只能暫時將它收進了懷裡。

「大將軍，您也不必太過悲觀，您的病雖然無法徹底治癒，可若是護理得當，不僅能大大提高您的生活品質，也能盡可能地延長您的生命。我可以給您開個方子，只要您一日三餐按時服用，再活個十年是一點問題都沒有的。」生命無常，姚婧婧很少會跟病人保證什麼，這次之所以一反常態，只是因為她看出了蕭元時豁達的偽裝下其實已經漸漸失去了對生的渴望。姚婧婧很能理解他的心理，對於蕭元時這樣將事業當作唯一歸宿的人來說，離開了戰場就像魚兒離開了水一樣難以為繼，只不過蕭元時把這種情緒隱藏得很好，一般人根本就察覺不了。

事已至此，多待無益，姚婧婧和蕭啟兩人正準備起身告辭，消失了半天的衛然突然又打起簾子走進來，手裡還端著一個熱氣騰騰的白瓷茶碗。

「這是什麼？」蕭啟幾乎是本能地反問道。

衛然一臉莫名其妙地說：「參湯啊！楚大夫說大將軍體質虛寒，要好好進補一番，因此每日睡前都要服用一碗參湯。今天晚上這不情況特殊嗎？人手不夠，這才拖到這個時候。」

蕭啟伸頭看了一眼，沒看出什麼異常，便轉身準備朝門外走去。

「等等！」姚婧婧腦中靈光一閃，某個之前被她忽略的東西像電影一樣，在她眼前飛快地掠過。

第七十一章 相剋

蕭啟立即緊張起來，上前一步追問道：「怎麼了？妳是不是發現了什麼？」

姚婧婧沒有回答他的問題，而是快步走到桌前拿起之前翻看過的那本起居冊，找到大將軍今日所服的藥方，用手指在上面輕輕地刮過。「就是它，藜蘆。」

眼見姚婧婧的眉頭越皺越狠，衛然也有些坐不住了，放下碗湊了過去。「藜蘆？有什麼不對嗎？」

姚婧婧搖了搖頭。「藜蘆又名山蔥，雖然本身具有一定的毒性，可只要運用得當也是一味上佳的藥材；不過這藜蘆卻有一個致命的缺陷，那就是不能與參同食，否則……」

「否則怎麼樣？」雖然沒有舉行正式的拜師儀式，可在衛然心中早已把蕭元時當成自己的恩師，自蕭元時病重以來，所有的飲食、湯藥他都親自照看，從不假他人之手，可沒想到在他如此嚴密的防範下還是出了差錯，所以姚婧婧的這些話帶給他的震撼可想而知。

姚婧婧定了定神，繼續說道：「有一句俗語叫做『苦參丹參並前藥，一見藜蘆便殺人』，雖然現實情況可能不致這麼誇張，可若是長時間日復一日地將這兩樣東西同食，對人體的傷害與服食毒藥無異。」

蕭啟的臉色已如烏雲般陰沈，他默默地聽完姚婧婧的說辭後，轉身壓著嗓子對衛然質問道：「我幾次修書提醒你，所有入口之物都要慎之又慎，你也向我保證過絕對不會有任何問題，可結果呢？若非今日被姚姑娘發現異常，是不是等到六皇叔哪天突然暴斃了，我們還被蒙在鼓裡？」

衛然心知有錯，急得連一句辯解的話都說不出來，只是捶胸頓足地懊惱道：「我怎麼知道還有這麼一說？那些藥方我都找外面的大夫反覆查驗過，所有入口的食物我也都會親自試用，確定沒有問題才敢端到大將軍面前，可千防萬防還是……都是我的錯，請大將軍責罰！」衛然說到最後，索性撲通一聲，直接跪倒在蕭元時面前向他磕頭請罪。

蕭元時沈默了良久，沒有人知道他在想什麼，直到最後，那雙閱盡世事滄桑的眼睛竟然露出幾分痛苦之意。

蕭啟強忍著心中的怒火，繼續問道：「給六皇叔治病的是哪位大夫？」

衛然抬起頭，臉上現出困惑。「多少年了，給大將軍治病的一直都是御醫出身的楚大夫，他一家老小能有今日的地位全都仰仗大將軍的恩賜，沒有故意謀害的理由啊！這件事說不定只是一個意外，也許是楚大夫才疏學淺，根本就不知道這兩種東西不能同食？」

「放屁！」蕭啟氣得粗話都爆出來了。「連民間俗語都有這樣的說法，若說他作為一位閱歷豐富的老太醫竟然會毫不知情，這話說出去又有誰會相信？有時候最先叛變的恰恰是那個看似最不可能的人，因為人心裡的慾望之門一旦打開，就像肆虐的洪水一般，再也沒辦法關住了。」

「沒錯，枉費我活了大半輩子，看待人性的弱點竟然還沒有你們這些年輕人看得通透。楚大夫當初只是皇宮內院裡一位專門負責給太監、宮女看病的最末等太醫，雖然醫術不錯，可因為出身不好，又不擅長鑽營，這輩子恐怕難有出頭之日。後來有一次我奉旨西去抗敵，那是一場敵我力量懸殊的戰役，所有的將士們都抱著必死的決心，臨行之前就連最基本的隨行人員都湊不齊；正當我為此事發愁時，楚大夫竟然主動找上我，要求充當那次征戰的隨行軍醫。」

衛然有些驚訝地揚眉道：「看他平日裡總是一副畏首畏尾的模樣，沒想到還有這份不怕死的決心。」

蕭啟卻不贊同他的觀點。「他不是不怕死，只是深知富貴險中求的道理，與其在宮裡鬱鬱不得志地窩囊一輩子，還不如豁出性命放手一搏。」

蕭元時點了點頭。「沒錯，事實證明他賭對了。從那場戰爭結束後，他就成為陷陣軍中實至名歸的軍醫首領，我不僅給他安排了軍職，還封賞了他的家人，從前那些嘲笑他的太醫一個、兩個都紅了眼，想方設法地想仿效他的做法，可有這樣的珠玉在前，其他人都變成了面目可憎的東施效顰，只是給人徒增笑料罷了。」

姚婧婧聽得出來蕭元時對這個楚大夫不僅是簡單的信任，甚至還有幾分欣賞之意；可越是這樣，那種被親近之人所背叛的痛苦也就越發深刻，就在姚婧婧以為他會承受不住時，他卻率先冷靜了下來。

「此事還須從長計議，衛然，我知道你心中氣憤，可無論如何不可打草驚蛇，得想方設法揪出他的幕後主使才是重中之重。」

衛然看了看躺在床上的大將軍，又轉身瞅了瞅同樣不動聲色的蕭啟，他突然感覺自己在這兩人面前就像是一個初出茅廬的愣頭青，有太多的東西需要學習。

「啟兒，時候不早了，你趕緊帶姚姑娘走吧，再拖下去天都要亮了。你放心，從前不知道這些也就罷了，既然知道了我自然要好好籌謀一番，以免人家真以為我這個威龍大將軍與那爛泥裡的泥鰍沒什麼差別。」

蕭元時說這些話時嘴角微微上揚，彷彿身體裡某些消失的鬥志被重新喚起了，給人的感覺與之前分外不同。

蕭啟這次沒有再猶豫，對著衛然點了點頭，轉身大踏步出了門。

姚婧婧也微微屈了屈身，匆匆跟了上去。

等待她的自然還是那個散發著刺鼻味道的大糞桶，抬眼望去天邊已經有些發白，姚婧婧就算再不樂意也只能急急忙忙地鑽了進去。

可這一趟卻沒有來時那麼好運，眼看出去的角門馬上就要出現在眼前，卻突然迎面撞見一隊剛剛從被窩裡爬出來的早班衛兵。

要是從前，這些衛兵絕對不可能去注意這輛幾乎每天都會在自己眼前晃過的糞車，可今早由於交接班的問題，這個衛隊長被自己的頂頭上司好一頓痛罵，此刻正是看什麼都覺得不順眼，所以當他察覺到那個原本卑賤如螻蟻的運糞工竟然敢在他面前將脊背挺得那麼直，他心裡頓時無名火起，亟需逮住一個人來發洩一下心中的惡氣。

「站住！」衛隊長一聲怒喝，帶著手下幾個兄弟將這輛運糞車團團圍住後，那撲鼻而來的臭氣卻讓他頓時有些後悔了。也是，這一大清早的，自己找上誰不好，怎麼就那麼想不開地找了這麼一個臭氣沖天的倒楣鬼？看來今天的早飯都可以省下了；可既已開了頭，若是就這樣放他走，未免有損他們的氣勢，所以他也只能硬著頭皮在轂轆上踹了一腳，扯著嗓子大聲叫囂道：「我懷疑你利用糞車私自夾帶，趕緊給我滾下來，我們要例行檢查！」

蕭啟立刻拉住韁繩，臉上露出惶恐的表情，唯唯諾諾地說道：「諸位軍爺，俺在這大營裡拉了十幾年的糞車，一向是最守規矩的，這車上拉的都是骯髒的穢物，各位軍爺還是離遠一點得好。」

那個衛隊長卻有些煩了，使勁啐了一口，惡聲惡氣地罵道：「少廢話，我說要檢查就一定得檢查，你這樣推三阻四的，莫非是心中有鬼？趕緊給老子滾下來，否則別怪大爺我不客氣！」

「不是，軍爺，俺可是為了你們著想啊！眼看就要天亮了，要是弄髒了營道，上面怪罪下來，俺可吃罪不起啊！」

衛隊長一聽這話，心中怒氣更甚。「好哇，你一個臭挑糞的竟然還敢威脅本大爺，真是吃了熊心豹子膽，我今日倒要看看你到底有多大的能耐。」衛隊長說完，解下鞭子朝著他的頭臉抽了下去。

蕭啟的模樣看起來像是害怕極了，一邊呼救，一邊朝後倒去。

那個衛隊長就是想把他從車上逼下來，可一連幾鞭子都落了空，讓他心裡不由得有些犯嘀咕，最後一鞭他屏氣凝神，幾乎使出了吃奶的勁。

隨著「啪」的一聲巨響，如他所願，運糞工一邊喊著救命，一邊異常狼狽地從車上掉了下來，一連翻了好幾個滾，滾到了路邊的雜草堆裡。

那衛隊長還沒來得及得意，就驚覺由於自己揮鞭的力量太大，竟然帶倒了車上一個裝滿糞水的大糞桶，一時間污水橫流、屎尿飛濺，在場的衛兵們紛紛尖叫著朝後退去，卻逃不脫被噴濺的命運。

「嘔！」

不知是誰先低頭吐了出來，很快地便像瘟疫一樣傳染了一大片，那場面只能用慘不忍睹來形容。

蕭啟這才慢悠悠地從草地裡爬了起來，對著眼前一片狼藉的景象，絕望地哭喊道：「這下該怎麼辦？李總管要是知道了非要攆了俺不可，俺還指著這份活計養家餬口呢，真是造孽啊！」

這些話卻提醒了衛隊長，自己的頂頭上司這幾天像是吃錯了藥一般，總是對自己橫挑鼻子豎挑眼的，要是再被他知道自己沒按照他的吩咐去幹活，反而跟一個運糞工在這裡瞎糾纏，那他這個衛隊長只怕是要當到頭了。一想到這兒，他便率先發難，指著運糞工的鼻子大罵道：「你是怎麼做事的？這麼重的糞桶為什麼不用繩子好好紮牢？大爺們身上的軍袍可都是新製的，弄成這樣還怎麼穿？你這個烏龜王八蛋趕緊給老子賠！」

蕭啟適時地露出一臉苦相。「俺哪裡知道還有軍爺會對這糞桶感興趣，俺老早就提醒過您，是您自己不相信，這下弄髒了衣裳卻還要讓俺拿銀子賠，俺哪裡賠得起喲！」

一個膽汁都快要吐出來的衛兵拉著自家隊長哀求道：「不行了、不行了，衣裳的事以後再說，咱還是趕緊走吧，實在是太臭了！」

另外一個衛兵也湊過來勸道：「就是、就是，這人就是茅坑裡的石頭，又臭又硬，您跟他能計較出什麼名堂來，一會兒要是被人看到咱們這副模樣，不知道怎麼笑話咱們呢！」

衛隊長瞪了瞪眼睛，一副氣憤難平的模樣。「哼！老子現在還有重要的事要做，沒時間跟你這個窮鬼在這裡磨嘴皮，你給老子記住，這件事本大爺跟你沒完！」

臨走之前，那個當和事佬的衛兵還不忘大聲斥責道：「還不趕緊把這裡收拾乾淨，等著一會兒受罰嗎？」

蕭啟卻只是用袖子掩住臉，像是受了天大的委屈，嘴裡絮絮叨叨的，不知在嘀咕什麼。躲在桶裡的姚婧婧提著的一顆心終於放了下來，雖然她沒看見蕭啟的表情，可從他說話的語氣就能感受到他把受氣包的運糞工扮演得是活靈活現，今年的最佳男主角非他莫屬了。

直到那些衛兵的身影徹底消失不見，蕭啟才一個跨步飛身上馬，駕著馬車駛出角門。

雖然已經駛離了陷陣大營的地盤，可蕭啟卻沒有絲毫停下來的意思，於是官道上就出現了一輛破破爛爛的運糞車疾駛而過的神奇景象。

差不多走了五里路，車子終於在一處僻靜的山谷裡停了下來。

雖然是大白天，姚婧婧卻感覺有無數顆小星星在頭頂上閃爍，她幾乎是從桶裡爬著出來的，而蕭啟只在一旁冷眼看著，連搭把手的意思都沒有。

緩了半天，姚婧婧終於有力氣開口質問道：「你知不知道待在裡面有多難受？為什麼不早點放我出來？」

「妳若是知道剛才被人發現會有什麼下場，妳就會覺得自己是多麼幸運，哪裡還有什麼力氣去難受？」

蕭啟說話的語氣滿含譏諷，聽得姚婧婧有些莫名其妙，自己好像沒有招惹他吧？

「妳不是要給六皇叔開方子嗎？喏，現在就寫吧！」蕭啟說完，像變戲法似的，從懷裡掏出一套筆墨紙硯擺在姚婧婧面前。

姚婧婧很是錯愕，看來蕭元時在蕭啟心中的地位非比尋常，讓他一時半刻都等不下去。

按照之前的約定，蕭啟會親自將她們主僕兩人送回長樂鎮。其實要不是兩個女孩子出門在外不方便，姚婧婧還真不想和這個臭屁的男人多相處一刻鐘。

好在回去的路途一路順遂，一連幾天除了趕路、就是趕路，姚婧婧每天和白芷一起縮在馬車裡欣賞窗外的風景，倒也怡然自得。

第五日的清晨，他們剛剛踏進長樂鎮的地界，蕭啟就勒住轠繩，飛身下馬。「我走了。」

不知是不想再多和她廢話，還是真的急得一刻都等不了，蕭啟竟然連一句客套的話都沒有，直截了當地丟出三個毫無溫度的字。

姚婧婧頓時有一種如釋重負的感覺，她輕輕地衝著他點了點頭。「走吧！」

這樣的道別未免太過敷衍，可兩人似乎都不覺得有什麼不對。

蕭啟深深地看了她一眼後，重新翻身上馬，就要朝前奔去。

「等等！」姚婧婧像是突然想到了什麼，衝著蕭啟那挺拔而精壯的背影大聲喊道。

蕭啟轉身，眉頭輕皺。「還有什麼事嗎？」

姚婧婧指著腳下的一個大麻袋，示意蕭啟將它帶走，這是他千里迢迢從廣陵城帶回來的，也不知裡面裝了什麼寶貝。

「這是姚姑娘此行的酬金，希望姚姑娘能夠滿意。」蕭啟的嘴角泛起一絲淡淡的笑容，最後看了她一眼，轉身消失在茫茫的霧氣中。

「這到底是什麼東西？」滿心好奇的白芷立刻將麻袋打開。

映入眼簾的是一個個小包裹，每一個包裹裡都裝著一種極其珍貴的藥材，有天麻、靈芝、龍涎香、冬蟲夏草等等，最讓姚婧婧驚喜的是，袋子最下面還壓著一包品質極佳的藥種，這對她而言簡直是無價之寶。「哈哈，真叫踏破鐵鞋無覓處，得來全不費工夫。」

因為擔心娘親的身體，姚婧婧來不及給白芷講自己的計劃，便匆匆忙忙地趕回了清平村。

不知為何，姚婧婧總覺得今日的清平村看起來格外熱鬧，越往姚家的方向走，擠在村道兩旁湊熱鬧的人就越多，等走到姚家大門口時，簡直就是水洩不通了。

白芷嚇了一跳，拉著姚婧婧驚慌失措地問道：「小姐，不會是夫人又出了什麼事吧？」

姚婧婧低頭看了看滿地的炮竹碎屑，空氣中還有尚未消散的煙火味，這些跡象明明白白地告訴她，姚家的確是出事了，不過卻是大喜事。

第七十二章　真的中了

姚子儒竟然中了秀才！

站在院子中間的姚老太太沈浸在左鄰右舍的恭喜聲中無法自拔，為了這一刻的榮耀，姚家上下付出了太多、太多。

可如今看來，所有的犧牲都是值得的，從今以後姚家將在姚子儒的帶領下一步步擺脫過去的陰影，過上人上人的生活。

其實姚婧婧並不想打擾姚老太太的幻想，可好巧不巧她帶著幾個上了年紀的老婆子擋在她回房的必經之路上，無可奈何之下，姚婧婧只能揚起笑臉開口叫了一句。「奶奶。」

原本以為姚老太太會看在大喜之事的分上，和顏悅色地放她過去，可事實證明她還是太高估姚老太太了。

也許是怕被她搶了風頭，又或許是不想讓這個討人厭的孫女跟著他們一起沾光，姚老太太看到她就像看到一隻蒼蠅一般，絲毫不掩飾眼中的鄙夷。

「這麼多天妳死哪兒去了？我還以為妳跟哪個野男人一起私奔了，正準備去找里正大人報告呢！妳看看妳，哪有一點正經姑娘家的樣子？我姚家已是今時不同往日，妳可不要做出什麼上不得檯面的事，影響妳大哥的清譽。」

姚婧婧心裡忍不住覺得有些好笑，果然是環境改變人，這才多大會兒工夫，姚老太太竟然學會拿腔拿調地說話了。一個人的身分可能會發生改變，可人過留名，雁過留聲，姚子儒做過的那些齷齪事自己忘記了，她可還記得很清楚，一個拿著親人血汗錢去尋花問柳的大米蟲，還好意思跟她提什麼清譽？

賀穎見到閨女先是一愣，緊接著眼眶一紅，著急站起身撲上前，將姚婧婧摟在懷裡。

「二妮，妳可回來了，真是想死娘了！」自家閨女長這麼大從未離開自己這麼長時間，這十天來賀穎茶不思、飯不想，幾乎沒有睡過一個安穩覺，眼看著都瘦了好幾公斤；直到此時她才明白，對她而言，生命中最重要的東西不是拚盡全力生個兒子傳宗接代，而是這個陪伴她一起走過那些艱苦歲月的貼心小棉襖。

姚婧婧也感到一陣陣的鼻酸，她捧著娘親的臉龐看了又看，簡直心疼得不知如何是好。

「娘，對不起，我不該瞞著妳的。」

賀穎一邊抹著眼淚、一邊搖頭道：「沒事，娘不怪妳，娘就是太想妳了，妳趕緊跟娘說說，這一路上可還順利？」

白芷滿臉笑意地在一旁搶著答道：「順利極了，夫人放心吧！小姐一直惦記著夫人，片刻都不敢多留，一路快馬加鞭，就為了早點見到夫人呢！」

姚婧婧悄悄地衝白芷眨了眨眼睛。兩人在回來之前已經商量好，對待爹娘都是報喜不報憂，畢竟那些危機既然已經過去，又何必再讓他們跟著擔驚受怕一回。

姚婧婧陪著娘親笑了一陣便若有所思地問道：「大哥真的中了秀才？我怎麼感覺好像不太可靠的樣子？」

「錯不了，衙門派來報喜的人今天天沒亮就來敲門了，妳奶奶剛剛還逼著妳爹拿了二兩銀子去給他們包喜錢呢！」

姚婧婧鼓著腮幫子，憤憤不平地說：「我就說嘛，大哥就算中了秀才，對咱們也沒什麼好處，想沾光不可能，要錢時倒想起咱們來了。」

賀穎無奈地嘆了一口氣。「能怎麼辦呢？到底是一家人，外面那麼多雙眼睛盯著，總不能等著讓人看笑話吧！暫且忍著吧，熬過這陣子就好了。」

閨女遠行歸來，賀穎原本想做點好吃的犒勞她，可家裡實在是太鬧騰，做什麼事都不方便。

姚婧婧當機立斷，決定帶爹娘一起去鎮上吃館子，順便也讓娘親逛一逛，散散心。

為了不引人注意，三人沒有走正門，而是悄悄地從後院一處破損的圍牆擠了出去。

由於姚老三還在地裡忙活，三人便繞道去喊他。

算起來姚婧婧已經有些日子沒有來察看這片藥田了，在姚老三的精心伺弄下，原本被吳老癩損毀的大棚已經修復一新。

那些金線蓮的根莖在溫室裡悄然沈睡著，只等來年春暖花開時煥發出新的生機，帶給人收穫的喜悅。

姚老三見到閨女回來也很高興，四人一邊聊，一邊朝鎮上走去。

此時對於姚家三房來說，一個繞不開的話題就是關於蓋新家，姚婧婧臨行之前特意請胡掌櫃去埕陽縣城請了一支專業的施工隊伍，不知他的收穫如何？

姚婧婧帶著爹娘在鎮上逛了一大圈，吃飽喝足後才慢悠悠地晃回村子，誰知姚家大院裡的人卻比之前更多了。

原來姚老太太激動之下，竟然決定在家裡擺上三天的流水席宴請全村的人。這排場可比湯家還要大上幾倍，不知道的人還以為姚子儒當了什麼了不得的大官呢！

由於客人太多，原本請的幾名幫廚根本就忙不過來，姚老太太一聲令下，賀穎和湯玉娥兩個媳婦只能硬著頭皮去幫忙。但賀穎懷有身孕，姚婧婧無論如何都不肯讓她去做這些重活，姚老太太雖然心中有氣，也不願讓旁人看了笑話；然而湯玉娥卻是無論如何都逃不掉的，只能一頭栽進廚房，沒日沒夜地忙活。

第二天下午，姚婧婧帶著白芷從鎮上辦完事回來，看到湯玉娥抱著哇哇大哭的小靜姝站在門口，連忙上前幫忙哄。

「怎麼了？怎麼了？我們的小開心果怎麼不高興了？快到姊姊這裡來。」

急得滿頭汗的湯玉娥長嘆了一口氣說道：「靜姝原本就膽子小，這兩天家裡吵吵鬧鬧的，嚇得她總是片刻不停地哭泣，我早上帶著她去我娘家躲了大半天，這不，剛一回來她就又成了這副模樣。」

姚婧婧拿出手帕替懷裡的小可愛擦掉臉上的淚水，那粉嫩嫩、胖嘟嘟的臉龐惹得她忍不住湊上去親了一口。「這好辦，既然小靜姝害怕，咱們離遠點便是，等戲臺子撤了咱們再回去。五嬸，妳先去忙吧，我帶小靜姝去後面林子裡轉一圈。」

「那就辛苦妳們倆了。」湯玉娥急著回去招呼幾位親近的長輩，當下也不和姚婧婧客氣，交代了兩句便轉身進了姚家大門。

姚婧婧長這麼大還從未獨自一人帶過孩子，幸好身邊還有白芷幫忙，兩人都很喜歡眼前這個軟軟糯糯的小團子，於是一邊逗弄著她、一邊順著外牆朝屋後走去。

「什麼人?!」

兩人正準備順著小路上山，白芷突然發出一聲驚叫。

姚婧婧轉頭一看，只見一個身材矮小、行蹤詭異的男子正費盡力氣地從姚家後院往外翻，更為可疑的是他的背上還揹著一個鼓鼓囊囊的大布袋。姚婧婧心裡一驚，光天化日、眾目睽睽之下，到底是誰如此膽大包天，竟然想乘亂撈上一筆。「白芷，快去！」

姚婧婧一聲令下，白芷立刻胸有成竹地點了點頭，一個跨步飛了出去。

那個倒楣透頂的賊人剛剛從牆頭跳下來，還沒來得及站起身，就覺得有一塊巨石從天而降砸在了他身上，緊接著便感到脖子一涼。「啊！救命啊！什麼東西……」小賊一邊大聲喊叫，一邊用力掙扎，想要甩掉壓制他的不明物體。

「老實點，否則我立即割斷你的喉嚨！」

白芷言語間是隱藏不住的得意，這一招還是她從小姐那裡學的，之前看到姚婧婧手起刀落，非常索利地就挑斷了孫晉陽的手筋，她心裡別提有多羨慕了，因此轉過頭她就為自己也找了一把匕首隨身帶著，雖然沒有小姐那把看著精巧，可沒想到這麼快就派上用場。

白芷正幻想著自己變身為除惡扶善的俠女，可沒想到被她踩在腳底下的那名小賊卻是一個實打實的窩囊廢，一看到架在自己脖子上的尖刀就嚇得屁滾尿流，險些暈了過去。

姚婧婧抱著小靜姝慢悠悠地走了過來，原本哭鬧不止的小靜姝看到這一幕竟然瞬間被逗樂了，格格地笑個不停。

姚婧婧詫異極了，這小丫頭還真是骨骼清奇，天賦異稟，日後前途一定不可限量。

白芷一手扯開地上的布袋，發現裡面裝的都是一些酒肉食物，並沒有什麼貴重的東西。

姚婧婧對這樣的小毛賊沒什麼興趣，正打算喊姚老三過來把他扭送到里正那裡，沒承想那個突然抬起頭的小毛賊見到她卻像是見到鬼一般，露出一臉驚恐的表情。

「鬼……鬼啊！」

姚婧婧皺了皺眉，有些不確定地問道：「你說什麼？」

白芷一掌打在他的腦袋上，厲聲斥道：「死到臨頭還敢詛咒我家小姐，你信不信我現在就把你的眼珠子剜下來當球踢！」

那名小賊嚇得一下子捣住眼睛，用顫抖的聲音說道：「不、不敢，妳、妳不是掉到井裡淹死了嗎？怎麼會……」

姚婧婧只覺得一道閃電從腦中劃過，這小賊說得沒錯，自己這具身體原來的主人，真正的姚二妮，正是掉入井中淹死的。

姚婧婧蹲下身子，強行拉開小賊用來掩面的手。這個男人大約三十歲左右，模樣和氣質只能用一個詞來形容，那就是「猥瑣」。

她幾乎可以百分之百地確定，自己之前從未見過此人，可為什麼他的眉眼之間卻讓人有一種熟悉的感覺？

姚老大正端著酒盅向眾人誇誇其談時，里正竟然帶著手下突然出現在姚家大門口，姚老大頓時喜出望外，立刻丟下酒杯迎了上去。

其他村民見里正大駕光臨，也不由自主地站起身來。村裡經常有人辦喜事，里正雖然每次都會派人送去紅包，可那和他親身到場的意義完全不同。

姚老大正準備請里正上座，卻突然覺得有什麼地方不太對勁，為什麼里正臉上的表情看起來那麼嚴肅？還有，他身後帶的隨從也太多了些，看起來不像是賀喜的，倒像來抓人的。

姚老大不由得有些慌神。「里正大人，您這是做什麼？」

「姚老大，打擾你辦喜事，實在是不好意思，可我剛剛接到村民舉報，說你們家鬧賊，所以我特意帶人前來察看一番。」

「鬧賊？沒有啊！是誰向您舉報的？」姚老大一臉訝異地回頭望了望。

周圍的人也都是一頭霧水，完全搞不清楚發生了什麼事。

「你不知道沒關係，我已經命人把賊人給抓住了，而且是人贓俱獲，現在只須借你的地方審問，也好讓你核對一下所丟之物是否悉數找回。」

雖然有些意外，可里正大人的要求合情合理，姚老大根本沒有理由拒絕。

里正大人揮了揮手，兩名隨從就連拖帶拉地押著一名又矮又瘦的男子走了進來。

姚婧婧不知什麼時候已經抱著小靜姝回到了院裡，她靜靜地站在角落裡，冷眼看著眼前這一切，只是一直跟著她的白芷不知為何不見了蹤影。

眾人的目光都被跪在院子中間的那名小賊吸引了。

姚老大仔細端詳了一番，有些疑惑地問道：「這人看著眼生得很，好像不是咱們村裡的人，怎麼會想跑到我姚家來偷東西？」

「這有什麼稀奇，有些遊手好閒之徒整日四處流竄，專找那些辦紅、白喜事的人家下手，家主忙於宴客，疏於防範，往往是一偷一個準。」里正大人耐心地向大家解釋道。

「我呸！臭不要臉的小毛賊，我看他不是來偷東西的，而是存心來給咱們姚家添晦氣的，看我今天非打死他不可。」不管在任何時代，抓住小賊先胖揍一頓似乎已經成了約定俗成的規矩，姚老大並不覺得自己的行為有什麼不對。

里正大人也不攔著，等他打了幾拳、踢了幾腳後，才揮揮手命人把他拉開來。

「姚老大，你先消消氣，這賊既然已經被抓住，我肯定輕饒不了他，咱們還是先看看他到底偷了哪些東西，有沒有什麼特別貴重的，才好依例論罪。」

姚老大氣喘吁吁地點點頭。「里正大人說得對，有您在，今天肯定沒他好果子吃。」

一名隨從將布袋裡的贓物全部倒在了地上，其中有整隻的燒鵝、煮好的大塊蹄子肉、專門招待小孩子的糖果和點心，以及一罈還未開封的美酒。

雖然都是一些不太值錢的東西，可一想到此人竟然在自己眼皮子底下登堂入室還行竊，姚老大眼裡幾乎快要噴出火來。

「姚老大，你確定這些東西都是你們家的？」

姚老大立刻點點頭。「沒錯，這些都是我為了宴客特意去鎮上採買的，原本都鎖在廚房的櫃子裡，不知怎麼被他給搜刮出來。」

「那就好，只是這些東西加起來值不了幾個錢，按照村規，只怕沒辦法對他施以嚴懲，頂多打一頓、攆出村了事。」里正搖了搖頭，說話的語氣聽起來很是可惜。

「那怎麼行？這回要是不給他點教訓，下次他說不定還會再來禍害咱們清平村，里正大人，您可千萬不能手軟啊！」

「不！我不是賊！大姊，妳快救救我大姊，妳跟他們說我不是賊，不是賊！這些東西也不是我偷的，而是妳給我的，妳說啊，妳快說啊！」躺在地上的小賊突然朝著朱氏的方向撲過去。

當兩人湊在一起近時，眾人才驚覺兩人眉眼之間流露出來的神韻竟然有六、七分相似。

姚婧婧冷冷一笑，這就是為什麼剛剛見到此人時，她會覺得莫名有些熟悉的原因了。

第七十三章　朱氏自殺

「這、這到底是怎麼回事？」姚老大也察覺出異樣，難道此人是朱氏的兄弟，可為什麼自己會不知道？

里正摸著下巴，一副若有所思的模樣。「看來這事還另有內情，說不定是咱們誤會這小夥子了。朱氏，妳趕緊跟大家說說他到底是誰，跟妳是什麼關係，為什麼會出現在這裡？」

朱氏咬著牙，一副難以啟齒的模樣，可架不住姚老大的連聲逼問和腳下那名男子的苦苦哀求，她只得硬著頭皮開了口。

這個被當成小賊的男子名叫薛敏，兩人雖然不同姓，可他的確是朱氏的親弟弟，只不過並不是同一個爹的種而已。

原來朱氏的娘家不僅窮，家庭情況也很複雜，自從她嫁到姚家後就和娘家鮮有來往，再加上她的刻意隱瞞，因此姚家人根本就不知道她還有這麼一個同母異父的弟弟。

這個薛敏一直遊手好閒，三十歲的人了既沒有娶妻生子，也沒有一個正當職業，經常是吃了上頓、沒下頓。

有時實在是餓得受不了了，他就會想起自己還有一個嫁到清平村的大姊，姚家雖然也窮，可至少頂上有瓦，屋裡有糧，在他眼裡那就是了不起的大戶。

薛敏倒還有點小聰明，每次來都是毫無聲息地找上朱氏，從不由正門進出。

朱氏既可憐這個孤苦無依的弟弟，又怕被夫家人知道遭到唾棄，每次都偷偷摸摸地送給他一些自己絞盡腦汁私藏下來的糧食和物品，速速地把他打發了。

這一次薛敏得到消息，知道姚家正在大辦喜事，這對他來說可是一個千載難逢的好機會，於是今天一早他便乘亂摸進姚家，找到自己的大姊朱氏。

自己的兒子考上了秀才，薛敏作為親舅竟連光明正大地喝杯喜酒的資格都沒有，朱氏越想越心酸，於是便大著膽子偷拿了姚老太太的鑰匙，從廚房的櫃子裡取來好酒、好肉交給薛敏，想讓他也跟著高興一回。

半個時辰之前，她明明親眼看見薛敏翻身出了姚家，怎麼會眨眼之間就被里正大人當成賊給捉住了？這也太背了吧！

還沒等朱氏支支吾吾地將話說完，姚老太太已經是怒不可遏，沒想到自己千防萬防，還是沒防住這打洞的惡耗子。這麼多年來朱氏不知背著她偷藏了多少東西，那可都是她一分一毫從牙縫裡摳出來的，自己捨不得吃、捨不得用，最後卻便宜了這個臭不要臉的狗東西，姚老太太想想都覺得肉痛。

「好妳個吃裡扒外的賤人，我姚家娶了妳算是倒了八輩子血楣，妳給我老實交代，這麼多年來妳究竟從我家裡偷了多少東西去貼補妳娘家那個無底洞？」

姚老太太越說越氣，撲上去揪住朱氏的衣領，一連甩了她好幾個響亮的耳光。

朱氏被打得嘴角沁血，卻連躲都不敢躲一下，只是跪在姚老太太腳下哭求道：「娘，這麼多年您是知道的，家裡的銀錢我是分毫都沾染不到，稍微貴重一點的東西也被您鎖在箱子裡，除了一點不值錢的吃食，我什麼都沒給過他，天地良心，要是有一句虛言，我願遭天打雷劈！」

「正所謂清官難斷家務事，這些東西既然是你媳婦給的，那就不算偷，該怎麼處理你們自己看著辦吧！我還有事，先走了。」里正衝著姚老大揮了揮手，轉身就想帶著一眾手下離開。

「里正大人，您不能走。」姚老太太猶如一個失控的潑婦，哭喊著攔在里正大人面前，彷彿自己受了多麼大的冤屈一般。「里正大人，您不能把這件事當成簡單的家務事來處理，我們姚家從上到下沒人認識這個姓薛的男人，他就是一個徹頭徹尾的狗賊，您趕緊派人把他扭送到鎮上報官，我不僅要讓他受到懲罰，還要他把從我這邊偷的東西全都給我吐出來。」

里正大人思索了一下，臉上露出為難之色。「這恐怕不太好辦，他既然是朱氏的弟弟，那也算是你們的姻親，到時候他只要一口咬定這些東西是朱氏心甘情願送給他的，衙門裡的那些捕快頂多訓斥兩句，絕不會因此將他收押的。」

「既然衙門管不了，那我就親自動手卸掉他一條腿，看他以後還敢不敢再打我姚家的主意。」姚老大說完就從牆根處抄起一根木棒，招呼幾個兄弟和自己一齊動手，準備將薛敏打到親娘都認不得，以解自己心頭之恨。

「住手！」里正大人黑著臉喝止了他。「姚老大，私自用刑有違王法你不知道嗎？若是真將薛敏打出個什麼好歹，你們兄弟幾個也難辭其咎，到時候別怪我沒有提醒你們。」

「里正大人，我這不也是沒辦法的辦法嘛！這樣也不行，那樣也不行，難道我姚家注定要吃下這個啞巴虧？」姚老大立即慫了下來，卻只能癟著嘴訴苦。

好好的大喜事最終卻鬧成了一場笑話，姚老太太無論如何都嚥不下這口氣，最後竟然不顧大孫子的反對，用一紙休書將朱氏趕出了姚家。

朱氏沒想到自己苦熬了半輩子，好不容易才有了些盼頭，最終卻落得了這般下場，苦想不通的她最後竟然跪在姚家大門口抹了脖子，噴濺的鮮血瞬間將姚家大門染得鮮紅，那場景別提有多觸目驚心了。

事已至此，姚老太太和姚老大卻依舊沒有絲毫憐憫之心，為了不給自己惹麻煩，他們竟然趕在天亮前，將奄奄一息的朱氏移到了村口的破廟裡，讓她一個人孤獨淒涼地等待死亡。

就在朱氏的神志即將渙散之際，終於有兩個嬌小的身影出現在她面前。

姚婧婧眼神深沈，盯著躺在地上的朱氏看了半晌，終於緩緩開了口。「我知道大伯娘最不想見到的就是我，可如今整個姚家再找不到第二個人願意走這一趟，大伯娘確定沒有什麼想和我說的？」

朱氏瞪著眼睛慘然一笑。「我和妳能有什麼好說的？妳是來看我笑話的吧！想笑就笑吧，辛辛苦苦了大半輩子，結果卻落到這步田地，就連我自己都忍不住想笑呢！」

「沒想到大伯娘這麼輕易就認命了，當初妳狠下心腸把我丟到那口深井裡時，一定沒想到還會有今天這個局面吧？」

姚婧婧的話聽在朱氏耳中猶如晴天霹靂，一瞬間她臉上湧現出震驚、恐懼與難以置信，整個身子使勁向後縮去。「妳……妳在說什麼？我聽不懂，我一點都聽不懂！」

「聽不懂沒關係，反正閒來無事，我就給大伯娘再複述一遍。今年春天，妳閨女姚大妮為了改弦更張和孫家二少爺在一起，竟然三更半夜把我丟在孫大少爺的床上，回來以後奶奶不分青紅皂白地將我一頓痛打直至昏迷；我醒來時只覺口渴難耐，娘親又恰好不在房中，我便忍痛起身出門找水喝，無意中卻碰到妳正偷偷摸摸將家中的糧米交給薛敏。其實當時我頭昏眼花，根本就沒看清楚發生了什麼事，可妳卻怕我將妳的秘密說出，竟然喪心病狂地指使薛敏將我打暈以後丟入井中，造成我不堪羞辱、畏罪自盡的假象。」姚婧婧的聲音沒有一絲波瀾，就像是在講別人的故事一般。

朱氏一邊聽，一邊不住地搖頭。「不是我做的、不是我做的，我沒有……」

「我呸！」白芷怒氣沖沖地上前一步，對著朱氏使勁啐了一口。「妳弟弟薛敏都已經招認了，妳還想抵賴？真真是不見棺材不落淚！」

朱氏微微一愣，後知後覺地吼道：「薛敏？原來逮住他的不是里正，而是妳們！」

姚婧婧輕輕一笑，並沒有絲毫否認的意思。

朱氏眼中露出陰毒之色。「既然妳們都已知道了，為何不當場說出來？蝨子多了不癢，帳多了不愁，無論怎樣都是死，我也不怕再多一項罪名。」

「既然妳已注定沒有活路，我又何必再提起這樁舊事惹娘親傷心？雖然過去這麼長時間，娘親卻依舊為當日沒有保護好我而耿耿於懷，就讓她當我是失足落水的吧，心裡少一些仇恨，人也許就能活得輕鬆一些。」

姚婧婧話語間的憐惜刺痛了朱氏，讓她整個人呈現出一種歇斯底里的瘋癲狀態。「為什麼？同樣是姚家的媳婦，那個湯玉娥有能幹的父兄當靠山，我比不上她也就罷了，可妳娘她有什麼？娘家窮得響叮噹不說，自己肚子又不爭氣，嫁到姚家十幾年連個兒子都沒生出來，她又憑什麼過得比我好？我不甘心，我不甘心啊！」

人生在世，總有自己無法選擇的出身，可若將此當成自己為非作歹的理由，結果注定只能是一場悲劇。姚婧婧看著朱氏那執迷不悟的樣子，突然覺得自己這一趟算是白來了。

「甘與不甘都已回天乏術，只能祝願大伯娘下輩子投個好胎，做個好人，二妮在此別過了。」姚婧婧說完，帶著白芷頭也不回地朝外走去，這一刻身體裡某個沈睡的部分突然蠢蠢欲動，讓她有一種想哭的衝動。

姚二妮，大仇得報，從此以後妳的靈魂可以安然歇息了，剩下的漫漫人生路我會代替妳一步步走完，縱然再多艱難，也會不忘初心，永不回頭！

從破廟裡出來的那一刻，一股清新的寒風讓姚婧婧的精神為之一振，連帶著心情也豁然開朗起來。

第七十四章　童監工

就在姚家上下籠罩在一片愁雲慘霧的氛圍時，姚老三一家的新家卻毫無聲息地開工了。

胡掌櫃介紹給姚婧婧的包工頭姓童名一春，雖然只有二十歲出頭，卻是子承父業，是一個非常有靈氣的泥瓦匠，也是一個很有能力的組織者，他手下那幫工人都習慣稱呼他為童監工。

姚婧婧第一眼看到這個童監工就覺得有些不可思議，這個男人雖然個子不是挺高，可長得還算結實，一看就是經常出力氣幹活的。

常年的風吹日曬並沒有在他臉上留下痕跡，他的皮膚白裡透紅，閃閃發光，要不是他脖間滾動的喉結，以及那粗獷低沈的嗓音，她幾乎快以為這個童一春是女扮男裝了。

這個童一春的確是個妥貼人，他不僅幫忙帶來了蓋房用的全部材料，還帶來了一份詳細的工程進度與預算表，看得姚婧婧連連點頭，和這樣的人共事的確是省心又省力。

兩人雖然性別不同，身分有差，卻頗有一見如故的感覺，第一次見面就聊了大半天。

姚婧婧能感受到童一春是打心眼裡尊重女性，並沒有因為自己是個小丫頭片子而對自己有所怠慢，看來不用等房子蓋好，自己又可以交上一個好朋友，姚婧婧心裡很是高興。

這天好不容易抽出點時間，姚婧婧便帶著白芷去檢查一下進度，沒承想卻在工地裡看到一個熟悉的身影，驚得她忍不住發出一聲尖叫。「四叔！真是你！你說你不好好在屋裡休養，跑到這裡做什麼？簡直是瞎胡鬧，趕緊跟我回去。」氣得伸手拽住他。

姚老四樂呵呵地甩開她的手，指著自己的胸口，示意自己的傷已經完全好了。

姚婧婧正著急問，童一春跨著大步走了過來。

「姚姑娘，這個人是妳的四叔啊？怪不得他一大早跑來捋起袖子就搶著幹活，我怎麼攔都攔不住。還別說，此人雖不多言、不多語，可幹起活來真是一把好手，要不以後就讓他在這裡上工吧，我可以按天給他結算工錢。」

「行！」姚老四臉上頓時湧現出一片驚喜之色。在姚婧婧的精心看護下，他身上的傷早已好得差不多了。如今天氣越來越冷，地裡也沒什麼活計，以往這個時候他會和幾個兄弟一起去鄰村的一座煤礦打短工，可昨天他無意中從三哥嘴裡聽說他們一家三口正忙著蓋新家，激動了一夜的他一大早就跑過來，想著能否幫上點忙，也算自己這個當叔叔的為總是照顧自己的姪女盡一分心。

姚婧婧瞪著眼嗔怒道：「行什麼行？俗話說得好，傷筋動骨一百天，你現在表面上看著沒什麼問題，可損傷的元氣還沒恢復，若是沒有調養到位，以後年紀大了會留下許多病根的。」

「我、沒……沒事。」姚老四一聽姚婧婧不同意他來，立即就著急了，情急之下撩開自己的上衣想給她展示一下自己早已痊癒的傷口。

「呀！」童一春突然發出一聲尖叫。

姚婧婧被嚇了一跳，不知是不是自己的錯覺，她竟然覺得童一春的臉色有些發紅。

「這麼冷的天，小心著涼，趕緊把衣服穿好。」面對著眾人詫異的目光，童一春有些尷尬地解釋道。

在一旁幹活的一名工人突然嬉皮笑臉地湊過來。「你們不知道，咱們童監工是天下第一禮儀人，就算是揮汗如雨的三伏天，咱們幹活也得穿著短褂，否則一定會挨一頓臭罵。」

姚老四一聽，立即把撩起的衣服放了下來。「我、我記……記住了。」

「我只是覺得一大堆男人光著膀子實在不太雅觀，咱們雖然幹的是低賤的差事，也不能放鬆對自己的要求。」

姚婧婧忍不住豎起大拇指，這個世上總有一些男人打著不拘小節的幌子隨意暴露自己的身體，要是放在現代就是一種性騷擾。

「姚姑娘，妳要是怕妳四叔身體吃不消，就讓他每天上半天工，我再給他安排點輕鬆的活，保證不會累著他。」

看來姚老四給這位童監工的印象真的非常不錯，才讓他如此大開後門，要知道，這幾天來找活兒的村人絡繹不絕，他卻一個都沒留下。

「謝……謝謝。」

姚婧婧還沒來得及回答，姚老四就已經點頭哈腰地致起謝來，看著他那一臉滿足的笑容，姚婧婧也不忍心再拂他的意。「那可說好了，如果你覺得哪裡不舒服一定要及時告訴我，還有，我給你準備的那些補藥也一定要按時吃。」

姚老四立刻點頭如搗蒜，撿起地上的鐵鍬，一臉興奮地跑去幹活了。

建房的同時，姚婧婧也開始了對須彌山的改造計劃。要想將蕭啟送給她的那袋藥種發揮最大的作用，最好的辦法就是像當初爺爺那樣，建立一個規模龐大的草藥種植基地。

這是一項極其艱巨的任務，她自知能力有限，卻決定盡力一試。

姚婧婧帶著白芷在山上考察了大半天，最後滿身泥土地回到了家裡。精疲力盡的姚婧婧泡了一個熱水澡，正準備爬上床好好睡上一覺時，突然聽到廚房的方向傳來一聲尖叫，驚得她立刻坐了起來。

此時太陽尚未西斜，姚家眾人大多在外勞作，因此白芷的叫聲並未驚動旁人。

姚婧婧趕到廚房時，發現白芷披著一件白色的浴巾，渾身上下掛滿水珠，手上拿著一把菜刀，刀下的男人正摀著臉瑟瑟發抖。

「二伯？」姚婧婧愣了一下，轉眼便明白了，一定是自己寡居已久的二伯看見白芷孤身一人在屋裡洗澡便不由自主起了色心，沒想到才剛靠近就被警覺的白芷一招給拿下了。

姚老二看到姚婧婧就像看到了救星一般，撲通一聲跪倒在地，不住地哀求道：「二妮，二伯知道錯了！二伯也不知怎麼就被葷油蒙了心，求求妳饒了二伯這一回，二伯保證以後再也不敢了。」

姚婧婧強忍住怒氣，接過白芷手中的菜刀，示意她先躲到後面把衣服穿好再出來。

「二伯，之前你差點害得我娘小產，這筆帳我還沒來得及跟你算，你倒好，依舊死性不改，硬要往槍口上撞，那就別怪我翻臉無情了。」

「二妮，我……」姚老二本想說些辯解之詞，卻被姪女冷若冰霜的面色給鎮住了，只能張著大嘴，一臉驚恐地看著面前的小姑娘。「妳、妳想怎麼樣？」

姚婧婧的嘴角漾起一絲輕笑，揚手的工夫，手中的那把菜刀便「噹啷」一聲落在姚老二的腳下。

姚老二有些不知所措地問道：「二妮，妳這是什麼意思？」

「二伯，看在小龍、小勇的分上，我不會要你的性命，然而死罪可免，活罪難逃，只須你留下一根手指，咱們的帳就兩清了；只要你以後謹言慎行，安分守己，我保證再不會因此而找你麻煩，更不會因為這件事而對小龍、小勇另眼相看。」

姚婧婧說話的聲音並不大，聽在姚老二耳裡卻猶如雷擊一般。

「二妮，妳這又是何苦？二伯真的知道錯了。二伯是個莊稼漢子，這輩子除了揮鋤頭種地，其他的什麼都不會，妳要是斷了我的手指，那不就是斷了我的生路嗎？我一個人餓死了不打緊，可小龍、小勇他們——」

「二伯不必再拿孩子當擋箭牌。」姚婧婧忍著怒氣打斷他。「孔子曾說過，若以德報怨，那又何以報德？今日之事我已下定決心，還望二伯早作決斷，若是被小勇知道你做下的醜事，你又該如何向他交代。」

白芷穿好衣服出來了，噘著嘴滿臉不屑地催促道：「快點，別磨磨蹭蹭的，一點都不像個男人，你要是再不動手，我就去請里正大人了。」

姚老二心裡突然感到一陣絕望，在白芷一聲高過一聲的催促下，他只能顫抖著拾起地上的菜刀，將左手放在地上的一塊石墩上。猶豫了半天，姚老二終於狠下了心腸，發出一聲驚呼，揮舞著菜刀斬了下去。「啊——疼死我了，救命啊！」

姚老二一臉猙獰地叫著，抱成一團，在地上來回翻滾。

姚婧婧低頭一看，一根又粗又短的小拇指安靜地躺在石頭上，四周滿是斑駁的血跡，那模樣只能用一個詞來形容，就是觸目驚心。

白芷猛地後退一步，捂住鼻子露出一臉嫌惡的表情，好像生怕被污血弄髒了裙角。

姚婧婧心中五味雜陳，作為一個醫者，沒有人比她更清楚健康的身體對人的重要性，可身在這個時代，有時以暴制惡似乎是唯一解決問題的辦法。

「希望二伯以此為戒，從今以後洗心革面，痛改前非，方不負今日所受斷指之痛。」姚婧婧的神情有些疲憊，說完這話後，從懷裡掏出一瓶止血藥放在那根斷指旁邊，便轉身頭也不回地離開了。

須彌山算是整個清平村最大的一座山，不僅山勢陡峭，山腳和山頂、陰面和陽面都呈現出截然不同的環境特徵。

姚婧婧正是根據這一點，將整座山分成不同的區域，待開荒過後，每一塊都可以因地制宜地培育出不同品種的藥材。

在這樣的深山密林裡開荒不是一件簡單的事，可招募進來的那上百名壯丁卻幹勁十足，雖然天氣很冷，大家還是一大早就聚集在山腳下，從姚老三手裡領了活，揹著乾糧和水袋就上山了。

雖然姚婧婧一再強調，讓大家嚴格執行正常的上、下工時間，可村裡人大多實在，總覺得拿了主家的銀子就要出到相應的力氣，否則心裡就覺得過意不去，因此不到太陽西沈根本就沒有人回來。無奈之下，姚婧婧只能想法子在其他方面增加一些福利待遇。

這天早上起來，天空飄起了小雪花，路面也結了一層薄冰，姚老三一大早就發出通告，今日休工一天，請各位村民回家休息。

對大部分人來說，能得閒歇息一天是一件求之不得的好事，可村裡萬家一個二十出頭的小夥子卻趁著姚老三轉身離開的工夫，偷偷地扛著鋤頭上了山。

這位小夥子名叫萬大鵬，雖然年紀輕輕，可由於身子太過單薄，幹起活來反倒不如那些四、五十歲的叔伯，一日日看著人家墾出來的地都比他多得多，他心裡急得跟火燒似的，生怕哪天失去這個難得一遇的好差事。於是乎，他便想趁著旁人休息的空檔，自己一個人偷偷上山趕一趕進度。

可這一上山，竟一直到天黑都沒有回來。

當他那個五十多歲的老娘急急忙忙地找到姚家時，姚老三一家正圍坐在火爐邊吃著暖鍋。

姚婧婧聽完事情的原委，立刻去下筷子，一路小跑地找到里正大人，請求他組織人員上山搜救。

里正大人有些為難，村裡人大多熱心，遇到這種事一般用不著上門去請都會自發地前來幫忙，可此時外面漆黑一片，天上的雪花依舊還在慢悠悠地飄著，在這樣惡劣的環境下，上山的困難可想而知。除非是特別熟悉山上地勢的老手，否則即使強行上去也是自身難保，更別說救人了。就這樣挑來挑去，最後總共只挑出四、五個經常上山打獵的獵戶，由里正大人手下一名懂得功夫的侍衛帶頭上山進行搜救。

雖是寒夜，可山腳下還是聚集了一大堆焦急等待的人群，除了萬大鵬的家人，還有里正大人和姚家父女，以及一些熱心的村民。

天氣實在是太冷了，姚老三怕閨女凍出個好歹，便帶著幾個人在山腳下撿了一些乾柴，架了幾個火堆，熊熊燃燒的火焰把姚婧婧從凍僵的邊緣給拉了回來。

藉著火把的光亮，她轉過頭巡視了一下身後的眾人，卻突然發現少了一個熟悉的身影。姚婧婧心裡猛地一沈，忍不住驚呼道：「不好！四叔也偷偷跟著上山了！」

第七十五章　竟然是女人

其實姚婧婧的猜想並不完全對，姚老四的確是偷偷上了山，可他並沒有跟著那幾個獵戶一起，而是獨自一人，選擇了另外一條距離更近、山勢更陡的小路。

姚老四並不是在逞匹夫之勇，之前他曾多次和姚婧婧一起來須彌山上採藥，對山上的情況熟悉至極，可姚婧婧卻以他身上舊傷未癒為名，堅決反對他上山救人，不得已之下他只能先斬後奏，擅自行動了。

正當他躬著腰在樹藤枯枝之間艱難地穿行時，突然聽到身後傳來一陣異響，姚老四心裡一緊，一手舉著火把，一手握緊柴刀，做出防備的姿勢。

「姚老四？姚老四？是你嗎？」

出乎姚老四的意料，緊隨他的腳步爬上山的並不是什麼凶猛野獸，而是一個活生生的人。這個人他雖然認識，可此時出現在這裡還是讓他嚇了一跳。「童……童監工？」

沒錯，這個突然出現的男子正是負責為姚婧婧蓋房的包工頭童一春，算起來姚老四已有好幾天沒見到他了。

童一春看到姚老四很高興，不等他問便開口解釋道：「剛剛聽說村裡出了事，我便想著趕過來瞧瞧，大老遠就看到這山上有火光，我還想著是誰這麼大膽子，大半夜的往這深山老林裡跑，沒想到果然是你。」

姚老四咧著嘴，一臉憨厚地笑了笑。他腦子雖然不太靈光，卻也聽得出童一春言語之間的讚賞之意。「你……回去，我……我上去。」此時並不是閒話家常的時候，姚老四也不想讓童一春跟著自己一起去冒險，便指了指山下，示意他趕緊原路返回。沒想到童一春非但不聽他的建議，還一把奪過他手中的火把，走到了他的前面。

「怎麼只許你充好漢，就不能讓我也跟著一起去救人啦？你放心，我從小跟著我爹在山上砍樹，什麼樣的林子沒鑽過，說不定你還不如我呢！」

姚老四急得一把拉住他的胳膊，高聲喊道：「危、危險！」

童一春竟然點點頭。「就是因為危險，所以我才不能讓你一個人去啊！否則這冰天雪地的，你以為我喜歡跟著你在這裡瞎晃悠啊？咱們好歹在一起共事了幾天，你讓我眼睜睜地看著你一人赴險，我還真幹不出來。你放心，我是絕對不會扯你後腿的，兩個人一起，多少能有些照應。」

話說到這個分上，姚老四再無反對的理由。他的心裡突然感覺到熱呼呼的，在他的記憶裡，除了二妮，還沒有哪個人對他這樣好過，想到這兒，他又趕緊快走了兩步，重新擠到童一春前面，這樣即使真的遇到什麼危險，自己也能替他擋一擋。

童一春微微一笑，接受了他的好意。

在微弱的火光下，兩人一前一後慢慢地往山上走著，淒厲如刀割的寒風也變得沒有那麼難以忍受。

「姚老四，這幾日不見，你都幹什麼去了？」

漆黑的山中實在是靜得可怕，也許是為了給自己壯膽，童一春竟然主動和姚老四攀談起來。

「沒、沒幹麼。」姚老四說的是實話，自從二哥的手受傷後，姚老太太便強行把他喊回家，不許姚老四去幫三哥一家蓋房，可天氣這麼冷，地裡也沒什麼活可以幹，他只能每天揹著背簍上山四處撿點乾柴回去燒炕。姚老四心中雖然有些苦悶，可面對蠻橫專制的老娘，他也是無可奈何。

童一春突然嘆了一口氣。「真是可惜了，像你這樣肯賣力氣的工人，那可是打著燈籠都難找呢！我還想著能不能找個機會讓你加入我的隊伍當中，可看姚老太太那個架勢，只怕是不會輕易放人的。」

姚老四感覺很突然，這些話童一春之前從未在他面前提過，讓他一時之間覺得有些迷茫。能夠得到童一春的賞識，他心裡自然很高興，說實話，他也很願意跟著童一春一起幹活，那種一大幫人心往一處想、勁往一處使，為了一個共同的目標而努力奮鬥的過程，實在讓人很有成就感。

可正如童一春所說，娘是無論如何不會答應的；再退一步，就算娘答應了，童一春也不可能一直待在清平村，等三哥家的房子蓋好，他就會帶著隊伍繼續走南闖北，但他姚老四就是一個連話都說不清楚的傻子，又能去哪裡呢？

童一春並沒有想到自己隨口一句話就引來姚老四如此大的內心波動，聊上癮的他很快又換了下一個話題。

「姚老四，你要是真想跟著我幹，就得做好打一輩子光棍的準備。哈哈，你知道嗎，我們一起的四十多個兄弟，竟然有一半都沒娶妻，畢竟一年到頭奔波在外，從這個地方換到那個地方，沒有幾個姑娘願意長年累月的獨守空房，所以娶個媳婦回家就是很多兄弟面臨的頭一號難題。」

「沒、沒關係，我……我不、不娶。」姚老四已經二十五歲了，他的幾個兄弟全部都已結婚生子，可他自己卻從未想過這個問題，因為像自己這樣的癡傻之人根本就不配成親，也不可能有哪個姑娘會看上自己的。

童一春卻露出訝異的神情。「我開玩笑的，難道你還真打算當一輩子光棍？人活著一世就是要把各種滋味都體驗一遍，否則豈不是虧了自個兒？你也用不著自卑，你雖然有些小小的缺陷，可瑕不掩瑜，你的正直和善良都是旁人比不上的優點，總有一天你會遇到一個能夠欣賞你的姑娘。」

姚老四搖了搖頭，無聲地笑了笑。他知道童一春是在安慰自己，可這樣的期盼對他來說實在是一種奢望，其實就這樣一個人赤條條、來去無牽掛也挺好的。「別、別說我，你……你呢？」說來也怪，由於口吃的問題，姚老四在人前最多的表情就是點頭和憨笑，可面對著童一春他卻很有交談的慾望，也不怕他會因此而取笑自己。

「我？」童一春的語氣突然一沈。「我還是算了吧，這麼多兄弟都指望跟著我掙點銀子養家餬口，我怎麼能讓他們失望？每天一睜眼想的就是今天有沒有活幹？活幹完了能不能及時收到工錢？甚至於哪個弟兄搬石頭砸傷了腳、哪個弟兄午飯沒有吃好，這些樁樁件件的小事都等著我去操心，哪裡還有精力再去想別的喲！」童一春說完，長長地嘆了一口氣，好像真的認命了一般。

可不知為何，姚老四卻覺得他說的這些都是藉口，他的心裡一定還藏著什麼不為人知的秘密。

好在姚老四並沒有打破砂鍋問到底的習慣，兩人就這樣一邊聊、一邊走，不知不覺就來到了半山腰上。

姚老四舉著火把四處望了望，心裡覺得有些奇怪，依照三哥剛才說的位置，萬大鵬負責開墾的土地應該就在這附近，怎麼會連個人影都沒看見呢？

童一春彎腰低頭，整個人伏在地上來回檢查了一遍，很快有了新的發現。「這片土地明顯有剛剛挖過的痕跡，看來萬大鵬今日果然來這裡幹了一天活，只是在下山回家時卻突然不見了，難不成是因為雪太大，讓他迷了路？」

姚老四點點頭表示同意，這樣一來可就難辦了。須彌山如此之大，他們兩人就算想繼續找也沒個方向。

「姚老四，你看這是什麼？」童一春突然低頭從地上拾起一只灰不溜丟的水囊，搖一搖，裡面還有尚未喝完的半囊清水。

姚老四心中突然有一種不好的預感，這水囊是用羊皮製成，雖說不值什麼錢，可在普通莊稼人眼裡還是很珍貴的，萬大鵬就算再匆忙也不可能將它棄置，唯一的解釋，就是他遇到了危急的情況，甚至關乎性命。

姚老四又仔細在周圍的幾個路口檢查了一番，結果在一片灌木叢底下發現了幾個凌亂的腳印，像是某種體形巨大的野獸留下來的。他當機立斷，決定順著腳印的方向繼續往下找。

接下來的路程明顯危機四伏，可兩人非但沒有退縮，反而爭先恐後地想走在前面。

姚老四默默在心裡盤算著，如果真的遇到對付不了的險境，他就算捨了自己這條性命也要保住童一春，不為別的，只因為他活著的意義比自己重要得多。

可人算不如天算，一直到兩人走得精疲力盡，眼看就快要到達山頂了，卻連根獸毛也沒看見，更別提萬大棚的身影了。

「這樣一直走下去也不是辦法，火把也快要燃盡了，說不定那幾個獵戶已經找到了萬大棚把他救了回去，咱們還是先下山去看一眼吧！」

姚老四想了想，點點頭，對童一春的提議表示贊同。

也許是實在累極了，在轉身下山的那一瞬間，童一春竟然一個趔趄撲倒在地。

姚老四嚇了一跳，連忙蹲下身子想要把他扶起來，沒想到卻惹來童一春一聲尖叫。

「別碰我！我好像扭到腰了，哎喲喂，疼死我了！」

姚老四頓時急得手足無措，這個時間，又是在這個地方，童一春要是真有個什麼好歹，自己可是一點辦法都沒有啊！「你、你怎……怎麼樣了？」

童一春深吸了一口氣，拚盡全力用兩條胳膊撐住地面，緩緩地轉動了一下自己的身體，很快又疼得齜牙咧嘴。「還好，應該沒傷到骨頭，可不知扭到哪根筋，實在是動彈不得。」

「那、那怎麼……」情急之下姚老四越發結巴，要是二妮在就好了，這種問題一定難不倒她。「我……揹、揹你。」姚老四心裡知道，當務之急就是要盡快把童一春送到山下，否則別說他腰上的傷，就是好好的正常人在這雪地裡躺一夜也承受不住啊！

可姚老四還是高估了自己的體力，雖然自己還算有一把力氣，可架不住童一春的個子、體型都和自己差不了多少，再加上還要顧慮他的腰傷，別說揹起他了，就是幫他翻個身都把兩人弄出一身細汗。

「不行、不行，現在肯定是下不了山了，剛才上來時，我看見下面不遠處有一個山洞，你先想辦法把我弄到那裡面去，明天一早咱們再做計較。」

姚老四點點頭表示同意，事到如今，這短短的一段距離都顯得格外難以跨越。姚老四比劃了半天後，不得不狠下心，一手環在他背後、一手環在他膝後，把童一春給抱在自己胸前。天黑路滑，姚老四每一步都走得異常謹慎，生怕因為自己的過失而讓童一春受到二次傷害。

不知為何，被人抱在懷裡的童一春看起來非常緊張，渾身上下都處於一種僵硬的狀態，脖子和頭也高高地仰著，好像很怕會碰到姚老四的胸膛一樣。

那些獵戶上山打獵一待就是好幾天，這些山洞就是他們為自己準備的棲身之所，裡面甚至還有簡易的爐灶與床榻。

當姚老四費勁千辛萬苦終於把童一春放到鋪上的那一剎那，他只覺得渾身上下都散了架，恨不得也跟著趴在地上睡一覺。

可是不行，兩人的衣衫都已被雪花浸濕，若是不趕緊生火取暖，只怕等不到明早就會被凍成兩根冰棍。好在乾柴都是現成的，姚老四將它們扔到灶裡，順便燒出一鍋熱水來。

誰都知道濕衣服裹在身上會生病，姚老四便想幫童一春把衣服脫下來烤乾，可沒想到童一春的反應大得出奇，只要他一靠近床榻，童一春就雙手抱胸，一臉警戒地瞪著他，那架勢就像在防範什麼心懷不軌的歹人一般。

姚老四無法，只能堆起一個火盆放在榻邊，儘量讓童一春睡得舒服些。

好不容易挨到了天亮，姚老四突然被一陣冷風驚醒，他睜眼一看，灶裡的火不知什麼時候已完全熄滅。他連忙一骨碌地從地上爬起來，衝到床邊想察看一下童一春的情況。

「童……監工。」姚老四結結巴巴地喊了好幾聲，床上的人卻一點反應都沒有。細看之下，姚老四發現他的臉很紅、很紅，胸脯處也不住地起伏，看起來好像呼吸很困難的樣子。

壞了！姚老四心裡一沉，伸手摸了摸童一春的額頭，果然燙得嚇人。

姚老四頓時如臨大敵，覺得恐懼，因為他自己就是小時候發高燒沒有得到及時的醫治，以至於傷到了腦子。怎麼辦？怎麼辦？姚老四急得繞著山洞走了一圈，突然一拍腦門，想起二妮之前跟他交代過，這種時候要想辦法降熱，最好能用溫水擦洗一下身體。

於是乎，他迅速重新生火燒水，將溫水端至床前。

可要擦洗身體就避免不了要脫衣，姚老四想起昨晚童一春的態度不由得有些猶豫，萬一童一春醒來後因此而生自己的氣，那該如何是好？哎呀！人命關天，管不了那麼多了，大不了被他打一頓、罵一頓，只要能救他也算值了。

想到這兒，姚老四毫不猶豫地伸出手去解童一春的衣釦，可沒想到童一春穿得不是一般的多，裡三層、外三層的，姚老四笨手笨腳地脫了半天也沒脫完。

一直到最後，姚老四突然發現童一春的身材其實並沒有看起來的那麼結實，不知為何，他竟然在胸膛上裹了厚厚一層白布，難道是為了讓自己看起來更魁梧一些？

姚老四也沒有多想，只是覺得這層布不利於散熱，便伸手替他扯了開來。

這一扯不要緊，接下來的場景簡直讓姚老四如雷轟頂，永生難忘！

天啊，他究竟看到了什麼？

啪！

原本昏迷的童一春不知何時竟然驚醒了，看到自己裸露的胸膛，童一春內心的震驚與姚老四相比簡直有過之而無不及。幾乎是本能的反應，童一春一手扯過衣物蓋住自己的身體，另外一隻手猛地揚起，一巴掌甩在姚老四臉上，萬分羞惱地斥罵了一句。「畜牲！」

姚老四的腦子原本就不大好，此時更是亂成了一鍋粥，巴掌打在臉上也沒有一絲疼痛的感覺。「妳、妳是……是女、女人？」

「閉嘴！再敢說一個字，小心我割掉你的舌頭！」隱藏了二十多年的秘密就這樣被姚老四誤打誤撞地捅破，童一春的眼裡露出一股狠戾之色。要不是身體動彈不得，她還真恨不得一刀砍了這個擅作主張的混蛋！

姚老四終於意識到自己闖了大禍，惶惶地看著童一春，嘴巴張了又合，卻連一個字都說不出來。

童一春氣得大喊。「還不趕緊背過身去，非要我把你眼睛剜下來嗎？」

姚老四嚇了一跳，立即將身子一轉。從小到大他從來沒有如此窘迫過，要不是念著童一春身體不適，此刻他怕是早已衝出去找個地縫兒躲起來了。

童一春用盡吃奶的力氣，用胳膊將身子支起來，想把那些被姚老四脫掉的衣物一件一件地穿起來，腰間傳來的劇痛讓她忍不住打了一個寒顫，可縱然費勁，她也決心慢慢堅持，反正不能再讓姚老四占她一絲一毫的便宜。

「四叔！四叔！童監工！你們聽到我說話了嗎？」

人算不如天算，關鍵時刻，洞口處竟然響起一陣嘈雜的喧鬧聲，好像是姚婧婧帶著眾人上山來尋他們了。童一春頓時驚出一聲冷汗，若是被眾人瞧見她這副模樣，她還不如即刻死了算了。「快！幫我把衣服穿起來！」此時童一春也顧不上其他的，衝著姚老四的背影大聲叫著。

姚老四也察覺出不妙，立即轉過身，手忙腳亂地幫童一春把衣服往身上套，剛剛穿好的瞬間，姚婧婧的身影就已衝至洞內。

「四叔、童監工，你們果然在這裡。」一看見兩人平安無事，姚婧婧心裡的一塊大石頭終於落地。一晚上尋了這個、丟了那個，真把人給折騰得夠嗆。

和姚婧婧一起來的還有姚老三和兩個獵戶，以及童一春手下的兩個工人。

「老大，你把我們這些兄弟給嚇死了，下次要是再遇到這種事，無論如何你都得多帶兩個人，聽到沒有？」

童一春以一種怪異的姿勢躺在床上，身上堆著厚厚的稻草，臉上擠出一絲訕訕的笑容。

姚老三看兩人的模樣有些不對勁，忍不住狐疑地問道：「四弟，出什麼事了？你們兩人的臉怎麼紅成這樣？」

姚老四這輩子從未在親人面前說過謊話，他轉過頭看了看童一春，發現他的眼神充滿威脅，明顯是在警告他不要多嘴多舌。

為了防止姚老四說錯話，童一春只得打起精神向眾人解釋道：「姚姑娘，實在是不好意思，害你們這麼多人跟著擔心。昨晚我跟妳四叔原本想著多個人多份力量，誰知我卻在半道上不小心摔了一跤，以至於耽擱到現在。」

兩名手下聽到立即驚呼著撲上前。「老大，你受傷了？嚴重嗎？」

姚老四終於回過神來，滿臉焦急地衝著姚婧婧揮揮手。「嚴……重，二妮，快。」

用不著四叔提醒，姚婧婧就看出了童一春的異常，立即拎著藥箱上前替他檢查。

由於身藏秘密，童一春對任何人的碰觸都懷著一種抵觸的情緒，可姚婧婧身為大夫，替她檢查身體實在是再正常不過的事情，她沒有拒絕的理由。

姚婧婧先替他把脈，明顯是體內受了風寒才導致高燒不退，只須開一劑性溫解熱的藥物便可解決。

至於腰傷則無可避免地需要通過摸骨來進行檢查，在眾人關切的眼神中，童一春只得讓姚婧婧把她腰間的衣物往上拉了一截。

好在天氣寒冷，姚婧婧也很有分寸，輕輕地在痛處按了幾下後便很快判定童一春是由於用力過猛導致的急性腰扭傷，對付這種症狀，最好的辦法便是針灸。

果不其然，當姚婧婧一遍銀針走完，童一春便感到腰間的壓力卸去了很多，雖然不能像往常一樣行動自如，可比起昨晚還是舒服多了。

童一春由衷地讚嘆道：「謝謝妳，以往聽人說姚姑娘醫術過人，我還有些不敢相信，今日一看，的確是我太孤陋寡聞了。」

姚婧婧一臉謙虛地搖了搖頭。「童監工不必客氣，童監工身為一個外鄉人，能如此古道熱腸，明知危險還堅持涉險救人，才是我們大家學習的榜樣。」

童一春嘆了一口氣，自嘲道：「妳快別誇我了，折騰了一晚，人沒救到不說，還煩勞你們這麼多人一路奔波前來救我，我這純屬是幫倒忙呢！」

姚老四像是突然想到了什麼，拉著姚老三的胳膊，一邊比劃，一邊著急地問道：「萬……萬……」

「四弟，你別著急，萬大鵬昨夜裡已經平安下山了。原來他昨天幹完活正準備收工回家時，突然從草叢裡冒出一頭野豬，嚇得他立即連跌帶爬地躲到了一棵大樹上，一直到張獵戶他們找到時才敢下來。」

張發財忍不住在一旁笑道：「還別說，那小子雖出不了什麼大力氣，可逃跑的本事卻是一個頂倆。」

姚老四總算鬆了一口氣，露出一個憨狀可掬的笑容。

姚老三連忙提議道：「這裡不是說話的地方，咱們還是先下山去吧！里正大人在下面等了一夜，怕是要著急了。」

姚婧婧點點頭，指揮姚老四和兩名工人把童一春抬到準備好的擔架上，幾個人輪流換手，大約走了一個時辰的工夫就到了山腳下。

一場虛驚，好在有驚無險，折騰了一夜大家都有些疲累，交代了幾句便各自回去補覺了。

不知為何，姚婧婧總感覺姚老四的精神有些恍惚，要不是自己及時提醒，他幾乎連家的方向都認錯了。「四叔，你怎麼了？是不是哪裡不舒服？要不要我也幫你檢查一下？」

「啊？」姚老四抬起頭，一臉驚訝地看著姚婧婧，明顯是心不在焉，對於她所說的話一個字也沒有聽進去。

姚婧婧只能提起嗓門，在他耳邊高聲說道：「四叔！你到底怎麼了？怎麼跟丟了魂似的？要不要我去把元方士請來給你瞧一瞧？」

「不、不用，我……沒、沒事。」姚老四說完後加快腳下的步伐，一下子衝到姚婧婧的前面，好像生怕她再追問什麼似的。

姚婧婧若有所思地盯著她四叔的背影看了半天，最終也只能無奈地搖了搖頭。

萬大鵬的事給姚婧婧父女倆敲了一個警鐘，無論何時都應該把村民的安危放在首位。為此姚婧婧特意開了一個大會，制定了一套非常嚴謹的工作制度，要求每一個上工的人都必須嚴格執行。

她把這百十號人分成了若干個小隊伍，其中每一隊都推舉一位做事沈穩、有一定領導能力的人當隊長，這名隊長必須對手下幾個隊員的安危負責，不管是上山還是下山，甚至於幹活時都必須時刻在對方的視線內，絕對不允許任何一個人再單獨行動。

姚婧婧還花大錢給每個村民都配備了一副可以發射煙霧彈的袖箭，這種東西通常是在戰場上使用，遇到危險時可以及時報告自己的位置，方便旁人前去營救。

最後姚婧婧還跑到里正大人那裡求了一幅字，將它拓在山腳下的巨石上，日子一久，即使大字不識一個的村民，在上山之前也會在心裡默唸一遍。

高高興興上工，平平安安下山！

誰都不是傻子，這些村民們看出姚婧婧是真心替他們的安危著想，也都願意主動配合遵守訂下的規章制度，自此之後，再沒有出過和萬大鵬類似的安全事故。

第七十六章　姚老四的心事

說來誰都不會相信，憨憨傻傻的姚老四竟然有了心事。每當四周無人時，他的腦海中便會忍不住浮現出那天在山洞時看到的那副讓人臉紅心跳的景象。

他知道自己這樣做對不住童一春，也想逼自己趕緊忘記，可這是他這輩子第一次見識到什麼叫做女人，那潔白如玉、美到讓人心醉的胴體就像璀璨明亮的煙火，隨時隨地都會在他腦子裡轟然綻放。

這件事大大地影響了他的生活，以往要不了半天他就能扛回去一大背簍乾柴，可最近幾天，他就算在外面晃上一天也拾不了幾根。

沒有柴，炕就燒不熱，氣得姚老太太指著他的鼻子大罵，說他跟著二妮那個小妖女學壞了，存心想把自己的老娘給凍死。

這一天姚老四一大早就出門，一邊往山上走，一邊在心裡默默發誓，絕不能讓任何事情再影響自己的心緒。正當他掄著斧頭全神貫注地和一個老樹墩子奮鬥時，身後突然響起一道飽含惱怒的低斥。

「姚老四！別砍了！」

聽出來人是誰的姚老四彷彿被雷擊中一般，整個人一動也不動地呆立在原地。

童一春卻以為他不想看見自己，氣得她一個箭步跳到姚老四前面，一把奪過他手裡的斧頭，架到姚老四的脖子上。「混蛋！你可知罪！」

童一春的聲音又粗又啞，簡直比男人還男人，可聽在姚老四耳朵裡卻是別有一番滋味。

姚老四實在不知該如何面對童一春，只能把頭低得不能再低，說話的聲音也像蚊子一般。「知……不……不知。」

童一春勃然大怒道：「好你個姚老四，你這是什麼態度？別以為你知道了我的秘密，就可以隨意戲弄我，你信不信，我真一斧頭砍了你！」

姚老四猛地抬起頭，臉上露出茫然、不知所措的焦急神色。童一春這樣說可真是冤枉他了，事實上他知道自己做錯了事，可到底怎麼個錯法，一時之間他還真是說不清楚，無奈之下，他只能主動將脖子伸出去，做出一副任君處罰的姿態。「對、不起，妳、妳砍……吧！」

這下輪到童一春傻眼了，殺人償命，她心裡縱然再生氣，也不能真的砍他。「你真的知道錯了？」

姚老四衝著她使勁點了點頭，臉上的表情誠懇到不能再誠懇。

「罷了，我知道你是為了救我，這也許就是命中注定吧！」童一春頹然地嘆了一口氣，手裡的斧頭也應聲落地。

姚老四知道她心裡的擔憂，連忙拍著胸脯保證道：「別、別怕，我沒……沒說。」

童一春似乎並不意外，翻了個白眼，沒好氣地回道：「諒你也不敢！」

姚老四看出童一春的情緒很低落，可人都有好奇之心，有個問題憋在心裡很久了，再不吐出來他只怕會憋出病。「為、為……什麼？」

童一春面無表情地瞅了他一眼。「你是想問我，為什麼要扮成一個男人？」

姚老四一臉期待地點點頭，他不知道童一春想不想回答，可作為朋友，自己是真心實意地想要關心她。

「這個問題說來就話長了，反正閒來無事，你若是真想聽，我倒可以給你講一講。」

也許是在心裡憋久了，又或者是對姚老四的人品有極大的信心，在這個老實而木訥的男人面前，童一春竟然生平第一次有了傾訴的慾望，她帶著姚老四爬到一塊地勢極高的巨石上，面對著堤陽縣城的方向遠遠眺望。

姚老四知道，童一春的故鄉就在那裡。

「我出生在一個木匠世家，祖祖輩輩都是靠給人蓋房子為生，到了我爹這一代也算是小有名氣了，家裡的日子不說富貴逼人，也算是吃穿不愁。我爹從小就跟自己的親表妹，也就是我娘訂下了娃娃親，兩人從小一起長大，感情甚為要好，到了年紀就自然而然地成了親。」童一春的臉上帶著微笑，看得出她對爹娘之間的感情充滿嚮往。「這本應是一對令人羨慕的天作之合，誰知兩人成親後很多年都沒生出個一男半女，抱孫心切的爺爺再也坐不住了，便擅作主張地給我爹納了一門美妾。沒承想我爹也是一頭倔驢，直接把美人當成了空氣，從頭到尾沒往人家房裡踏一步。爺爺氣得半死，揚言要休了我娘，正當家裡鬧得不可開交時，我娘竟然發現有了身孕，這下所有的難題都迎刃而解，爺爺也不再逼著我爹親近妾室，夫妻兩人又可以像從前那樣過著和美順遂的小日子。」

姚老四聽得入神，這是第一次有人願意對他敞開心扉，將自己的過往以實相告，對此他自然是十分珍視。

「爺爺翹首盼望了整整十個月，卻沒有盼來能夠繼承童家祖藝的男丁，也許是失望過度，沒過兩年老人家竟然抑鬱而終。由於滿懷歉疚，我娘心裡的憂思也越發深刻，終於在一次和妾室的劇烈衝突後服毒自盡，帶著滿滿的遺憾離開了人世。」童一春面色如常，好像娘親的離世沒有給她帶來絲毫影響。

「啊？那、那妳……」姚老四卻忍不住替她感到心疼，不用說也知道，幼年喪母會給一個小姑娘的童年蒙上一層多麼濃重的陰影。

童一春的嘴角泛起一絲苦笑。「雖然娘死了，日子卻還要照過，好在我爹是個重情重義的人，想也沒想就把那位妾室發賣了，也算是讓我娘的魂魄得以安息。也許是厭倦了後院的這些糾纏紛擾，後來的日子我爹一直沒有再娶。」

姚老四跟著鬆了一口氣，他雖沒有經歷過這些，可也聽人說過，有了後娘就有了後爹，童父之所以這麼做，也是心疼自己的閨女吧！

「自此以後，我就被爹當成男孩子養，束起頭髮，穿著短衫，從一個工地輾轉到另一個工地，日子久了，幾乎連我都相信自己是一個真正的男人。」童一春說到這裡，突然轉頭用一種奇怪的眼神盯著姚老四。「我與那些兄弟們同吃同睡了這麼多年，從來沒有一個人懷疑過我的性別，這個世上除了我爹，你幾乎是唯一一個知道我身分的人了。」

姚老四心中突然感到一陣激動，從小到大他已經習慣了被整個世界忽略，可童一春的話無疑是在告訴他——你對我來說很特別。

這種被重視的感覺能讓人的存在變得更加有意義，瞧瞧，旁人都不知道的事情只有他知道，無論在世人眼中他是多麼癡傻愚昧，可還是有那麼一個人願意與他分享心中隱藏得最深的秘密，欣喜之餘，姚老四也忍不住替童一春感到擔憂。雖然她假扮男人的功力爐火純青，可她歸根究柢還是一個女人，總不能就這樣過一輩子吧？

換句話說，這個秘密拖得越久，對童一春的傷害也就越大。

姚老四磕磕絆絆地把自己心裡的想法講了一遍，他不確定童一春能不能體諒自己的苦心，他只是覺得每個人生來如何都是老天爺的安排，只有順應天道才能活得輕鬆一些，而他也希望童一春能做回真正的自己。

可童一春顯然沒有這樣的想法，在聽完姚老四的建議後，她的眼中甚至流露出驚恐的神色。「不！不行！從小到大，我所受到的教育與訓練都是在教我如何做好一個男人，我也已經習慣當一個男人，再也不可能改變了。」

姚老四一下子急了，他雖愚鈍，可也看得出童一春並非真的不想恢復身分，她只是對這件事心存恐懼罷了。「妳……放、放心，沒、沒人……笑妳。」

姚老四曾在戲臺子上聽過花木蘭代父從軍的故事，在他眼裡，童一春就是可以和花木蘭媲美的巾幗英雄，他相信就算旁人知道她是個女人也不會惡意取笑，而是和自己一樣心存敬佩。

誰知童一春卻突然蹲下身子，雙手抱頭，臉上的表情看起來痛苦而絕望。「不是，你不懂，我根本就不配當一個女人。」

「什、什麼？」姚老四這回是真的沒聽懂，一個人是男是女純屬天生注定，有什麼配不配的？

面對他的疑惑，童一春呆了一會兒後，咬牙問了一個非常奇怪的問題。「姚老四，我們是不是朋友？」

「是！」姚老四幾乎沒有絲毫猶豫地點頭道，這個世上願意跟他交朋友的人很少，所以他心裡才格外珍視。

童一春繼續追問道：「不管我變成一個什麼樣的人，你都不會嘲笑我、遠離我，對我另眼相待？」

姚老四實在不知童一春葫蘆裡賣的是什麼藥，可答案顯而易見，他一臉鄭重地點了點頭。

「那好，有個秘密憋在我心裡太久、太久了，再不說出來我非要發瘋不可，我之所以一直扮成男人，除了方便我繼承家業之外，還有一個更加重要的原因。」童一春說話的語氣充滿了決絕，好像說出這個秘密會耗費她多大的力氣一般。「我不是一個男人，卻也稱不上一個正常的女人，我是一個……怪物。」

「什、什麼？」童一春的驚天之語猶如一道驚雷，震得姚老四目瞪口呆，半天沒有回過神來。

對於童一春來說，最難啟齒的話已經說了，接下來便輕鬆不少。「你可能不知道，民間將那些不適宜成親生子的女子分成好幾類，俗稱五不女，即螺、紋、鼓、角、脈也。紋者，陰戶小如筋頭大，只可通，難交合，名曰石女。這麼多年來我之所以能混在男人堆裡不露出馬腳，就是因為我不像別的女人一樣會每個月按時來月信，你說像我這樣的人不是怪物又是什麼？」

童一春說了這麼多，姚老四卻並未完全聽懂，可在他單純的認知裡，童一春可能只是生了一種非常罕見的怪病。姚婧婧曾經告訴過他，生病了不要緊，只要不諱疾忌醫，就一定有解決的方法，因此鼓勵她。

童一春苦澀地搖了搖頭。「沒用的，我曾經試著去瞭解兩個和我一樣的石女，她們的命運從身體的隱疾被人知道開始就變得非常悲慘，眾人視她們為不祥，就連家人也開始嫌棄她們，在世人的冷眼與嘲笑中，她們就像狂風暴雨裡的花朵，還沒來得及綻放便毫無聲息地凋謝，死後連個安葬之所都沒有。」

在這個時代，女子的貞潔被視為第一等的大事，一般的姑娘寧願死也不會讓大夫檢查如此隱私的部位；而由於缺乏實際經驗，大部分大夫對這個病症也不太瞭解。這就像一個惡性循環，導致那些所謂的「石女」只能想方設法地隱瞞自己的缺陷，在夾縫中艱難求生。

姚老四費了好大的勁終於對童一春的顧忌有了些許瞭解，可這些在他眼裡根本就不是個問題，眼前不就有一個最合適的大夫可以幫助她嗎？「二、二妮。」

童一春心中一動，是啊，她怎麼沒想到，請自己蓋房的主家姚婧婧就是一個醫術過人的女醫，身為女人，或許她能對自己的痛苦有更深的感受？

「妳……等、等著，我去……叫、叫她。」姚老四救人心切，簡直連一刻鐘都不願耽擱，轉身就想去找姚婧婧。

「等等！」童一春滿臉焦急地一把拉住了他，頭搖得像撥浪鼓一般。「不行，你保證過的，絕不會把我的事告訴任何人，就算是姚姑娘也不行。這是上天對我的懲罰，根本就無藥可醫，旁人不知道尚且還能偷生，若是大家都知道了，那我就只有死路一條。」對童一春而言，那虛無縹緲的希望根本不足以抑制埋藏心底多年的恐懼，比起死亡，她更害怕那種被人當作怪物一樣看待的感覺。

姚老四急得直跳腳，就連他這個蠢人都明白這秘密總有被發現的一天，若不早做打算，到時候豈不是更加被動？

可童一春卻顧不了這麼多。「反正我也沒打算長命百歲，能過一日、是一日吧，等哪天手下這幫兄弟們不需要我了，我就找一個與世隔絕的懸崖絕壁縱身一躍，一個人乾乾淨淨地走，這秘密就永遠不會有人知道了。」童一春說得輕描淡寫，看來這個想法在她腦海裡已經不是一天、兩天了。

姚老四心下駭然，自己該怎麼做才能幫助這瀕臨絕境的好友？

一轉眼，孫晉維離開已經有兩個月了，早已遠遠超過了約定的歸期，姚婧婧心裡不免有些惦念。正當她準備找兩個人前往臨安城打探一下消息時，孫大少爺卻帶著一列幾十公尺長的車隊回來了。

嗎？

「這都是什麼？」姚婧婧驚得眼珠子都快掉下來了，孫晉維莫非準備改行開雜貨鋪子

孫晉維的神色看起來有些疲倦，可望著姚婧婧的眼神卻閃閃發光，這兩個月對他來說實在是一種煎熬，長這麼大他第一次體會到什麼叫相思之苦，也正因為如此，他才明白眼前這個姑娘對他來說究竟有多麼重要。

阿慶連忙湊上來邀功道：「大東家，知道您馬上有喬遷之喜，這些都是我家少爺送給您的禮物。您是不知道，為了這些東西，大少爺幾乎把整個臨安城都逛遍了。」

姚婧婧有些好奇地一一看了一遍，不得不說孫晉維的確是一個心思縝密之人，他置辦的這些東西幾乎涵蓋了一個新家需要的全部家當，而且件件品質上乘，一看就知道是花了大錢的。「這禮物實在太過貴重，要不我折價給你──」

姚婧婧的話還沒說完，孫晉維就一臉嚴肅地打斷了她。「婧婧，以咱們兩人的關係，妳怎麼能說出如此見外的話？我知道妳不缺銀子，這些東西也只是我的一點心意，如果妳覺得合適就用，如果有什麼不滿意的地方請直接告訴我，我立刻再找人重新採買。」

「不用了，這些就已經很好了。」姚婧婧連忙笑著點頭道：「謝謝你，孫家的事就已經夠讓你忙的了，還要花費心思替我著想，這些日子一定很辛苦吧？」

孫晉維的面色突然變得有些沈重，好像有什麼難以言喻的心事藏在心裡。「苦倒是不苦，只是我爹他……唉，算了，此事一言難盡，咱們有時間再說吧！我先幫妳把這些東西運回村裡，只等新家蓋好就可以派上用場了。」

姚婧婧望著孫晉維的背影，總感覺心裡有些不踏實，可有些事既然他不願意主動提起，那自己也沒有資格一直追問，一切就隨緣吧！

童一春是一個做事非常靠得住的人，雖然天氣寒冷、困難重重，可她還是按照約定，在小年之前將房子蓋了起來。

房子蓋好了，最興奮的當然是姚老三一家，姚婧婧更是迫不及待地拉著爹娘前去參觀。為了防止有野獸侵擾，姚婧婧特意讓童一春在周邊砌了一圈高高的圍牆，看起來氣派極了。

打開大門，映入眼簾的是一個非常大的院子，賀穎頓時覺得非常滿意。對於農村人來說，有一個用得襯手的小院是一件非常重要的事，不僅可以在裡面晾曬衣物和糧食，還可以一家人圍坐在院子裡喝喝茶、聊聊天，別提有多愜意了。

院子兩旁各蓋了三間偏房當作倉庫，用來存放糧食、農具，以及一些雜七雜八的東西。正前方就是主屋，姚婧婧並沒有按照村裡人的習慣蓋成一間、一間的大通房，而是依照現代的建築格局弄成了兩層的小樓。

一樓主要是會客廳和餐廳，還有兩間客房；二樓是幾間風格迥異的臥房，供姚婧婧和姚老三夫妻倆居住。姚婧婧還別出心裁地設置了一間充滿童趣的兒童房，算是提前給自己未出世的弟弟或是妹妹先備上。

看了一圈後，姚婧婧忍不住拍手道：「爹、娘，我簡直一刻都等不及了，明天就請幾個人幫忙把家裡佈置好，趕在年底之前咱們就搬進來。」

說幹就幹，姚老三一家趕在臘月二十八這天正式搬進了新家，這次的喬遷宴辦得極熱鬧，清平村的每家每戶都派了代表前來賀喜。

村裡人吃飯講究實惠，姚老三為此特意殺了兩頭大肥豬，讓每一位客人都吃得滿嘴流油，讚不絕口。

自己的兒子搬新家，姚老太太心裡就算再不願意也不得不前來露個臉，否則就是明明白白地告訴旁人，她這個當娘的偏心透頂。

喜事當前，姚婧婧也不想節外生枝，便在搬家的前一天晚上和爹娘一起帶著禮物專程去請姚老太太，也算是給足了她面子。

正如賀穎所料，雖然送禮的人是她，可姚老太太從頭到尾連瞅都沒瞅她一眼，只是半閉著眼睛，有一搭、沒一搭地和自己的三兒子說著話，看起來一副心事重重的樣子。

姚老三見不得妻女受委屈，把該說的話說完後便起身準備告辭。

誰知姚老太太卻突然開口叫住了他。「老三，讓你媳婦先帶著孩子回去，娘還有幾句話想對你說。」

姚老三明顯有些意外，轉頭去看自己媳婦的臉色。

沒想到賀穎沒有一絲猶豫，拉著姚婧婧給姚老太太行了一個大禮後，轉身頭也不回地走了。

姚婧婧卻捨不得就這樣走了。「娘，妳就不好奇奶奶會和爹說什麼嗎？要不我去偷聽一下，回去向妳回報？」

賀穎想也不想地反對道：「有什麼好聽的？妳奶奶的心思我不用猜也知道，無非是怕我們搬走後不受她的控制，想提前在妳爹身上下工夫。由著她去吧，這麼冷的天，別把妳凍壞了，趕緊跟娘一起回去。」

姚老太太當然不會想到自己這個沈默寡言的三媳婦會把自己的心思摸得這麼準，她之所以只留下姚老三一人，只是因為在她看來只有兒子是自己親生的，至於媳婦與孫女那都是養不親的外人。

姚老三心裡有些急躁，忍不住催促道：「娘，這麼晚了，您到底想說什麼？」

姚老太太眼神落寞，看起來有些傷心。「兒大不由娘，老三，娘記得你從前是最讓娘省心的一個孩子，怎麼如今有了自己的小家，竟連一句話都不願和娘多說了？」

「瞧您說的，沒有的事。」姚老三強忍住心緒，在姚老太太的炕角上坐下，做出一副耐心聆聽的姿勢。

「兒啊，我知道你心裡一直怪娘偏心，對此娘無話可說，可俗話說手心、手背都是肉，你們都是我的兒子，我當然希望你們都能過得一個比一個好。可娘只是一個沒出息的農家婦，娘的能力有限，這麼多年光是供養一個子儒就差點要了娘的命啊！」姚老太太說著說著又開始抹眼淚。「娘從來沒想過，這幾個兒子到頭來最出息的會是你。老三，娘從前是做過許多錯事，你媳婦和二妮恨我、怨我，我都可以不放在心上，可唯獨你不行，因為你是我辛辛苦苦懷胎十月生下來的親兒啊！」

姚老三的眼眶有些發紅，半天沒有回過頭來看姚老太太一眼，心裡不知在想些什麼。

姚老太太繼續聲情並茂地問道：「老三，你馬上就要出去自立門戶了，臨走之前你能不能答應娘，不要再因為從前的那些事生娘的氣？」

姚老三沈默了良久後，終於長嘆了一口氣，輕輕地點了點頭。

為了緩和和三兒子之間的關係，姚老太太原本打算在喬遷宴上扮演一個慈祥有愛的老母，誰知她不是一個能沈得住氣的人，姚老三剛剛陪著她在新宅四周轉了一圈，她的臉就莫名其妙垮了下來，最後連飯都沒吃就逕自回了自己家。

除此之外，孫晉維和胡掌櫃也從鎮上趕來，算起來這還是孫晉維第一次登姚家的門，賀穎對此相當重視，不僅把他當成貴客讓到頭席上就座，還熱情地把他介紹給鄉親們認識。

孫晉維的表現算是相當給賀穎臉面，一頓飯的工夫就和村民們打成一片，贏得了陣陣誇讚。

臨走之前，孫晉維還特意把姚婧婧拉至一邊，神秘兮兮地說：「婧婧，恭喜妳心願達成，我準備了一個特殊的禮物要送給妳，保證妳會喜歡的。」

「千萬別！」姚婧婧像是受到了驚嚇一般，猛地向後退了一步。「這房子裡的陳設大部分都是出自你手，你若再送，索性在大門口立塊『孫宅』的牌匾得了。」

「妳先別忙著拒絕，說不定一會兒就會後悔哦！」孫晉維臉上的笑容更盛，轉頭對著門外大叫了一聲。「赤焰！」

話音還未落，一個靈活如閃電的小小身軀就從外面衝了進來，姚婧婧連忙張開雙手接住了牠。姚婧婧已有多日沒有見到這個可愛的小東西了，心裡實在是歡喜得緊，摸著牠的小腦袋親暱地問道：「赤焰，你什麼時候來的？肚子餓不餓？我到廚房給你撈塊大肉骨頭好不好？」

赤焰像是完全聽懂了姚婧婧的話，撒嬌般地輕叫了兩聲，小爪子在姚婧婧身上蹭來蹭去。

「這傢伙越發精明了，知道跟著誰有肉吃，妳不能一直這麼慣著牠，否則以後越養越刁，豈不是給妳自己找麻煩？」

姚婧婧敏銳地察覺出孫晉維話中的意思，難以置信地驚呼道：「你說的禮物莫非是牠？」

孫晉維一臉得意地點點頭。「怎麼樣？我就說妳一定會喜歡吧！」

「可是你怎麼捨得？」

姚婧婧曾經聽阿慶說過，當年孫晉維為了得到這隻難得一見的小金毛，也算是費了九牛二虎之力，甚至不惜和繼母發生爭執，如今怎麼可能輕易忍痛割愛？

孫晉維揮了揮手，一臉大度的模樣。「有什麼捨不得的？如今家裡就我和阿慶兩個單身漢，能照顧好自己就不錯了，哪裡還有工夫去伺候這個小祖宗？索性讓牠待在妳這裡，還能發揮牠的特長，替妳看家、護院。」

姚婧婧心裡高興得跟什麼似的，有這麼個可愛的小傢伙，一定能給家裡增添不少歡樂。

「你若真肯割愛，那我就不客氣了，以後你要是想赤焰了，隨時可以來看望牠。」

孫晉維聞言，心中一陣竊喜，像是陰謀得逞般摀著嘴偷偷地笑了起來。

姚婧婧卻顧不上管他，轉身抱著小金毛就往屋裡跑，想第一時間把這個好消息告訴家人。

姚老三夫妻倆之前從未見過長相如此奇特的狗崽，忍不住圍著牠左看看、右看看，還拿著各種好吃的東西逗弄牠。

最興奮的當屬白芷了，小姑娘家家的，對這種可愛的小動物完全沒有一點抵抗力，恨不得時時刻刻把牠抱在懷裡。

由於賀穎懷有身孕，一切都要格外小心，姚婧婧特意讓白芷燒了幾大盆水給小赤焰好好洗了個澡，洗過後還用自製的消毒水將牠身上的皮毛裡裡外外都消毒了一遍，斷絕一切傳染細菌和病毒的可能性。

離開原主人的小赤焰對這個新家似乎很是適應，吃飽喝足後就一直在院子裡上蹦下跳，使勁地撒歡，逗得一家人哈哈大笑。

到了晚上，姚婧婧原本想在院子裡搭一個小窩供牠歇息，可白芷卻心疼牠一隻待在外面太冷了，直接在自己的屋子裡鋪了一床小被子，讓牠睡在上面。

小赤焰倒乖得很，一晚上安安靜靜地歇息，幾乎沒有發出任何吠聲。

第二天，所有人都起了個大早，每個人臉上都洋溢著滿足的笑容，看來昨天晚上都睡得很好。

賀穎忍不住感嘆道：「這人啊，換個環境後心情就不一樣了，以往跟妳奶奶他們住在一起時腦子裡總像綳著一根弦，不知什麼時候就會惹禍上身；如今可好了，萬事都由自己作主，就算出點差錯也不用緊張，渾身上下都輕鬆了。」

姚婧婧還沒來得及接話，姚老三就搶著答道：「以前的確是委屈妳了，以後妳想做什麼全憑妳心意，我保證什麼都聽妳的。」姚老三憨厚一笑，看著妻子的眼神充滿溫情。以往見村中婦人有喜後無論是模樣、還是脾氣都會發生劇變，可為什麼自己的媳婦看起來卻比以往更加嬌媚可人、體貼入懷？

賀穎對著姚老三盈盈一笑，兩人手拉著手，慢慢地走下樓去，完全把姚婧婧甩在一邊。猝不及防被塞了一嘴狗糧，姚婧婧只能去小赤焰那裡尋找安慰，誰知這傢伙也是個勢利眼，只顧著對白芷搖尾賣萌，想從白芷手裡多乞得兩塊帶肉的骨頭，氣得姚婧婧只能在一旁乾瞪眼。

第七十七章 石女

按理說，房子蓋好，童一春就可以和自己手下那幫兄弟一起回家過年了，可經過這段時間的相處，她和姚婧婧之間已經建立起深厚的友誼，所以她一直待在村裡等到喝完姚婧婧的喬遷喜酒後才要打道回府。

這份情誼難能可貴，姚婧婧心裡十分感激，昨日酒席上她便與童一春約定好，要親自送童一春去鎮上的渡口。

另一方面，姚老四這幾天急得是飯也吃不下、覺也睡不著，恨不得一天到晚圍著童一春，想方設法地勸說她接受姚婧婧的診治，可顧慮重重的童一春卻始終不為所動。

這天一早，知道童一春就要動身離開，姚老四便再也坐不住了，衝進她的住所一把奪過她的行李藏在身後。「不、不……不准走！」

在姚老四看來，童一春這一走日後只怕再難有相見的機會，而她身上背負的秘密就像一個隨時會引爆的炸藥，說不定什麼時候就會把她自己炸得粉身碎骨。

童一春最近被姚老四纏得快要發瘋了，她知道姚老四是想幫助她，可沒有親身經歷過的人根本無法體會她心中的痛苦與恐懼，她甚至有些後悔把這秘密告訴姚老四，此刻她只想趕快逃到一個陌生的地方，讓自己能有一個喘息的空間。

「姚老四，你幹什麼？趕緊把行李還給我，明日就是除夕了，我爹還在家中等著我回去過年呢！我已經跟你說過無數遍，我的事不需要你管，你若是再敢干涉，小心我對你不客氣！」

姚老四思想單純，只要自己認為對的事就會堅持到底，無論童一春如何對他惡言相向也絕不退縮。

「不、不走！」

「姚老四，怪不得人家都說你是一個傻子，我看你的腦子真的是有問題。你我本是不相干的陌生人，我不需要你的同情，也不需要你的拯救，沒有人能拯救我，包括姚姑娘也不行，你聽懂了嗎？」

「聽懂什麼？什麼東西我也不行？」

當姚婧婧伸頭進來時，看到的就是兩個人相互對峙、爭得臉紅脖子粗的模樣。

童一春的神情明顯有些慌亂，用滿含警告的眼神瞪了姚老四一眼，之後勉強擠出一絲笑意和姚婧婧打招呼。

「姚姑娘，我早說不用送了，我不是第一次來長樂鎮，一個大男人還能丟了不成？」

姚婧婧搖了搖頭，一臉感激地答道：「童監工幫了我這麼大的忙，我卻沒來得及單獨請童監工喝杯酒，心裡實在是過意不去。以後若是有機會，我一定去埕陽縣城登門拜謝。四叔，你要不要和我一起呀？」

滿懷心事的姚老四完全沒想到姚婧婧會突然點他的名，冷不丁被嚇了一跳。「什……什麼？」

姚婧婧忍不住眉頭輕皺。「四叔，你最近是怎麼了？怎麼總是一副失魂落魄的樣子？是不是哪裡不舒服，要不要我幫你看一看？」

「不、不用！」姚老四的臉憋得通紅，突然揚起手指著童一春大聲道：「我沒、沒病，她、她……」

姚婧婧一臉疑惑地反問道：「四叔，你的意思是童監工有病？想讓我給童監工瞧一瞧？」

姚老四立刻點頭如搗蒜，一臉期待地看著姚婧婧。

童一春此刻殺人的心思都有了，這個言而無信的姚老四，明明答應自己不會告訴任何人，結果卻當著她的面公然叛變，實在是可惡至極！

「姚姑娘，妳別聽妳四叔瞎說，我能有什麼病？就是昨天夜裡受了點風寒，沒什麼大礙，頂多搗兩身汗就好了。」

姚婧婧一臉嚴肅地搖頭道：「童監工此言差矣，這風寒可是急症，保險起見還是讓我看看，否則一會兒上了船，江風一吹，發作起來可是要人命的。」

姚老四在一旁急得直跳腳，衝著姚婧婧直擺手。「不、不是風……風寒。」

「我真的沒病。」情急之下，童一春衝上去搗住姚老四的嘴，對著姚婧婧高聲道：「姚姑娘，我該走了，再耽擱下去恐怕趕不上船了，來日方長，咱們後會有期。」童一春說完，猛地將姚老四一推，抓起地上的包袱就往門外衝。

由於力道太大，姚老四整個人撲在地上，結結實實地摔了一個狗吃屎。

可他顧不上疼痛，轉過頭傾盡全力衝著童一春的背影大聲叫道：「二妮，千萬不能讓她就這樣走了，她會沒命的！」

姚婧婧簡直驚呆了，愣了半天才用不可思議的語氣問道：「四叔，你怎麼不結巴了？」

童一春原本已衝到了門口，聽到姚老四這句話，整個身子瞬間僵住了，腦子裡也變得一片空白。

姚老四也被自己突如其來的改變給嚇到了，瞪著眼，再不敢發出任何聲音。

姚婧婧在一旁萬分激動地鼓勵他。「四叔，再說一句試試，沒關係，有我在，不用怕。」

童一春也忍不住轉過身，癡癡地看著姚老四，期待著他能夠再創造出什麼奇蹟。

姚老四猶豫了半天，終於不知所措地開口道：「我……我說什麼？」

姚婧婧興奮得直拍手。「非常好，再多說兩句。」

姚老四伸手摸了摸自己的嘴。「我不結巴了？這……這怎麼可能？」

「哈哈！太好了，四叔，你真的不結巴了。」姚婧婧心中的感動難以言喻，只能衝上去給姚老四一個大大的擁抱。

「二妮，這到底是怎麼回事？」姚老四依舊不敢相信自己真的就這樣好了，他這口吃的毛病足足陪伴了他二十年，他從來沒想過自己有一天可以像個正常人一樣與人交談，這種感覺實在是太不可思議了。

姚婧婧想了想，搖了搖頭，這種情況太過罕見，她之前也從未聽說過。

按理說，姚老四若真是病理性的語言系統受損，絕不可能就這樣無緣無故地突然好了，唯一的解釋就是，姚老四其實並非真的口吃，只是一種心理上的障礙，導致他一直不能，或者說是不敢開口說出一句完整的話。

「童監工聽到沒有？我四叔能像正常人一樣說話了。咦？童監工怎麼哭了？」姚婧婧本想把這個好消息與童一春分享，沒想到一抬頭卻發現童一春不知什麼時候竟站到了兩人面前，眼裡還閃爍著晶瑩的淚光。

「沒事，我這是為妳四叔感到高興，原來這個世上真的會有奇蹟發生。」

姚老四此時已從震驚中緩過神來，只見他從地上一躍而起，一臉誠懇地拉住童一春的胳膊。「童監工，我求求妳，讓二妮給妳看看吧！只要心存希望，說不定就會像我一樣發生奇蹟。」

童一春一臉茫然地看著姚老四，又轉過頭看了看姚婧婧，心中糾結萬分，似乎在做人生中最艱難的抉擇。最後在姚老四堅持不懈的鼓勵下，她咬了咬牙，勉為其難地開了口。「姚、姚姑娘，有件事，我一、一直瞞著妳。」由於太過緊張，童一春連句完整的話都說不出口。

姚婧婧忍不住調笑道：「切莫著急，我四叔的嘴剛索利，童監工可別再被傳染了。」

「要不我來替妳說吧！」姚老四心裡急得跟貓抓似的，生怕童一春臨時反悔。

童一春面色一紅，一口回絕道：「不行！」如此私密之事從一個男人嘴裡說出來，豈不是在打她的臉？她以後還有何顏面再面對這叔姪倆？「還是我自己說吧！」童一春深吸一口氣，像是在給自己鼓勁一般。

站在一旁的姚婧婧臉上突然露出一種奇怪的表情。「童監工，承認自己是個女人有這麼困難嗎？」

童一春驟然抬頭，眼神閃爍，那感覺比剛剛目睹姚老四突然能好好說話還要驚詫。下一刻，她好像突然明白了什麼似的，轉過頭怒氣沖沖地對著姚老四吼道：「你這個叛徒，小心我拔掉你的舌頭！」

姚老四嚇了一跳，連忙搖著手為自己辯解道：「我沒說，我真的沒說啊！」

童一春一腳踹在姚老四的膝蓋上。「事到如今還敢狡辯，你若是沒說，姚姑娘怎麼可能會知道？」

姚老四疼得直跳腳，卻依舊齜牙咧嘴地否認道：「我冤枉啊！二妮，妳倒是替四叔說句話啊！」

姚婧婧看著兩人之間的互動，心裡突然漾起一絲異樣的感覺。「好了童監工，妳就別拿我四叔出氣了，他什麼也沒對我講過，妳別忘了，我可是一個大夫。」

「大夫？」童一春愣了一下，終於想起之前在山上時姚婧婧曾給受腰傷的她把過脈，難道她是在那個時候識破了自己的身分？

「《醫脈真經》裡對男女脈象之間的差異做了明確的表述，三陽從地長，地氣上騰，故男子尺脈常沈而弱；三陰從天生，天氣下降，故女子尺脈常盛而浮。男子陽多而陰少，其脈多應於關上，所以寸盛而尺弱；女子陰多而陽少，其脈多應於關下，所以寸沈而尺盛。因此對於那些經驗豐富的大夫來說，依據脈象分辨男女並不是一件多麼困難的事。」

姚婧婧噼哩啪啦說了一大堆，兩人卻連一句都沒有聽懂，不過童一春總算相信了姚婧婧是憑自己的本事知道她的秘密。

她低頭思索了一會兒後，惴惴不安地問道：「妳從脈象上除了瞧出我的性別，還瞧出什麼了？」

姚婧婧並沒有直接回答她的問題，而是突然伸手在她的脖子上摸了一把。

「妳幹什麼？」童一春猝不及防，猛地向後仰去。

「別動。」姚婧婧一把抓住她的胳膊，問出一個奇怪的問題。「妳是從什麼時候開始發覺自己的喉結像男人一樣越長越大的？」

童一春愣了一下，不太確定地回道：「十二、三歲，或是十五、六歲，記不太清了。」

「你們知道嗎，我們每個人身體內都含有兩種非常重要的性激素，一種叫雌激素，一種叫雄激素，這兩種激素相互作用，會對人體的健康產生非常大的影響。女子體內占主導地位的性激素是雌激素，也含有極少量的雄激素；但是當雌性激素分泌不夠多，雄性激素含量就會相對增加了，也就有可能出現喉結大、多毛、聲音變粗等男性化表徵，在醫學上我們稱之為內分泌失調。」

姚婧婧所說的幾種症狀童一春無一例外全都占齊了，她雖一時半刻理解不了姚婧婧口中那些生僻的辭彙，可心裡卻不由得蒙上了一層陰影。

「由於我爹從小把我當男孩子養，在十歲之前我對自己的性別根本就是一片混沌，後來我身體上的某些部位開始逐漸改變，我才意識到自己和經常一起玩耍的那些男孩子們有很大的不同，可若因此就判定我是一個姑娘，有些特徵又不太明顯。這的確是一個非常難以啟齒的問題，我只能偷偷摸摸從一些醫書上去瞭解，可瞭解得越多，我的心裡就越絕望，事實上，我就是個不陰不陽、不男不女的怪物。」

「哪有妳說得那麼嚴重，內分泌失調雖然治療起來有些棘手，不過只要長期持續調理，還是會有很大改善的。」

把脈不是萬能的，有些東西從脈象上並不能看出來，因此姚婧婧還沒有意識到童一春最嚴重的病症所在。

說來也怪，有些事情童一春可以毫無包袱地在姚老四面前直言相告，可面對姚婧婧這個尚未出閣的黃花大閨女，她卻無論如何也開不了口。憋了半天後，她轉頭對著姚老四惡狠狠地低斥道：「你出去！」

姚老四一時沒轉過彎來。「啊？為什麼？我……」

「我讓你出去你就出去，哪那麼多廢話。」童一春的臉紅得簡直能滴出血來。

姚婧婧似乎明白了什麼，一臉嚴肅地對著姚老四說道：「四叔，男女有別，你一直待在這兒讓我怎麼給童監工檢查身體？」

「啊？對不起、對不起，我現在就出去，妳們慢慢檢查，我在門口替妳們看著，保證不會有人來打擾。」姚老四頓時恍然大悟，一邊賠罪，一邊匆忙轉身朝門外走去。

「姚姑娘，妳雖然醫術了得，可到底還是一個姑娘，我怕我醜陋的樣子會嚇著妳。」

姚婧婧一臉泰然地笑笑。「放心吧，我見過的病症比妳想像中還要多得多，說句不好聽的，我連死人的屍首都敢看，就算妳真想嚇唬我也不是一件容易的事啊！」

也許是被姚婧婧的沈穩所影響，童一春終於平復好自己的心情，一件、一件地把身上的衣服全部脫光，躺在炕上等待姚婧婧替她檢查。

童一春活了二十多年，像這樣赤身裸體的機會並不多，不知是天氣太冷還是她心裡太過緊張，她渾身上下開始抑制不住地劇烈抖動。

姚婧婧連忙拉過棉被替童一春蓋好，雖說早已做好心理準備，可眼睜睜地看著一個非常熟悉的人由「他」變成「她」，這種感覺實在有些詭異。

由於之前已經有替五嬸接生的經驗，姚婧婧對這種婦科檢查沒有絲毫心理障礙。

正如童一春所說，在民間通常把不能行經、不能過性生活的女子稱為「石女」。

造成這種情況的原因有很多種，最嚴重的當屬於先天性無陰道、無子宮；還有一種陰道先天性發育異常，有些地方兩邊沾黏在一起，使陰道不能和外陰相通，在醫學上稱為「陰道閉鎖」。

一番檢查後，姚婧婧心裡的一塊石頭落了地，童一春的情況比她想像中好很多，按照現有的醫療條件，若真是最嚴重的那種，她還真會束手無策。

可不明就裡的童一春卻只看到姚婧婧面無表情地在盆中淨手，從頭到尾一言不發的嚴肅模樣，內心深處忍不住湧起一股悲涼的絕望之感。「姚姑娘，煩勞妳辛苦一場，原本我就未抱什麼希望，所以妳也用不著有任何心理負擔。」

姚婧婧轉過頭，奇怪地看了她一眼。「說什麼呢？我只是在想，要到哪裡去訂製襯手的手術刀來給妳做這個手術。」

童一春原本黯淡的眼神瞬間又變得明亮起來。「手術？妳的意思是……我這病還有得治？」

姚婧婧信心十足地點了點頭。「像妳這種狀況屬於陰道橫隔，屬於一種先天性的身體畸形，通俗的說就是在陰道內多出了一段橫隔，致使經血無法外流。由於它的位置臨近陰道口，導致妳的外陰處看起來與一般女子略有區別；不過妳放心，這些情況在手術後都是可以慢慢改善的。」

童一春欣喜若狂，顧不上自己衣衫不整，裹著被子就坐了起來。「姚姑娘，妳說得都是真的？我真的有機會能變成一個正常的女人？」

姚婧婧的面色突然變得有些凝重。「童監工，我可以想辦法治療妳身體上的疾病，可妳究竟能不能變成一個正常的女人，最終還要看妳自己，畢竟妳已頂著男人的身分活了這麼多年，要想真正從心底接受作為女人的自己，不是一件容易的事。」

童一春想了想，臉上浮現出一絲苦笑。「沒錯，我當了這麼多年的男人，除了做木工、蓋房子，其他什麼也不會，若真要讓我像旁的女人那樣每日待在家裡繡花、做飯，我非發瘋不可。」

姚婧婧一聽這話立即不樂意了。「誰說女人就一定得在家裡繡花、做飯？尤其是像妳這樣優秀的建築師，不繼續發揮妳的才能才是大大的浪費。」

童一春搖了搖頭。「我哪有妳說得那麼厲害，這麼多年來只有和兄弟們一起幹活時我才能暫時忘掉心中的煩惱，所以我只能一直幹、拚命幹，不敢讓自己有絲毫停歇。」

姚婧婧用一種誇張的語氣安慰道：「這就叫失之東隅，收之桑榆，這些年妳雖承受了許多旁人不能承受的痛苦，可也體驗了平常女人一輩子也體驗不到的生活。想想妳走過的那些地方、看過的那些風景，等妳將來老了，有的是本錢在兒孫面前吹噓呢！」

童一春的眼神怔怔的，似是有些迷茫。「兒孫？我也會有兒孫嗎？」

姚婧婧搗著嘴格格地笑道：「那當然，等我把妳的隱疾治好，妳就可以像別的女人一樣成婚生子了。瞧妳這體格，一看就是好生養的，將來一定是多子多孫的福祿命。」

童一春的臉一下子燒了起來。「妳可別胡說，這世上怎麼會有男人願意娶我這樣的人？我只希望能像一個正常人一樣光明正大地活著，其他的再不敢多想。」

童一春那副嬌羞的模樣惹得姚婧婧生出幾分惡作劇的心思，只見她猛地撲到床邊，一把扯過童一春身上裹著的被子。

「啊！妳做什麼？快還給我！」童一春嚇得尖叫連連，手忙腳亂地拾起床上的衣衫搗住身體上的某些重要部位。

姚婧婧在一旁笑得前仰後合，正準備開口說話時，門外突然傳來一聲異響，姚老四居然冒冒失失地破門而入。

「怎麼了？怎麼了？發生什麼事了？」

姚婧婧臉上的笑容瞬間凝結了，轉頭看著童一春。

童一春似乎不敢相信眼前這一幕，整個人呆呆的，彷彿石化了一般。

由於太過擔心童一春的情況，守在門口的姚老四一直如坐針氈，冷不丁地聽到裡面傳來刺耳的尖叫，他便想也不想地衝了進來。算起來，他已經是第二次看到如此令人血脈賁張的香豔畫面了，與前一次的意外與震驚不同，這一次他竟感覺到身體有些躁熱，好像有小火苗在胸腔裡慢慢燃燒。

「姚老四，你去死！」

童一春只覺得自己這輩子從未像今天這樣羞惱過，要不是身上沒穿衣服，她一定會衝過去拿刀剜掉姚老四的眼珠子。

「對不起，我不是故意的，我、我……」姚老四一緊張，竟然又開始結巴了。

「四叔，你還不趕緊出去，真等著童監工來追殺你嗎？」姚婧婧抱著胳膊在一旁看足了戲，最後終於捨得提醒呆若木雞的姚老四一句。

姚老四如夢初醒，紅著臉匆匆忙忙地轉身跑出了門。

童一春氣得肺都快炸了。「啊！氣死我了，這個姚老四看似老實巴交，其實滿肚子壞水，我看他就是故意的！」

姚婧婧擠了擠眼，頗有深意地回道：「我四叔是什麼樣的人童監工不是最清楚嗎？聽說這幾天你們倆恨不得日夜都黏在一起，妳倒是說說你們在一起都聊了什麼？」

童一春一臉鄙夷地斥道：「我和一個舌頭都伸不直的結巴能有什麼好聊的？他就是一隻厚顏無恥的癩皮狗，怎麼趕都趕不走。」

姚婧婧一臉壞笑道：「嘖嘖，沒想到我這個四叔雖然腦子不太靈光，可眼光還真是不錯，瞧童監工這修長的大腿、緊實的肌膚，該凸的凸、該翹的翹，身材簡直好到不行，連我一個姑娘看著都忍不住流口水，更何況我四叔了。」

姚婧婧說著說著，像是突然想起什麼似的，一拍腦門，高聲叫道：「怪不得我四叔最近總是魂不守舍的，原來他是被某人迷了心智，害起了相思病啊！」

為了防止姚老四再鬧出什麼么蛾子，童一春正手忙腳亂地把衣服往自己身上套，一聽這話，身子又猛地一頓。「妳到底在說什麼？什麼相思病？我怎麼一個字都聽不懂？」

姚婧婧滿臉殷勤地湊上前幫她整理衣物。「童監工何必揣著明白裝糊塗呢？妳不是怕沒人願意娶妳嗎？如今眼前就有一個現成的，考慮、考慮唄？」

「考、考慮誰？」童一春這回是真的受到了極其嚴重的驚嚇，連說話都帶著顫音。

「還能有誰？當然是我四叔啊！我與童監工也算是一見如故，如果妳能嫁給我四叔，那我就要喊妳四嬸，以後我們就是一家人啦，這是多麼美妙的一段緣分啊！」

姚婧婧說得萬分歡喜，童一春卻聽得毛骨悚然。在她心裡一直把姚老四當成是一個可以信賴的兄弟，她可以對他傾訴自己心中的秘密，陪他一起並肩冒險，可若說有朝一日自己會成為他的妻子，和他在一起長長久久地過日子，那簡直就是滑天下之大稽。

「姚姑娘，妳千萬不要胡說，我跟姚老四？那根本就是不可能的事。」

姚婧婧依舊極力勸說道：「男未婚、女未嫁，有什麼不可能的？妳既然肯將如此私密的事情告訴我四叔，說明妳心裡對他也是認可的，為什麼不能給彼此一個機會呢？反正我看你們兩人般配得很，一定會是一段美滿的姻緣。」

童一春身子猛地一晃，像是要暈倒一般，兩手扶著額頭，滿臉倉皇地說：「求求妳姚姑娘，此事千萬莫要再提，妳若真能治好我的隱疾，就如同對我有再造之恩，不管妳有任何要求我都可以答應，只是這一條除外，讓我跟姚老四成親？我寧可現在就死了。」

「啊？怎麼會這樣？童監工真的不再考慮考慮嗎？妳拒絕得這麼乾脆俐落，我四叔該有多傷心啊！」姚婧婧噘著嘴，語氣充滿惋惜。

童一春面含苦澀地搖了搖頭。「姚姑娘，我知道妳跟妳四叔關係好，可也不能隨便抓個人就給他做媳婦。姚老四為人實在，心地善良，還勤勞肯幹，如今口吃的毛病也好了，以後一定會有慧眼獨具的姑娘願意嫁給他的，而我，根本就不配。」

姚婧婧猶不死心地追問道：「可是妳對我四叔真的沒有一點感覺嗎？易得無價寶，難得有情郎，有些東西錯過了就是一輩子，再後悔就來不及了。」

「妳說的這些對我來說就是一種奢望，我不知道自己將來會變成什麼樣子，妳四叔是個好人，所以我不願耽誤他，更不能成為他人生當中的污點。姚姑娘，妳雖然年紀小，可看事情比誰都通透，希望妳能明白我的苦心，不要再逼我了。」

童一春話語間帶著幾分乞求的意思，姚婧婧雖然還有一肚子話想說，卻也只能作罷。她心裡委實覺得遺憾得很，在她看來，姚老四和童一春都是受過生活洗禮的人，更能明白生命的可貴，如果他們能走到一起，對彼此來說都是一種幸運。

第一次作媒就以失敗告終，姚婧婧不免覺得有些灰心，卻也只能打起精神和童一春交代手術的事。

理解到童一春迫切的心情，姚婧婧決定待手術器具訂製完成就立即實施手術。

為了手術能夠順利進行，姚婧婧將心急如焚的姚老四趕到大廳裡等候，只留白芷在一旁幫忙。

今天雖是一個難得的大晴天，不過氣溫依舊極低，姚婧婧一早就在屋子裡放了好幾個熊熊燃燒的火盆，可不知是不是緊張過度，赤身裸體躺在床上的童一春連牙齒都在發抖。

姚婧婧拉開一張潔白如雪的被單替她蓋上，微笑著在她耳邊輕聲道：「童姊姊，妳準備好了嗎？過程會有點痛哦，妳若是受不了就叫出聲來，沒人會笑話妳的。」

童一春張了張口想說什麼，卻發現一個字都說不出來，最後只能深吸一口氣，使勁點了點頭。

姚婧婧一個眼神，白芷立即拿出準備好的繩子，兩人將童一春的雙腿架起，來了個五花大綁，確保她無論如何都動彈不得。

這樣的姿勢對於未經人事的女人來說實在是太過羞恥，童一春只能閉上眼睛，兩手攥住被單，強迫自己一定要相信姚婧婧。

漫長的消毒程序結束後，姚婧婧終於拿起手術刀開始手術了。

一陣劇痛傳來，童一春反而鎮定了下來。有一句話叫做浴火重生，這世上所有的苦難她都受盡了，老天爺就算再不開眼，又能拿她如何呢？

白芷在一旁拿著手帕幫童一春擦拭源源不斷的汗水，她一向自詡膽大，可小姐手中那柄上下翻飛、閃著寒光的尖刀還是讓她心裡直打顫，最後只得別過臉不去看她。

尖刀割肉的痛苦並非一般人能夠承受的，童一春開始時一直咬牙忍著，直到最後實在受不了了，竟然直接痛暈了過去。

由於姚婧婧提前交代過，白芷第一時間就撬開童一春的嘴，塞進一塊乾淨的白布，防止她在不知覺的情況下咬傷自己的舌頭。

大約一炷香的工夫後，姚婧婧終於完成了手術。多年淤積的經血終於尋到了出口，如同開閘的洪水般奔流而出，流得滿床、滿地全部都是，那場景看起來的確有些駭人。

「小姐，好了嗎？」濃重的血腥味引得白芷陣陣作嘔，簡直連片刻都待不下去了。

姚婧婧卻沒工夫理她，只是聚精會神地做著消毒和縫合傷口等收尾工作。

就在白芷覺得自己快要窒息時，姚婧婧終於抬起頭長出了一口氣，露出一絲滿意的微笑。

「大功告成！」

白芷頓時歡呼雀躍道：「太好了，您等等，我現在就去把這個好消息告訴四老爺。」

姚婧婧卻一下子變了臉色，伸出手大聲疾呼道：「站住！」

「怎麼了？」白芷腳步一頓，滿臉疑惑地轉過頭。

「妳好歹先幫童姊姊把衣服穿上吧！雖然該看的、不該看的，四叔都已經看過了，可咱們不能趁著人家昏睡的工夫欺負人家啊！」

好不容易了結了一樁心事，姚婧婧的心情極好，一邊調笑著，一邊在盆中淨手，和白芷一起小心翼翼地幫童一春把衣服穿好。

由於姚婧婧的消毒措施做得很到位，童一春的傷口恢復得非常快，換了幾次藥後，便幾乎痊癒了。

徹底恢復女兒身的童一春卻顯得有些迷茫，整日躲在房中不願見人，尤其對姚老四更是排斥至極，恨不得一聽到這個名字就摀住耳朵鑽到被窩裡。

姚老四也執著得很，雖然回回都吃了閉門羹，可還是一天三趟地往她那裡跑，一次都不願意落下。

童一春避之不及，待身體稍微好些後便匆匆收拾行李向姚婧婧告辭，準備離開清平村。

姚婧婧心中自然是萬般不捨，可她也知道這個世上沒有不散的筵席，尤其是對童一春這樣的人來說，這世上只怕沒有什麼事情能讓她停下追尋的腳步。

「妳就這樣走了，我四叔知道了該有多傷心啊！好歹相識一場，童姊姊不打算和他好好道別嗎？」

童一春的神情很是猶豫，糾結了半晌後還是硬下心來搖了搖頭。「不必了，待我走後請姚姑娘替我轉告一聲，妳四叔他是個好人，我一輩子都不會忘記他對我的恩情。」童一春說完後朝著姚婧婧行了一個大禮，轉身揹著行囊頭也不回地出了門。

姚婧婧有些無奈地嘆了一口氣，雖然早已料到會是這樣的結局，可她依舊忍不住替這兩個有緣無分的年輕人感到遺憾。

一轉眼到了下午時分，姚婧婧正絞盡腦汁地思考著該如何將童一春離開的消息告訴四叔，誰知白芷卻喘著粗氣衝進門來，眼裡是掩飾不住的驚喜之色。

「回來了，他們都回來了！」

姚婧婧心中一動，連忙追問道：「誰回來了？」

其實用不著白芷回答，姚婧婧已經看見姚老四和童一春兩人紅著臉，磨磨蹭蹭地走了進來。

原來早上童一春剛剛走到村口，就好巧不巧地撞見砍柴歸來的姚老四，姚老四情急之下終於捅破了那層窗戶紙，童一春的態度也在姚老四的濃情密意中慢慢軟化下來，兩人在一起待了大半天後，終於下定決心衝破世俗的眼光相伴一生。

「二妮，我和一春來是想請妳幫個忙，我知道想讓家人接受一春並不是一件容易的事，我也想趁著年輕和一春一起出去見見世面，可如今家裡的情況妳也知道，妳奶奶她只怕不會輕易點頭。」

「那是肯定的，想讓她點頭，那你就等著打一輩子光棍吧！」姚婧婧深以為然地點點頭。如今四叔一人承擔了大宅裡絕大多數的勞動工作，姚老太太怎麼可能捨得這麼一個免費的勞動力？

「四老爺又不是小孩子，自己的事情自然可以自己作主，為何非要姚老太太點頭呢？您只管安安心心地隨童監工同去，等過個十年、八載，你們再帶著幾個孩子回來，到時姚老太太就算再生氣，看在孫子的分上也不會把你們怎麼樣的。」

白芷此話一出，姚老四和童一春的臉就更紅了，尤其是童一春，更是羞得恨不得找個地縫兒鑽進去。

「沒錯，白芷這回總算是出了一個好主意。四叔，你就安安心心地去吧！這些年你為了姚家已經付出得夠多了，是時候該為自己考慮考慮了，大哥已經是秀才，說不定明年就可以高中舉人，富貴功名指日可待，哪裡還需要你來操心呢？」

姚婧婧的一席話終於消除了姚老四心中的顧慮，為了防止夜長夢多，他匆匆回家收拾了幾件簡單的行李，趁著暮色跟自己的心上人踏上了充滿希望的旅途。

第七十八章　姚子儒被抓

童一春並不是一個鐵石心腸的人，她能夠體會姚老太太生兒育女的艱辛，為了彌補姚老太太的損失，她主動拿出了二十兩銀子，讓姚老四臨走之前偷偷放在娘親的房裡。

姚老太太和姚老大發現姚老四不見了原本非常生氣，正準備報告里正派人去追，可從天而降的二十兩銀子卻又瞬間讓他們心花怒放。

自從姚子儒中了秀才後便自恃身分，飲食起居都起了攀比之心，各項花銷更是如流水，三房和五房每月供奉的二兩銀子便顯得捉襟見肘，所以眼前的這二十兩銀子對他們來說無異於雪中送炭。

誰知，這白花花的銀子還沒捂熱，便從鎮上傳來了一個晴天霹靂、將整個姚家震得地動山搖的壞消息。

也許是姚子儒高調的做派和囂張的氣焰惹來某些人的不滿，竟然有一封密信將他當初童試時賄賂考官的勾當給爆了出來，縣太爺當即命人將姚子儒以及一干人等全部捉拿歸案。

這件事在整個長樂鎮都引起了軒然大波，要知道，科場舞弊可是量刑極重的案件，一經查出，隨時都有砍頭的危險。

姚老太太聽說自己引以為傲的大孫子鋃鐺入獄，當即便兩眼一翻，暈倒在地。

沒事暈一暈對姚老太太來說早已是稀鬆平常的事，可這回情況卻不太一般，只見她嘴唇緊咬，臉色慘白地躺在炕上，任憑幾個兒子在身邊如何呼喚都一動也不動。

姚婧婧立刻拿出銀針，在她的神庭、少府、人中穴各扎了一遍，姚老太太的面色終於有所緩和，慢慢地睜開了眼睛。

「嗯？我這是怎麼了？你們……你們都圍在這裡做什麼？」姚老太太雖然轉醒，可眼裡布滿了血絲，神智也不太清楚，看起來一副迷迷糊糊的樣子。

姚老五一臉關切地揚聲回道：「娘，您剛才暈死過去了，要不是二妮及時把您救過來，後果簡直不堪設想。」

姚婧婧此時已經自動閃到了人後，她知道姚老太太並不想看到她，果不其然，姚老太太自動跳過了姚老五話中有關於她的內容，稍一清醒就立即從炕上坐了起來。

「子儒！子儒！我的大孫子呢？我要去找他，快讓他來見我！」姚老太太一邊喊，一邊沒頭沒腦地就要往炕下衝。

姚老三和姚老五只得拚命將她按住。

姚老二在一旁急得直搓手，情急之下便扯著嗓子喊了一句。「娘，您別白費力氣了，子儒他已經被抓走了，再也回不來了。」

姚老太太一聽這話，整個人猛然僵住，過了半晌才發出一聲聲嘶力竭的哀號。「不！我不相信！你們這群白眼狼，為什麼不把他救下來？我辛辛苦苦養你們有什麼用？他要是有個什麼三長兩短，我非要你們陪葬不可！」

姚老三又急又氣，轉身怒視著姚老二。「二哥，你這是做什麼？你明知道娘受不了這個，為什麼還要故意刺激她？」

姚老二別過頭沒有說話，心底卻閃過一絲莫名的快意。這麼多年來娘一直偏心大房，可事實卻證明慈母多敗兒，這也許就是報應吧！

姚婧婧搖了搖頭，轉身出了房門。在這件事情了結之前，老宅只怕日夜都難以安寧，而她並不打算蹚這趟渾水。

回去後，白芷繪聲繪色地將大宅的情況跟賀穎講了一遍。

賀穎聽後卻面現愁容。「當初子儒回來說這件事時我就覺得心裡不踏實，可娘他們卻被秀才的名頭沖昏了頭，如今事情敗露了，子儒他該如何是好啊！」

白芷噘著嘴，一臉鄙夷地說道：「這就叫自作孽，不可活！夫人您也不必可憐他，反正咱們現在已經分家，他們如何跟咱們一點兒關係都沒有。」

賀穎卻搖了搖頭，嘆了一口氣。「畢竟是一家人，打斷骨頭還連著筋，就算我們想置身事外，只怕別人也不會允許的。」

賀穎所料不錯，之後的一段日子，姚老大幾乎每天都要來三房大門口坐上半日，只要看到姚婧婧出現就會上前求她幫忙救自己的兒子。

姚婧婧雖然能體諒他的一片愛子之心，可這樣的舉動還是讓她有些不堪其擾。

「大伯，你實在是太看得起我了，這件案子是縣令大人親自審理的，連周捕頭都無權置喙，我又能有什麼辦法呢？」

「二妮，我知道妳見多識廣，如今整個姚家最有能耐的就是妳了，只要妳肯拚力一試，事情或許就會有轉機；若是等案子審判完畢，子儒就再沒有一絲活路了啊！」姚老大這回是徹底絕望了，鼻涕一把、眼淚一把，哭得簡直快要喘不過氣來。「我到底是做了什麼孽喲，老天爺為什麼要這樣懲罰我？那個賤婦死就死了，可子儒是我的命根子，他還那麼年輕，連個一男半女都沒留下就要遭此大難，這可如何是好啊！」

姚婧婧原本還有些猶豫，畢竟姚子儒此人實在沒什麼可取之處，可姚老三卻不忍心看著自己的大哥白髮人送黑髮人，也向姚婧婧投來哀求的目光。

姚婧婧終於還是軟下了心腸，答應盡力替姚子儒想辦法。

人命關天，姚婧婧租了一條小船，以最快的速度前往埕陽。臨行之前，姚老大交給她一個包裹，裡面裝著童一春當初留給姚老太太的二十兩銀子。

「二妮，大伯知道這件事很不好辦，妳這一趟處處都需要打點，這點銀子肯定遠遠不夠，可我實在沒有別的法子了，一切都拜託妳了。」

姚婧婧在姚老大的淚眼下接過了他手中的包裹，可事實上她心裡也沒有一點底兒。在此之前，周捕頭曾經向她提起過陸雲生和埕陽縣令關係匪淺，此事找他應該能有轉圜的餘地。

算起來她已經有好幾個月沒有見到陸雲生了，雖然他的訂單每個月會按時送到，可他的人卻再沒有在長樂鎮上出現過。

時間緊急，姚婧婧必須在最快的時間聯繫上陸雲生才有可能救得了姚子儒，然而自從兩人相識以來，每次都是陸雲生主動上門來找她，她對他的行蹤、地址一無所知，茫茫人海中想要找一個人無異於大海撈針。

不過姚婧婧心中還是有幾分思量的，只見她片刻不停地穿過兩條長街，來到一處燈紅酒綠的熱鬧之所，其中一座最為璀璨的小樓上面寫著三個大字：瀟湘館。

根據姚婧婧的推斷，陸雲生和蕭啟之間的關係應該遠不止他說得那麼簡單，他或許和瀟湘館的頭牌姑娘南風一樣都是蕭啟在暗中培植的親信，替他秘密地完成一些不可告人的任務。如果她的猜測沒錯，那這個南風姑娘就有很大的可能認識陸雲生，找她打探一下消息八成沒錯。

門外的老鴇一聽她要找南風姑娘，白眼險些快翻到天上了，這樣的小妮子她見得多了，自己沒本事守住情郎，還要怪外面的女人太狐媚，活該被男人拋棄。

「南風不在，妳還是趕緊回去吧，這裡不是良家女子該待的地方。」

「嬤嬤別誤會，我是醫館的醫女，南風姑娘身子不舒爽，特意讓我來給她瞧瞧的。」

姚婧婧一邊說，一邊揚了揚手裡的藥箱。

老鴇頓時面露驚訝之色。「南風病了？我怎麼不知道？她得了什麼病？」

姚婧婧一臉諱莫如深地笑道：「自然是不太想被人知道的病，否則那麼多高明的大夫不請，為何偏偏要請我一個剛出師的小丫頭？」

老鴇心裡咯噔一下，她在這一行幹了大半輩子，當然知道姚婧婧口中「不太想被人知道的病」究竟是什麼病，南風可是樓裡的臺柱，這消息要是傳出去，瀟湘館的聲譽只怕會一落千丈。

「我的天啊，怎麼會這樣？小丫頭，妳一定要盡心盡力把南風的病治好，到時候診金隨便妳開口，只是這件事千萬要保密，切不可讓旁人知道。」

姚婧婧點點頭，一副了然於心的模樣。她前腳剛上樓，後腳一個躬著身子的龜公就急急忙忙地進了門。

「陳大老闆來了，點名要南風姑娘親自伺候，嬤嬤趕緊派人上去請她吧！」

「請什麼請？就說南風姑娘得了風寒，一個月內都不能見客了。」

南風此時正在房裡用玫瑰花汁浸泡雙手，由於常年練劍，她的手上起了一層薄薄的硬繭，換成旁人也就罷了，可出現在一個頭牌妓女的身上實在是太過扎眼，因此她花在保養這雙手上的時間比別的姑娘都多。

突然，南風毫無徵兆地打了一個大大的噴嚏，難道是夜裡的風太涼了？

她正準備起身將窗戶關緊，姚婧婧趁著這個空檔閃身鑽了進來。

南風並非常人，當即便察覺到身後有異。

幾乎是在一瞬間，姚婧婧便感覺到冰涼的劍尖抵在自己的喉嚨上。「好久不見，南風姑娘風采依舊，就連拔劍的速度也比以往快了不少，讓人佩服之至。」姚婧婧心裡發怵，可面上卻絲毫不顯，嘴角甚至露出一絲親和的笑容，彷彿她和眼前的南風姑娘只是一對久未碰面的老朋友一般。

南風看清眼前的來人，眼中露出難以置信的表情。「竟然是妳？上回僥倖讓妳逃出生天，沒想到妳竟然敢再次送上門來，妳真以為妳的脖子是鐵打的，還是覺得我根本沒膽量殺妳？」

「南風姑娘是女中豪傑，哪有什麼事情是妳不敢的？不過我替妳算了一筆帳，殺掉我只是眨眼間的工夫，除了能解兩口悶氣，對妳而言並沒有任何好處，反而會破壞了妳主子對妳的信任，實在是不太划算。」

南風怒極反笑，手腕一緊，劍尖又朝前送了一分。「妳還真把自己當盤菜了，我倒要看看，主子會不會因為妳而懲罰我。」

「衝動是魔鬼，南風姑娘，手下留情啊！」姚婧婧身子一軟，整個人像隻老鼠一樣趴在地上滾來滾去，活脫脫一個瘋婦。

南風當即傻眼，世上怎麼會有這種撒潑賣癡的女子，真是丟人現眼！南風舉著劍，厲聲斥道：「妳趕緊給我起來，否則我對妳不客氣了。」

「我是妳主子的救命恩人，妳不能殺我，否則就是忘恩負義，要遭天譴的。」姚婧婧突然坐起身子，聲嘶力竭地對著南風大聲吼道，那披頭散髮的模樣倒把南風給嚇了一跳。

「妳在胡說八道些什麼？若是敢信口開河，我就割了妳的舌頭。」

生死攸關，姚婧婧也沒有什麼好隱瞞的，三言兩語把當日在靈谷寺偶然救下蕭啟的經過講了一遍。

南風聽得目瞪口呆，在她心裡，自己的主子就是這個世上最英明的男人，他能文能武，決斷千里。一想起他也有被人追殺、身處絕境的危難時刻，她的心就像被千萬根針刺過一般，痛到不能自已。「妳說得可是真的？」

姚婧婧點頭如搗蒜。「這種事如何作假？南風姑娘妳想想，我一個普普通通的農家女，若非如此，又怎麼可能結識得了身分貴重的郡王殿下？」

「諒妳也不敢，怪不得主子對妳格外寬容，原來其中還暗藏這些隱情。」南風狠狠地瞪了她一眼，終於將手中的利劍收了回來。「妳能夠為主子醫治一場也算是妳的造化，我可以不殺妳，可像妳這樣面目可憎的女子看著實在是讓人心煩，趁我沒有改變主意之前趕緊從我眼前消失。」南風說完後便轉身面向窗外，連一聲送客都懶得說。

姚婧婧只能厚著臉皮，一臉笑地湊了上去。「那個，南風姑娘，實在不好意思，我這次來是有事相求的，妳能否行個方便，幫我聯繫一下陸雲生陸大哥？」

南風立刻後退一步，一臉警覺地望著她。「什麼陸雲生？不認識，我告訴妳姓姚的，妳別仗著在主人面前有點功勞就蹬鼻子上臉了，這裡不是妳該來的地方，趕緊滾！」

「南風姑娘且慢，南風姑娘大人有大量，我是真的有急事要找陸大哥，這件事關乎我家人的性命，片刻都耽誤不得，妳就當行行好，可憐、可憐我吧！」

「妳是自己走還是讓我找人來把妳丟出去？」南風說著就要招呼外面伺候的下人進來攆人，不知為何，她一見到這個女子就覺得渾身不舒服，一刻都不想與之共處。

面對這個油鹽不進的孤傲女子，姚婧婧只能咬了咬牙，使出自己最後的殺手鐧。「妳要是不幫我聯繫陸大哥，我就直接去找妳的主子，堂堂郡王殿下應該會比陸大哥還要好使。」

南風驀然轉身，一雙杏眼圓睜，怒視著她。「妳敢！我現在就打斷妳的腿！」

「有什麼不敢的？反正我也豁出去了，他們兩個我必須要找到一個，否則妳乾脆直接殺了我吧！」姚婧婧將脖子往前一伸，一副死豬不怕滾水燙的模樣。

南風簡直氣到語塞，頓了半天才咬牙發出一聲冷笑。「妳連陸雲生都找不到，還想找我家主子？實在是滑天下之大稽。」

「南風姑娘此言差矣，關注端恪郡王的人自然比關注陸大哥的人多得多，聽說這埕陽縣城就有許多靠販賣消息為生的密探，別說一個花名在外的郡王爺了，就是皇帝老兒今天早上吃了幾粒米都能給妳打聽得清清楚楚。」別看姚婧婧說得頭頭是道，其實這些話全是她之前聽人聊天時提起的。

「妳這個女人果然陰險狡詐，看來妳今日是有備而來，我就算不答應也不行了。」在南風的記憶裡，自己已經有好長時間沒有這麼被人威脅過了，這種感覺實在是非常不爽。

「南風姑娘謬讚，我要是妳壓根兒想都不用想，正如妳所說，像我這樣陰險狡詐的女人，要是到了郡王殿下面前一不小心說出什麼對妳不利的話來，那妳可真是得不償失了。」

南風的指甲幾乎掐進了肉裡，才勉強忍住想要一刀剁了她的衝動。

第七十九章　孔明燈

就這樣僵持了一盞茶的工夫，南風終於長長地吸了一口氣。「陸雲生此刻在哪裡我的確不知，不過我可以想辦法幫妳聯絡；但是妳要答應我一個條件，以後見到我家主子就得自覺地繞道走，否則就算你們之間有再多淵源我也一樣饒不了妳。」

「沒問題！」姚婧婧想也不想地一口應了下來，只要蕭啟不來招惹她，她絕對不會傻到自己往槍口上撞的。

得到她的保證後，南風轉身從衣櫃的暗層中拿出一張透明的薄紙。

姚婧婧正感到奇怪時，南風卻又拿出幾根削好的竹籤和一瓶漿糊，那陣仗就像小學生準備上美勞課。

不過眼前這位女子明顯比她小時候強多了，這些東西在南風手下像長了眼睛一般，很快地，一隻造型精美的孔明燈就出現在她眼前。

「沒想到南風姑娘還有這種本事，以後萬一失業了可以去街上擺個小攤，保准生意極佳。」自從發現南風姑娘並沒有她想像中那麼可怕後，姚婧婧竟然生出了幾分戲弄之心。

南風當即甩過去一記眼刀，姚婧婧立刻乖乖地閉上嘴。

孔明燈製作完畢後，南風便打開窗戶將它放了出去。

這麼個小東西，很快就變成一顆不起眼的小星星，姚婧婧心裡很是沒底兒。「妳說陸大哥會看見嗎？」

南風轉過頭，看都不看她一眼，用無比確信的語氣回道：「這是我們之間最隱秘的聯繫方式，非緊急情況不得使用，如果此刻他人在埕陽縣城的話就一定會看見，只要他看見了就一定會在半個時辰內趕來。」

姚婧婧忍不住拍手笑道：「太好了，南風姑娘，真是太感謝妳了。」

南風明顯不吃這一套，事情一辦完就又開始攆人。「廢話少說，妳現在可以滾出去站在瀟湘館的大門口候著了，半個時辰後若陸雲生還沒有出現，妳就可以徹底死心了。」

姚婧婧愣了一下，又繼續插科打諢道：「那個……外面怪冷的，南風姑娘人美心善，又怎麼會忍心讓我凍著呢？我保證乖乖地待在這裡，一個字都不說，妳大可以當我不存在。」

南風一下子變了臉色，忍不住破口大罵道：「放屁！馬上就到了開門迎客的時間，妳待在這裡我還怎麼做生意？」

姚婧婧卻咧開嘴，露出一臉壞笑。「南風姑娘請放心，今天晚上除了我，妳不會再有其他的客人；其實不只是今天晚上，未來有很長一段時間估計都不會有客人再登妳的門，妳剛好可以趁此機會放個大假，好好地休息一下。」

「妳在胡說些什麼？這是絕對不可能的事。」南風的自信並非毫無道理，自從她出現在這裡的第一天開始，就一躍成為整個埕陽縣城人氣最高的花魁，一向都是她挑客人，像姚婧婧說的這種情況永遠不可能在她的身上發生。

姚婧婧擠了擠眼，主動提議道：「南風姑娘不相信？那我們就打個賭吧！」

這場賭局的結果顯而易見，直到南風最後一點耐心都消耗殆盡了，以前那些守在她門口哭著、喊著求她趕緊出去見客的老鴇和龜公們卻一個都沒有出現，甚至那幾個伺候她飲食起居的小丫鬟們也全都不見了蹤影。

「怎麼樣？南風姑娘，妳現在知道我所言非虛吧？其實這樣也好，這樓裡的姑娘又不只妳一個，妳總得給別人也留條活路吧！」姚婧婧說這話時，突然想起當初陰差陽錯把自己拉進來的那個遲暮美人，不知她現在的情況怎麼樣了，是不是比那個時候更為窘迫？

南風並不知道是姚婧婧在背後使壞，等了這麼久她也有點坐不住了，正準備叫兩個人進來問時，門外卻突然響起一個奇怪的聲音。

南風的神情立刻變得嚴肅。「他來了。」

「誰來了？是陸大哥嗎？」

姚婧婧的話音剛落，一個熟悉的身影就毫無聲息地出現在門口。

由於姚婧婧站的位置背對著光，陸雲生第一眼並沒有看到她。

「出什麼事了？」陸雲生的語氣聽起來很是焦急，連寒暄問候的話都沒有，一來就直奔主題。

「沒什麼事。」南風沒好氣地衝他大吼了一句。今天的這個麻煩全是因他而起，沒事亂認什麼妹妹，有時間她一定會好好跟他算算這筆帳。

「南風，妳知不知道妳在幹什麼？我忙得焦頭爛額，哪有時間陪妳瞎胡鬧，要是誤了大事，妳吃罪得起？」

陸雲生原本是一個對誰都溫和有禮的人，尤其是在南風面前向來扮演著受氣包的角色，像這樣的嚴詞斥責簡直是從未有過的事。

姚婧婧看南風猛然變了臉色，好像隨時都會爆發的樣子，連忙朝前跨了一步。「陸大哥，你別怪南風姑娘，是我非要她幫忙把你喚來的。」

陸雲生看到姚婧婧的突然出現很是驚訝，在他的印象中，南風對姚婧婧不是恨之入骨嗎？怎麼會突然轉了性子幫她？

南風黑著臉冷冷道：「本姑娘現在心情很不好，帶著你的姚姑娘趕緊滾蛋，否則別怪我不客氣！」

陸雲生正要開口，姚婧婧卻突然吸了吸鼻子，搶先問道：「怎麼有股血腥味？陸大哥，你是不是受傷了？快讓我給你瞧瞧。」

「沒有，不是我。」陸雲生擺了擺手，一副坐立不安的模樣。「姚姑娘，妳來得正好，我正準備派人去請妳呢，妳趕緊跟我一起走。」

姚婧婧心知不妙，沒有多言，和南風打了個招呼後，就跟著陸雲生一起出門。路邊停著一輛黑色的馬車，姚婧婧驚訝地發現這輛僅容兩人乘坐的馬車竟然用了四匹駿馬來駕駛，這速度簡直與飛機無異了，由此可見陸雲生真的是焦急萬分。

由於外面漆黑一片，姚婧婧並不清楚馬車會駛向哪裡，她本想開口向陸雲生詢問，誰知他上車以後就一直雙手合十做祈禱狀，嘴裡還一直喋喋不休地念叨著什麼，那模樣別提有多虔誠了。

大約過了一頓飯的工夫後，姚婧婧突然聞到空氣中有一種似曾相識的味道，那是一種鐵水燒開的焦味，這種味道她只在一個地方領略過。「這裡是……蝴蝶谷？」

陸雲生並沒有否認，馬車剛一停穩，他就拉著姚婧婧的胳膊跳了下去，直奔內室而去。

由於之前已經來過一次，姚婧婧對這裡並不陌生，她最先看到的是歐陽先生的小徒弟小趙師傅，此時他正蹲在門口的空地上煎藥，姚婧婧的突然到來讓他非常驚訝。

「姚姑娘，您怎麼來了？」

姚婧婧正準備開口和他打招呼，陸雲生卻一刻不停地把她拽進了屋裡。

小趙師傅連忙丟下手中的搖扇跟了進去。

「讓開！快讓開！」

這是蝴蝶谷裡的一間密室，沒有知情的人領路，外人根本就無法進入。

姚婧婧剛一進來就發現裡面竟然擠滿了人。

除了歐陽先生和他的幾個徒弟，還有幾位留著花白鬍子的老大夫都圍在床邊忙碌著。

歐陽先生見到她先是一愣，隨後臉上的神情便激動不已。「姚姑娘？太好了，東雲，你真的把姚姑娘請來了，這下總算是有救了。」

那幾位老大夫見陸雲生出去了一趟卻請回來一個小丫頭片子，心中頓時有些不忿，一個個磨磨蹭蹭的，不願意挪屁股。

「你們這些老廢物還堵在這裡做什麼？耽誤了時間，你們吃罪得起嗎？」性格最為暴躁的二徒弟直接衝上去一腳一個，將那幾名老大夫踹倒在地。

姚婧婧心有不忍，正欲上前勸解兩句，陸雲生卻猛地將她推至床前。

看著眼前這個渾身是血、早已陷入昏迷的男子，姚婧婧忍不住長嘆了一口氣。

「果然是他。」

蕭啟。

第八十章　傷重

「姚姑娘，殿下傷勢嚴重，這幾個大夫都說沒救了，妳是我們最後的希望，拜託妳一定要想想辦法。」

姚婧婧一臉嚴肅地點點頭，伸手將隨身攜帶的小布包裡的急救工具全部都拿了出來，放在一旁一字排開。「陸大哥，你留在這裡給我幫忙，其他人請全部退到門外等候。」這麼多人圍在這裡一是會影響姚婧婧的治療，二是會帶來許多細菌，很容易引起傷口的感染。

歐陽先生雖然放心不下，可此時此刻除了信任姚婧婧，似乎已別無辦法。在他的帶領下，房間裡的人瞬間走了個乾淨。

姚婧婧用剪刀三下五除二地剪掉蕭啟身上的血衣，雖然她已做好心理準備，可看到蕭啟小腹上那個碗大的血洞時，她還是忍不住倒抽了一口氣。

「怎麼會傷成這樣？而且這傷口看樣子已經有好些日子了，這種要命的事怎麼能拖到這個時候？」

陸雲生此時簡直是心痛如絞，連看都不忍心多看一眼，他低下頭，有些無措地搓著手，心中自責不已。「姚姑娘有所不知，從冬月裡開始南方就又起了戰事，威龍大將軍蕭元時的身子一日不如一日，能勉強坐鎮大營已屬萬幸，根本無法上陣殺敵。陷陣大軍中新近崛起的少年將軍衛然雖然以一敵百，可畢竟缺乏經驗，整個戰局依然顯得捉襟見肘。」

姚靖靖聽出了他話裡的端倪，忍不住一臉驚訝地高聲問道：「你不要告訴我，蕭啟竟然偷偷地上陣殺敵去了？」

陸雲生眼中頓時露出一片痛惜之色，他抹了抹發紅的眼眶回道：「其實這也不算什麼稀奇事，這些年來每當四境有難總少不了殿下的身影，只是他一直想盡辦法隱藏自己的身分，外人根本就無從知曉。就拿這一次來說，他的加入讓陷陣大軍如虎添翼，眼看大捷在即，南越主帥卻惱羞成怒，竟然在戰場上設下重重圈套，想一舉擊殺殿下，就算挽回不了敗局，好歹也為自己提前消滅一個強大的對手。」

姚靖靖看著眼前如此慘烈的傷口，第一次感到有些無從下手。「你們不是都把他當神一樣崇拜嗎？像他這麼厲害的人怎麼還會著了別人的道？」

陸雲生知道姚靖靖此言並無惡意，他將床邊的血水端走，又換來一盆乾淨的清水放到姚靖靖面前。

「那樣危急的時刻，要是旁人只怕早就沒命了，可殿下卻拚著一口氣殺出重圍，受傷後，殿下吩咐軍醫簡單地包紮了一下便又重回了戰場。這些年來他身上的大傷、小傷不計其數，一開始我們都有些大意了，一直到三日後戰事平定，他才突然倒在了眾人面前。」

「廣陵城裡就沒一個會治傷的大夫嗎？還有，那些軍醫一個、兩個難道都是飯桶？像這種外傷自然是早治早好，如今傷口已經感染化膿，這分明是在找死！」作為一個大夫，看到這種毫無醫學常識的事情，除了罵人，她幾乎找不到別的詞語來形容自己憤怒的心情。

「我也知道一路奔波對殿下的傷情無益，可朝廷那邊像是突然聽到了什麼風聲，竟然派了好幾名大內高手前來探查，偏偏殿下做的這些事情沒有一件是能被皇帝知曉的。這一路上我們帶著殿下快馬加鞭、東躲西藏，一直到前日才把那些大內高手甩掉；說句不好聽的話，咱們能活著趕到埕陽就已經不錯了，哪裡有喘息的機會給殿下療傷呢！」跟隨蕭啟這麼久，陸雲生也算是心智堅毅，可這一路上的驚恐與艱險還是讓他後怕不已，堂堂的七尺男兒，此時竟然不顧形象地在姚婧婧面前抹起淚來。

姚婧婧再不好說什麼，只能定下心來聚精會神地處理眼前的難題。

由於蕭啟身上的傷口惡化得太狠，已經不是簡單的消毒、縫合就能解決的，必須要用手術刀將中間的腐肉全部割掉，再將那些冒出頭的大腸小結一一歸回原位。這其中的痛苦並非常人可以忍受，好在蕭啟早已人事不省，倒為手術的過程省去了許多麻煩。

陸雲生偷偷看了一眼，便覺得兩腿直顫，他第一次對眼前這位姑娘生出了崇拜之心。

她握著手術刀，雙眉緊鎖的模樣在某些方面和自家主子極其相像，這也許就是殿下一直對她念念不忘的原因吧！

今夜的時間過得格外漫長，那幾名鬍子花白的老大夫早已不知去向，只剩下歐陽先生帶著自己的幾個徒弟靜靜地等在院中。

歐陽先生這一輩子歷經過巔峰，又重回平靜，對於生死成敗早已看淡，可這個夜晚他的心緒卻如洶中翻滾的鐵水一般，久久無法平靜。

良久，小徒弟趙燁大著膽子一臉迷茫地抬頭問了一句。「師父，您總說這位郡王殿下才是名副其實的少年英雄，咱們窩在這個小山洞裡日夜不停地冶煉兵器也都是因為他，萬一他這回真有不測，咱們又該何去何從呢？」

歐陽先生並沒有斥責他，而是默默地思考了一番後，一臉鄭重地回答道：「若老天爺真的這麼沒長眼，那整個大楚必將陷入一片黑暗中，咱們造的這些東西也將從保家衛國的利器變為奸人手中屠戮忠良的凶器，這與為師的初衷實在是大相徑庭，所以為師已經決定，真到了那個時候，就徹底封爐閉谷，永遠不再踏入這行了。」

此話一出，四個徒弟心裡都有些惶惶。他們在歐陽先生手下學藝數年，其實早已到了可以出師的地步，只是經過這幾年的相處，他們和歐陽先生之間早已親如父子，洞中的生活雖然辛苦卻又無比充實，若真到了那一天，只怕誰也捨不得離開。

「你們不用太擔心，那小子命硬著呢，像這樣的情況這些年不知經歷了多少回，還不是好好地活到了現在？再加上有姚姑娘的妙手回春，他就算是想死只怕也不是那麼容易的事。」

歐陽先生的話音剛落，天邊已經冒出了一絲魚肚白，不知不覺，一整夜的時間就這樣過去了，裡面的情況如何也該有個定論了。

歐陽先生正準備進去探聽一下，面前的暗門突然打開了，一臉倦容的姚婧婧就這樣毫無防備地出現在眾人面前。

「姚姑娘，妳終於出來了，郡王的情況怎麼樣了？」

面對著一張張焦灼的面孔，姚婧婧忍不住長長地吐出一口氣。「還是外面的空氣好，殿下身上的傷口已經處理完畢，只是高燒依舊退不了，人也還沒有醒來，照這樣下去，情況只怕不太樂觀。」

老實木訥的大徒弟一聽就急了，忍不住催促道：「那該怎麼辦呀？姚姑娘，您可是神醫，趕緊想想辦法呀！」

「事在人為，命由天定，能做的我都做了，剩下的就只能看他自己了。」姚婧婧說完從衣袖裡掏出幾張寫滿方子的宣紙交到趙燁手中，交代他趕緊去藥鋪抓藥，一定要在最短的時間內煎好給蕭啟服下。

趙燁拿著藥方，片刻不停地奔了出去。

歐陽先生正想帶著徒弟們進屋探視蕭啟，突然聽到外面又傳來一陣急促的腳步聲。大徒弟一臉納悶地說道：「四弟怎麼又回來了？難不成是忘了帶銀子？」

歐陽先生卻一臉警覺地搖了搖頭。「此人武藝高強，一定不是你四弟。」

眾人正猜測間，外面突然響起一個女人清亮的怒罵聲。

「東雲！你給我出來，我知道你在這裡，還有姚家那個死丫頭，趕緊滾出來見我，否則本姑娘把這裡全都給拆了。」

姚婧婧做了一整夜的手術，早已是身心俱疲，此刻聽到這個聲音卻不由得渾身一震。「南風姑娘，她怎麼找到這裡來了？」

由於不知道用什麼辦法才能開啟密室的大門，南風就像無頭蒼蠅一樣在外面亂竄，情急之下抽出隨身的寶劍一陣亂砍，那瘋狂的模樣與眾人眼中的花魁形象簡直是天差地別。

陸雲生聽到呼喚也從內室走了出來，他原本心情就不好，見南風一直這樣胡鬧，更是面色不善。「看來是殿下以往對她縱容太過，讓她連最起碼的堂規都忘得一乾二淨了。誰也不要讓她進來，我看她能瘋到幾時。」

歐陽先生並未見過南風，但從陸雲生話裡的意思猜測到她應該也是蕭啟的屬下，當即便放下心來。「再這樣下去，谷裡的東西都要被她破壞光了，她既然已經找到了這裡，又怎麼會輕易善罷干休？東雲，我看你還是去把門打開，讓她進來說話吧！」

陸雲生瞭解南風的脾氣，知道歐陽先生說得沒錯，只能無奈地嘆了一口氣，走上前去打開了密道之門。

南風依舊是一襲白衣，素面朝天的她卻仍是美如天仙，歐陽先生的幾個徒弟瞬間看呆了。

南風一見到姚婧婧，臉上立即露出憤恨之色。「你們果然在這裡！主子呢？我要見他。」原來昨天晚上姚婧婧跟著陸雲生走後，南風將他們所說的話琢磨了好幾遍，越發覺得不對勁。陸雲生說受傷的不是自己，那就一定另有其人，而能讓他如此緊張的除了自家主子，還能有誰？可等她後知後覺地追出去才發現兩人早已不見了蹤影，好在她自己就是收集情報的高手，想追查一、兩個人的行蹤簡直是易如反掌的事；雖然知道此舉可能會引來主子的責罰，可她還是義無反顧地孤身一人闖了過來。

姚婧婧忍不住開口戲弄道：「怎麼，南風姑娘想了一個晚上終於想明白了？妳若是再來晚點兒，只怕這輩子都見不到妳的主子了。」

南風頓時大驚失色。「妳……妳胡說什麼？」

事已至此，陸雲生知道南風沒見到主子絕不會死心，可姚婧婧是救主子的功臣，他絕不允許任何人用這種態度對待她。「南風，這裡不是瀟湘館，請妳對姚姑娘客氣一點，否則別說是我，就連歐陽先生都容不下妳。」

歐陽先生並不想摻和進兩個小丫頭之間的爭鬥，可被陸雲生這麼一點名，他也只能硬著頭皮和起了稀泥。「咱們聚在這裡都是為了殿下的安危，和氣生財、和氣生財啊！」

南風何時受過這種窩囊氣，可為了主子，她只能硬生生地忍了下來。

不過陸雲生並不打算就此放過她。「想見主子可以，先向姚姑娘道歉。」

南風勃然大怒道：「你不要太過分！讓我給她道歉？簡直就是作夢！」

陸雲生發出一聲冷笑。「妳不是一向自詡為了主子可以做任何事嗎？看來也只是說說而已。妳回去吧，主子如今正是生死攸關，像妳這樣分不清輕重、只會耍小姐脾氣的奴才，待在這裡只會誤事。」

「主子的情況真有這麼嚴重？」南風心裡猛地一驚，忍不住往前跨了一步。

陸雲生卻黑著臉轉過頭，連看都不想看她一眼。

南風終於咬了咬牙開口道：「不就是道歉嗎？我說總可以了吧！」說完她轉身朝著姚婧婧生硬地躬了躬身子。「姚姑娘，對不起。」

姚婧婧呵呵一笑，衝著她揮了揮手。「好說、好說，道歉就不必了，南風姑娘以後不要再動不動就拿劍指著我的脖子就行了。」

「在進去之前妳還得答應一個條件，如今最要緊的就是盡快讓主子脫離危險，在治病、療傷方面姚姑娘是行家，所以從現在開始，她怎麼說我們就怎麼做，如有違背者會在第一時間被驅逐出谷。」

「好，我答應。」

這回南風倒是沒有絲毫猶豫，非常爽快地就點了頭。

得到了滿意的回答後，陸雲生終於側過身子，將通往內室的道路讓了開來。

南風一個箭步，飛身衝了進去。「主子，您怎麼樣了主子？」

「閉嘴！主子現在需要靜養，任何人不得大聲喧譁，更不得在主子面前號哭。」

遭到喝斥的南風連忙摀住了自己的嘴巴。蕭啟身上的血衣已被換下，身上還蓋著一條嶄新的被褥，整個人除了臉色蒼白，看起來就像是睡著了一般；縱然如此，南風的眼淚還是像斷了線的珠子一般，大顆大顆地掉了下來。事實上，這還是她第一次看到主子如此虛弱的模樣，她的心簡直痛到快要不能呼吸了。

「這是什麼？」歐陽先生的大徒弟突然指著桌子，發出一聲驚呼。

眾人回過頭一看，上面擺著姚婧婧還沒來得及收拾的手術刀、手術剪，一件件都還沾滿血，最中間的一個白瓷托盤上則盛放著幾條烏黑的爛肉，看起來觸目驚心，眾人面上全都露出不忍之色。

南風更是撲通一聲跪倒在地上，對著床鋪使勁磕起頭來。「蒼天保佑，若主子能安然無恙，我願意用餘生的性命來交換。」

「歐陽先生，早飯做好了嗎？隨便來點什麼都可以，我現在餓得能吞下一頭牛呢！」南風正情真意摯地表白，姚婧婧的話顯得突兀而不合時宜。

在這種血氣沖天的地方她竟然還能想起吃的，這心到底是有多大啊！

姚婧婧其實很冤枉，動手術可是一件體力活，再不及時補充點能量，到時候蕭啟沒救回來，自己就先倒下了。

被姚婧婧震驚到的歐陽先生終於回過神來。「那個……我這就安排廚房去做，大家都熬了一宿，也是該歇息一下了。」

吃過早飯天已經徹底大亮了，蕭啟服過一劑退燒藥後，體溫漸漸降了下來，姚婧婧心裡終於鬆了一口氣。

南風來了後便一直守在蕭啟床前，將原本屬於陸雲生的活全都搶了去，陸雲生忍了半天還是忍不住了。

「南風，妳待的時間已經夠長了，再不回去只怕會引來無端的猜測，主子這裡有我照顧，妳就放心吧！」

誰知南風卻一臉堅定地搖了搖頭。「託你那位姚姑娘的福，最近這段日子我都不用在瀟湘館露面了。東雲，咱們共事一場，你就當是可憐、可憐我，讓我在這裡伺候幾天吧！等主子醒了，我怕是沒有這個福分了。」南風說到最後，語氣中竟然飽含哀求之意。

陸雲生知道她對主子的一片癡情，也狠不下心來拒絕，只能嘆了一口氣，轉身出門。

姚婧婧趁此機會將姚子儒的事對陸雲生說了一遍。

陸雲生幾乎是想都沒想就點頭應了下來。「照妳這麼說妳大哥雖然有罪，卻也罪不致死，這樣的判決實在有失公允，我現在就修書一封給縣令大人，請他重新審判，寬大處理。」

姚婧婧不由得奇道：「陸大哥，你和縣令大人關係很好嗎？他這麼聽你的話？」

陸雲生搖了搖頭，露出一絲輕笑。「讓一個人聽話的法子有很多，其中最有用的就是捏住他的把柄，最好是致命的那種，保證他能完完全全地為你所用。」

姚婧婧這下算是明白了，蕭啟此人手段了得，這還只是一個小小的埕陽縣令，朝堂上被他用這種法子控制住的達官貴人不知還有多少，也難怪皇上會對他疑心漸起，試問有哪個天子會允許別人隨意染指自己的江山？

第八十一章　人工呼吸

草草吃過午飯後，累得睜不開眼的姚婧婧正準備和衣躺下歇息片刻，南風卻突然一臉驚恐地從密室中跑了出來。

「主子他沒有呼吸了！」

「什麼?!」

所有人幾乎是同一時刻丟掉筷子站了起來，而跑在最前面第一個衝進密室的竟然是看起來最漫不經心的姚婧婧。

躺在床上的蕭啟臉色鐵青、雙唇緊閉，看起來與死人無異。

「蕭啟！蕭啟！你怎麼樣了？蕭啟！」姚婧婧一邊扯著嗓子大聲呼喚，一邊掀開被子解開他身上的衣物，將他的胸膛整個露了出來。

胸、腹部果然已無起伏，碰觸頸動脈無搏動感，心前區聽不到心跳，這些症狀基本上可以判斷出蕭啟因失血和感染導致心臟驟停。

稍微懂得急救常識的人都知道，心臟驟停的搶救必須分秒必爭，姚婧婧當機立斷決定採取進行心肺復甦術，只見她兩手一撐，一個跨步躍上床去，整個人坐在蕭啟的小腹上。

南風頓時大驚失色。「妳、妳要做什麼?!」

「要麼閉嘴，要麼滾出去！」姚婧婧頭也不抬地丟出一句沒有絲毫感情的話，緊接著雙手相扣，垂直用力按壓雙乳連線的中間點，以每分鐘120次的速度連壓了30次。

按壓結束後，蕭啟看起來似乎沒什麼反應，姚婧婧迅速轉至床的內側，托起蕭啟的下頷，輕壓他的額頭，使其下頷上翹，頭部後仰，有利於通氣；緊接著又用最快的時間將他的口鼻檢查了一遍，確定沒有異物後，她仰起脖子深吸一口氣，低下頭覆上了蕭啟的嘴。

對於姚婧婧來說，眼前的蕭啟只是一個垂死的病人，和她診治過的其他病人沒有任何不同，對他進行人工呼吸也是根據病情需要而採取的一種治療手段，可如此舉動在傳統而封建的古人眼裡卻是驚世駭俗。

所有人都瞪大眼睛，不可思議地看著眼前這一幕。

「妳……妳竟然敢乘機褻瀆主子，我非殺了妳不可！」被妒意沖昏了頭的南風伸出尖利的十指就要往姚婧婧身上撲。

陸雲生並未習過武，縱然有心阻止也沒那個能力。

關鍵時刻還是歐陽先生在背後輕輕地伸出一隻右手穩穩地抓住了南風的肩膀，讓她瞬間動彈不得。

南風心裡一驚，沒想到這個歐陽先生看起來平凡無奇，一身修為卻已到了深不可測的地步。「你放開我！你沒看到那個該死的賤女人在做什麼嗎？你們就那麼相信她？」

歐陽先生此刻也是心急如焚，可作為眾人中輩分最高、年紀最大者，他必須強迫自己鎮定下來，只有這樣蕭啟才會有一絲生還的希望。「除了相信她，我們還有別的辦法嗎？南風姑娘，如果妳有辦法把郡王殿下從閻王手裡拉回來，別說是殺姚姑娘了，就算妳要把我蝴蝶谷的人全部殺光，我也絕不皺一下眉頭。」

歐陽先生的話讓南風的身子一僵，殘存的理智終於占了上風，雖然眼睛裡還冒著火，可身上的殺氣還是漸漸熄滅了。

姚婧婧心無旁騖，滿腦袋只想著怎麼才能把人給救回來，根本沒有意識到身邊發生的這些事情。

施行這種急救措施是一件很耗費體力的事，姚婧婧幾乎是用盡了洪荒之力才將胸外心臟按壓和人工呼吸片刻不停歇地交替進行下來。

就在眾人開始感到絕望時，蕭啟突然輕輕地咳嗽了一聲，緊接著面上也重現了一些血色，呼吸和心跳逐漸恢復了。

「殿下活過來了！殿下活過來了！」

在眾人眼中這根本就是一件不可能的事，能把死人救活，這不是醫術，這是仙術啊！

陸雲生早已眼含熱淚，撲通一聲跪在地上。「姚姑娘，謝謝妳！妳不知道妳做了一件多麼偉大的事情！」

姚婧婧此時已經累成一灘爛泥，在確定蕭啟真的已經脫離危險後，她直接一個翻身仰倒在蕭啟身旁，大口喘著粗氣。

南風的神情比陸雲生更為激動，這個時候她已無暇去計較姚婧婧的逾矩之舉，她雙膝跪地來到床邊，看著主子沈睡的面龐，哭著、哭著竟然笑了起來。

緩過神的姚婧婧迅速從蕭啟的床上跳了下來，女人心，海底針，南風此時雖念在她救了他們主子一命的分上不和她計較，可說不定過幾天想起這件事心中又覺得憤憤不平，到時候她可就慘了。

經過這件事後，姚婧婧提高了對蕭啟的護理等級，除了南風寸步不離地守在床邊之外，她也將床榻安置在密室外間的一個小偏房中，每隔半個時辰就會進去檢查一下蕭啟的情況。

一轉眼三天過去了，在眾人的努力下，蕭啟的傷勢基本上趨於穩定，高燒已經徹底退下，傷口也已停止惡化，可讓人奇怪的是，他卻遲遲沒能醒過來。

陸雲生終於有些沈不住氣，把姚婧婧拉到一旁悄悄地問道：「這到底是怎麼回事？主子他該不會一直這樣，永遠都醒不過來了吧？」

姚婧婧搖了搖頭。「造成昏迷的原因有很多種，按理說依照蕭啟的性格應該是一個求生慾很強的人，他到現在還沒有甦醒，也許只是因為他實在是太累了。」

姚婧婧的話讓陸雲生一下子愣住了。自從先太子和先太子妃不幸崩逝後，蕭啟便開始了自己命途多舛的人生。這麼多年了，他幾乎沒有睡過一個安穩覺，沒有吃過一頓舒心的飯，雖貴為皇族子弟，可真正細論起來，活得還不如普通老百姓安然、舒坦。

「姚姑娘說得對，主子的確是太累了，而且這樣的日子永遠沒有盡頭，只要他活著一天，這注定是他擺脫不了的宿命。」

眾人只有耐著性子繼續等下去。

這天晚上，姚婧婧和衣臥在床上，兩隻眼睛剛剛眯著，南風突然黑著臉闖了進來。

南風並不是一個分不清好歹的糊塗女人，眼前這個女子力挽狂瀾，將自家主子從閻王手裡救了回來，其中的經過自己也是原原本本地看在眼裡，可一想起她和主子竟然有那樣親密的瞬間，這可是自己作夢都不敢奢求的，南風的心裡就抑制不住地生出一股敵意。

姚婧婧哪裡知道她心裡這麼多的彎彎曲曲，一見她來立刻本能地從床上跳了起來。「蕭啟怎麼了？難道又燒起來了？」

「沒有！」南風一聲厲喝，攔住了要往內室跑的姚婧婧。「我說過多少次了，不准妳直呼主子的姓名，妳不要以為自己救了主子就可以肆無忌憚，想怎麼樣就怎麼樣。」

姚婧婧有些無奈，其實她不是故意要直呼蕭啟的名諱，可身為一個現代人，一到緊急時刻便會忘記這些繁文縟節的規矩。「名字取來不就是讓人叫的嗎？再說了，他現在也聽不見，大家隨意一點沒關係的啦！」

南風頓時柳眉倒豎，手指險些戳到她的鼻子上。「妳還說！」

姚婧婧立即舉起雙手做投降狀。「不說了、不說了，以後不管有人、沒人，我一定尊稱一句郡王殿下，南風姑娘可滿意了？」

南風惡狠狠地瞪了她一眼，突然開口道：「我要出去一趟，妳現在進去替我值守一會兒。」

姚婧婧簡直不敢相信自己的耳朵，這幾天南風的視線幾乎沒從蕭啟臉上移開過，每當姚婧婧進去替蕭啟換藥療傷時，她就在一旁一臉警戒地盯著，就像一隻老母雞看護自己的幼崽一樣，生怕姚婧婧會乘機對她家主子行不軌之舉。

姚婧婧故作誇張地揚聲叫道：「我沒聽錯吧？妳讓我去看守妳家主子，妳怎麼放心得下？」

「少廢話！我現在有一件重要的情報亟需處理，來回最多一個時辰，妳給我規規矩矩地坐在屋裡看著，若是敢再像上次那樣輕浮孟浪，我絕饒不了妳！」

姚婧婧卻不太想接這個差事，這幾天她本就累得夠嗆，大晚上的還不讓人睡覺，究竟還讓不讓人活了？「陸大哥呢？你們自己的主子還是你們自己看著吧，本姑娘不想惹人嫌。」

「妳到底去是不去？」這丫頭果然是敬酒不吃吃罰酒，南風的耐心已經耗盡，說話間就要伸手去摸腰上的佩劍。主子一直昏迷不醒，驚蟄堂的許多事都落在了東雲身上，此刻若是他人在谷中，自己又怎麼會來叫她去照看主子？

姚婧婧見勢不妙，連忙雙手抱頭，朝密室裡跑去。「妳說話不算話，又在我面前持刀弄棒，明天我就去陸大哥面前告妳的狀。」姚婧婧憋著一肚子火來到密室，確認南風真的已經離開後，直接走到床前伸出手在蕭啟臉上拍了幾下。「都怪你，要不是你，我會受這種窩囊氣？你到底要睡到什麼時候才肯醒來？我娘馬上就要生產了，我可沒有時間一直跟你耗在這裡，你若是再不睜眼，我就給你開一劑毒藥讓你徹底一了百了，這樣大家就都能輕鬆些。」

姚婧婧絮絮叨叨地說了半天，躺在床上的人卻依舊沒有一點回應。姚婧婧心中懊惱，索性一屁股在床邊的椅子上坐下。「咦？這是什麼？」

姚婧婧突然發現面前的案桌上放著一把造型奇特的古琴，之前她曾提過音律有助於喚醒昏迷的病人，南風便立刻上了心，特意尋來此琴，日夜不停歇地在蕭啟面前彈奏。

姚婧婧自知沒有什麼音樂細胞，小時候她曾在母親的威逼利誘之下學過幾年鋼琴，過程無比痛苦，結局也不太美好，唯一的收穫就是和朋友在KTV唱歌時，不再像從前那樣動不動就跑調跑到爪哇國，八頭牛也拉不回來。

想到這裡，姚婧婧突然心中一動，自己已經好久沒有開口唱過歌了，長夜漫漫，在這個寂靜無聲的異世裡，這是她唯一懷念過往的方法。

怕吵醒其他人，姚婧婧輕啟朱唇，淺唱低吟。

清麗中帶著一絲溫柔的女聲在房間裡久久的迴盪，就像一雙纏綿悱惻的玉手，將藏在人心底的傷痛慢慢撫平。

……這一路有多遠，這三世有多長，
執手到地老天荒。
風淒淒霧茫茫，雨滾滾雪漫漫，
一步步都陪你同往。
牽著手，別驚慌，管明天會怎樣，
哪怕注定流浪。
手牢牢不放，愛念念不忘，
人生何須多輝煌。
浮華的終成空，執著的都隨風，

情路何須多跌宕。
要遇多少風浪，心不再搖晃，
一起細數這過往。
陪你等，風停了，霧散了，雨住了，雪化了，
再見絕美月光，
還有我在你身旁。

第八十二章　終於醒了

躺在床上的蕭啟彷彿陷入了一片混沌中，這裡沒有狡詐、沒有爭鬥，他既不必憂心明日的路在何方，也不必糾結在過往的仇恨中無法自拔。

這種嬰兒般的狀態讓他感到安全、安心與安寧，所以無論誰來呼喚，他都堅持不肯醒來；可突然之間，混沌中竟然生出一個口子，一個奇怪的女人聲音就這樣毫無防備地闖了進來。咦？這個聲音怎麼越聽越覺得耳熟？這可真是一件怪事，要知道，他在意的人很多，在意的事也很多，可光聽聲音就能引得他心頭一蕩的女人著實不多。

難道是她？沒錯，一定是她！

除了她，還有誰會唱出這麼不著調卻又讓人忍不住心嚮往之的歌曲？

沈睡著的蕭啟第一次有了想睜開眼睛的衝動，他想問問這個女人，為什麼如此與眾不同？又為何偏偏在這個時候出現，打擾他的清靜？

有了這個念頭，蕭啟開始拚盡全力和眼前的混沌作鬥爭。他是誰？他可是在戰場上讓敵人聞風喪膽的無名將軍，只要他願意，沒有任何東西可以擊敗他、困住他。

漸漸地，眼前的混沌越來越稀薄，一個清亮的世界慢慢地出現在他眼前，他猛地睜開眼，果然看見一個單薄而消瘦的女子背影坐在昏黃的燭光之下。

蕭啟心中一暖，以沙啞的嗓音問道：「真的是妳？」

女子聽到他的聲音，忍不住渾身一抖，難以置信地回首，一臉激動地驚呼道：「主子，您終於醒了。」

「怎麼是妳？」笑意瞬間凍結在嘴角，蕭啟眼神一暗，絲毫不掩飾自己心中的失望。

「是我、是我，主子！」南風根本沒察覺到自家主子情緒上的變化，她撲到床前，眼含熱淚地哭訴道：「謝天謝地，主子您終於醒了，您昏迷了這麼久，可把我們大家都急死了！」

蕭啟的目光轉了一圈，最後停留在她懷裡抱著的古琴上。「剛才是妳在唱曲？」

南風低頭望了望手裡的琴，眼神有一剎那的猶疑，很快便一臉堅決地點點頭。「回主子的話，是我在唱曲。」事實上，半刻鐘前她才剛剛從外面回來，本想察看一下主子的情況，沒料到那個姓姚的丫頭卻突然拿起案上的古琴塞到她手裡，自己則慌慌張張地跑了出去。她心中訝異，正準備追出去問個清楚，自家主子卻在這個時候醒了過來。女人的直覺告訴她，這一定和那個丫頭有著割捨不掉的關係，為了掩飾自己的心緒，她迅速轉開了話題。「主子，您能醒過來可是天大的好事，我現在就把這個好消息告訴歐陽先生他們，他們肯定會高興壞的。」

蕭啟抬手按了按自己的額頭，轉頭看了看窗外，眉宇間滿含倦意。「現在是什麼時辰了？」

「剛過丑時。」

「那就不要打擾大家休息了，這段日子為了救我，你們肯定也是累得人仰馬翻，明天一早再見也不遲。」蕭啟試著想要坐起身子，可稍微一動，肚子上的傷口就像刀割一般，疼得他直打顫。他並不習慣在屬下面前顯露自己的脆弱與無助，當即衝著南風揮了揮手。「妳也出去吧，我這裡不需要人伺候。」

「那怎麼行？」蕭啟冷淡的態度讓南風心中一痛，她最擔憂的事還是發生了，主子醒來的同時就意味著自己再也沒有機會靠近他。這幾日最煎熬的時光竟然成為她人生中最甜蜜的回憶，往後餘生她終究只能望著他的背影漸行漸遠。「主子，您傷勢未癒，身邊總要有個端茶、遞水的人，您放心，我絕對不會打擾您的。」

「出去吧，有事我會叫妳的。」蕭啟將頭轉向床的內側，再不看她一眼。

南風鼻子一酸，一肚子的話只能生生嚥了回去，對著蕭啟躬身道：「是，主子。」

南風在密室門口站了大半宿，她的心中時悲時喜，一片茫然，直到天亮後看到陸雲生回來，才勉強回過神。

陸雲生聽到主子醒來的消息，高興得差點暈過去。他對蕭啟的感情與旁人不同，這一生自己活著的唯一目的就是輔佐他、成就他；換句話說，若蕭啟真有個什麼三長兩短，那自己或許也沒有勇氣繼續在這個世上苟延殘喘下去了。

眾人都圍在密室內歡慶這個令人激動的時刻，姚婧婧這個立下汗馬功勞的大功臣卻偷偷地躲了出去。不知為何，她突然覺得不知該用什麼態度來面對蕭啟，他們雖然只見過區區數面，可每一次相見都伴隨著一場驚心動魄的生死博奕。

「若不是親眼所見，打死我也不敢相信這個世上真有能起死回生的神醫聖手。主子，您這回真該好好謝謝姚姑娘，若不是有她坐鎮蝴蝶谷，我們一個、兩個只怕沒等到您醒就先自己把自己給嚇死了。」陸雲生和主子彙報完這一路逃亡的過程後，突然忍不住長出一口氣地感嘆道。

蕭啟一直躺在床上靜靜地聽著，聽到那三個字後突然眼睛一瞇，連說話的聲音都在細微地顫動。「你剛說誰？姚姑娘？哪個姚姑娘？」

歐陽先生哈哈一笑，眼神中帶著促狹之意。「這世上還有哪個姚姑娘能有這麼大本事？自然就是您心裡想的那個姚姑娘嘍！」

一旁的南風瞬間變了臉色，轉頭用一種幾乎能殺死人的眼神怒視著歐陽先生，要不是武藝不如人，她非衝上去割掉他的舌頭不可！

「很好，你們全都出去，讓她進來見我。」蕭啟的臉上露出一絲意味深長的笑。

誰知歐陽先生卻突然面露難色地說：「姚姑娘知道您醒了後羞得跟什麼似的，這會兒只怕是不肯來見您的。」

蕭啟立刻一臉警覺地問：「你這是什麼意思？」

歐陽先生繼續感嘆道：「郡王殿下，您是不知道，姚姑娘為了救您可是下了血本，您可一定要對人家負責啊！」

蕭啟心中突然感到有些不妙，立即提高音調厲聲質問道：「到底怎麼回事？給我說清楚！」

「不准說！」南風忍無可忍地發出一聲怒吼。

歐陽先生冷不丁被嚇了一跳，一臉驚恐地望著她。

蕭啟的目光在眾人臉上審視了一圈，最後落到了陸雲生身上。「東雲，你來說。」

「沒問題！」陸雲生等的就是這句話，立刻挑釁地看了南風一眼，然後繪聲繪色地把那一日姚婧婧是如何對蕭啟實施急救的情形講了一遍。

當蕭啟聽說那丫頭竟然當著眾人的面用嘴對嘴的方法替他度氣時，整個人徹底懵了。

在世人眼中他是一個風流成性的紈袴子弟，可真正瞭解他的人才知道，這只是為了迷惑旁人的障眼法，換句話說，姚婧婧竟然在他毫不知情的情況下奪走了他的初吻。

看著歐陽先生和他那幾個徒弟一副想笑又不敢笑的神情，蕭啟心中竟然生起了一種被人戲弄的羞恥感。「讓她進來見我，若她不肯，直接打暈了拖進來！」

姚婧婧聽到這句話時便知這一關已是避無可避，只能長嘆一口氣，硬著頭皮走進了內室。

歐陽先生和陸雲生看著她視死如歸的背影，不由得好奇心大盛。

「歐陽先生，我看這兩人真是命中注定的一對，只是我家主子的性子實在是……唉，也不知姚姑娘能不能將他拿下？」

歐陽先生搖了搖頭，用一副過來人的語氣回道：「這你就說錯了，男女之事，誰先動情誰就輸了，現在不是姚姑娘能不能拿下你家主子，而是你家主子有沒有本事拿下姚姑娘。」

「民女見過郡王殿下，祝殿下如意安康，長命百歲。」姚婧婧一進屋就規規矩矩地屈身行了一禮。

蕭啟原本準備好了一肚子質問的話，見此情景只能通通都憋了回去。「姚姑娘，好久不見，妳的膽子是越發大了。」

「多謝殿下誇獎，民女向來謹言慎行，從不敢越雷池半步。」事到如今，除了裝傻充愣，姚婧婧已無別的辦法。

「哼，還嘴硬！也罷，看在妳救了我一命的分上，我不跟妳計較，但有個問題妳須得老實回答。」

姚婧婧立刻恭順地點了點頭。「民女一定知無不言，言無不盡。」

「昨天夜裡是妳在這裡唱曲嗎？」蕭啟說話時，目光緊盯著姚婧婧的眼睛。

「唱曲？」姚婧婧露出一臉愕然的表情。「郡王殿下莫非是在笑話民女？民女連話都說不索利了，哪裡會唱什麼曲？」

蕭啟猶不死心地追問道：「真不是妳？」

「您真是誤會了，這段日子都是南風姑娘貼身伺候您，大半夜的，她怎麼可能允許民女跑到您這裡唱歌？殿下莫非是昏迷了太久，出現了幻聽？」姚婧婧說得一臉誠懇，容不得蕭啟不信。

蕭啟的眼神有些落寞，盯著頭頂的房樑看了半天後，又突然問道：「我的傷到底還要多久才能痊癒？」

姚婧婧鬆了一口氣，一臉嚴肅地回道：「那不是一時半刻能好的，至少也要安心修養一、兩個月，否則要是留下什麼病根，那就後患無窮了。」姚婧婧說完這話才覺得自己多此一舉，這位端恪郡王身上大傷加小傷、新傷疊舊傷，看起來連一塊好皮都沒有，這種人明顯是自虐型人格，哪裡還會在意什麼病根？

果不其然，蕭啟對她的話充耳不聞，直接自顧自地說道：「最多半個月我一定要能下地走動，還請姚姑娘多多費心。」

姚婧婧忍不住露出一絲苦笑。「殿下，您這不是在為難民女，而是在為難您自己啊！」

「姚姑娘如今盛名在外，這點小事怎麼能說是為難呢？眼下時局不好，內憂外患接連不斷，有些事躲得了一時，躲不了一世啊！」

姚婧婧一聽這話立刻轉頭往外走，她只是一個大夫，若是還想多活幾年，有些話是聽都不能聽的。

蕭啟見她這樣，不由得惱怒非常，衝著她的背影大聲吼道：「站住！本郡王話還沒說完，妳要去哪裡？」

姚婧婧回過頭，一臉無辜地答道：「現在到了給殿下換藥的時間，民女去叫南風姑娘進來。」

蕭啟沒好氣地說道：「不用，妳來換就好。」

「殿下有所不知，這段時間都是南風姑娘為您伺候湯藥，她照顧得又溫柔、又細心，不像民女笨手笨腳的，萬一弄疼了您的貴體，那民女可是罪孽深重啊！」

「哪有那麼多廢話。」蕭啟將眼睛一瞪。要不是行動不便，他非跳起來揪住她好好質問一番不可，這世上有多少女人排著隊想要親近自己，偏偏她總是想著法子地閃躲避讓，實在是讓人氣惱不已。「妳是大夫，我是病人，伺候我是妳應盡的職責，別總想把自己的差事推給別人。南風在這裡耽擱了這麼久，不知誤了多少事，我現在就讓她馬上離開。」

姚婧婧連忙擺手道：「千萬別！南風姑娘對您情深意重，您這樣過河拆橋，她會很傷心的。」

「姚姑娘，注意妳的措辭。」蕭啟雙眼微瞇，露出一絲危險的氣息。

姚婧婧知道這回怕是躲不過去，只能無奈地嘆了一口氣，走上前去。「民女知道了，這就給您換藥。」

由於蕭啟腹上的傷口太大，每次換藥都是一項不小的工程，姚婧婧先是跪坐在床邊，解開他身上的衣物，將染上藥漬和血漬的白布用剪刀小心地剪開，之後再用棉布沾上消毒的藥水，一點一點地將傷口清理乾淨，然後在傷口上重新抹上一層特製的金創藥，最後再用新的白布將傷口全部包紮好。

姚婧婧的動作很麻利，按理說應該不會弄疼蕭啟，可這位歷經千錘百鍊的郡王殿下此刻卻變得無比嬌氣，只要姚婧婧下手稍微重一點，他就開始哼哼唧唧地直嚷嚷。

「怎麼了主子？發生什麼事了？」南風其實一直守在門口沒有走遠，聽到動靜立即又衝了進來。

姚婧婧生怕南風看到自己搶了她的差事心生怨怒，慌慌張張地就想往床下跳，誰知自己的裙角不知什麼時候被壓到了蕭啟的身下，她一個不察被絆了一下，整個人瞬間趴在了蕭啟的身上。

南風看到眼前這一幕，頓時如五雷轟頂，整個人都呆在當場。「你……你們在做什麼？」

「出去！」蕭啟忍著劇痛，咬牙從嘴裡擠出這兩個字。這丫頭絕對是故意的，自己不過是多抱怨了兩句，她就給自己這麼重重一擊，剛剛包紮好的傷口好像又裂開了，果然是最毒不過婦人心啊！

「看來這裡已經不需要我了。好，我走，請主子萬事以自己的身體為重，切莫被那些狐媚子蒙蔽了雙眼。」南風已是肝腸寸斷，說完這句話後，轉身淚眼婆娑地飛奔出門。

第八十三章　拒絕

躲在蕭啟懷裡的姚婧婧鬆了一口氣，悄悄地抬起頭小聲問道：「嚇死我了，她真的走了？」

「姚姑娘果然好手段。」

「什麼？」蕭啟莫名其妙的話讓姚婧婧微微一愣，繼而意識到自己的姿勢實在是很不雅觀，看來南風剛剛是誤會了。「完了，這回我死定了，南風姑娘鐵定饒不了我。不行，我得去跟她解釋清楚。」姚婧婧正準備撐著胳膊爬起身，突然感到一雙強而有力的大手按住了她的後腰，她整個人被牢牢地禁錮在蕭啟懷中，絲毫動彈不得。

「妳放心吧，我保證她以後再也不會為難妳。」

一股獨特的男人氣息在姚婧婧耳邊傳來，惹得她渾身一顫，脖子上頓時起了一層雞皮疙瘩。

蕭啟察覺到她身體上的反應，竟然不懷好意地又往前湊了一分。「她的膽子就算再大，也不敢動我的女人，恭喜妳，從此以後，妳再也不必怕她了。」

「你在說什麼？誰是你的女人？你這個臭流氓，趕緊放開我！」姚婧婧意識到事情不對，開始用盡力氣拚命掙扎，然而此時她才意識到蕭啟的力量有多麼可怕，雖然重傷在身，可自己卻連他一根指頭都敵不過。

蕭啟的嘴角露出一絲玩味的笑。「怎麼，敢做不敢當？我聽說在我昏迷時，妳處心積慮地對我做了一些難以啟齒的事，既然妳這麼想委身於我，我也不介意多養一張嘴。從此以後妳就留在我身邊做侍妾吧，若是伺候得好，我可是大大有賞。」蕭啟說著，竟然抬起一隻手在姚婧婧的臀上輕輕拍了一下。

如此肆無忌憚的性騷擾讓姚婧婧險些要抓狂。「不要碰我，你這個變態！你還真以為自己是個香餑餑，全世界的女人都想咬你一口嗎？我告訴你蕭啟，別說是見不得光的侍妾，就算是堂堂正正的郡王妃我也不稀罕。你趕緊放開我，否則我要喊人了！」

蕭啟無所謂地笑了。「妳想喊就喊吧，整個蝴蝶谷的人都知道妳我已經有了肌膚之親，這輩子除了跟著我，妳還有什麼別的出路嗎？」

「你有病啊！非常時期行非常手段，我之所以那麼做是為了救你，你懂不懂？再說了，這世上被我用這種方法救過的病人多了去，其中不僅有初出茅廬的小夥子，還有鬍子花白的老頭子，難不成我都得一一嫁過?!」姚婧婧又急又氣，扯著嗓子對著蕭啟一通亂吼。

蕭啟頓時變了臉色，用一種威脅的口吻質問道：「妳說什麼？有本事再說一遍！」

「說就說！」姚婧婧實在不知道蕭啟為什麼會突然生出如此荒唐的念頭，情急之下她也只能想出這個辦法來「噁心」一下他。要知道，古代的男人大多視女人為自己的私有物，男人可以三妻四妾，女人卻必須從一而終，別說是這樣的「親密接觸」了，就算是和別的男人多說幾句話也會被定義為輕浮孟浪。「我是一個大夫，對待每一位病人都要一視同仁，以前是這樣，以後也改不了，郡王殿下確定要留一個隨時會與別人發生肌膚之親的女人在身邊？」

「妳下賤！」

姚婧婧的話果然成功地激怒了蕭啟，只見他稍微一使勁，姚婧婧整個人就飛了出去，重重地跌在地上。

姚婧婧咬牙不讓自己叫出聲來，她並不在意蕭啟會如何看她，他們之間的代溝跨越上千年，想要彼此瞭解與接受實在是一種奢求。

「殿下說得沒錯，有哪個大戶人家的小姐會出來做醫女的？民女本就出身卑賤，您身邊不乏出身高貴、才貌雙全的溫柔女人，若是因為民女辱沒了您的威名，那可真是得不償失。」

蕭啟發出一聲冷笑。「妳倒是有自知之明，沒錯，本郡王要什麼樣的女人沒有，何必在妳這個粗劣醜陋的臭丫頭身上浪費時間？妳滾吧，不要在這裡污了本郡王的眼。」

「好咧！民女這就滾了，殿下好好歇息，有什麼事民女會替您叫陸大哥的。」姚婧婧一骨碌地從地上爬起來，整個人欣喜雀躍，就像一隻僥倖從獵人手裡逃脫的小鳥，正要去慶祝自己的重生。

姚婧婧一口氣跑出門後搗著胸口長舒了一口氣，實在是太險了，蕭啟此人心思詭譎，幾乎可以預見在不遠的將來，他絕對會成為一個攪動大楚風雲的人，可這並不代表他就能成為她心目中的那個良人。世事艱險，她只想守住心中的一方淨土，竭盡全力讓自己和家人生活得更好一些。

姚婧婧決定盡快離開蝴蝶谷，這位郡王殿下的心思難測，再耽擱下去不知會發生什麼事。

蕭啟看著她的背影消失在自己眼前，心中卻生起一股難以言喻的複雜情緒，就好像有一件什麼重要的東西被自己遺失了一般。

他並不是一個迂腐守舊的男人，這麼多年在刀口上舔血的生活讓他深刻地體會到，在生與死面前，旁的東西都無關緊要。他可以不介意姚婧婧用什麼方法去治病、救人，可她那一句「一視同仁」卻讓他感到有些心傷；他本以為經歷了這麼多，自己在這個女人心裡不說占據一席之地，至少也會是與眾不同的，誰知她卻根本就沒有心。

蕭啟抓起身上的被子使勁在嘴上蹭了幾下，然後用力一揚手，將被子丟到了牆角。自己也是暈了頭了，眼前的局勢紛繁複雜，千頭萬緒，一樁樁、一件件都等著他去處理解決，他怎麼會被一個野丫頭困住了心神？實在是太不應該了。

姚婧婧更加積極地為蕭啟療傷，所有的藥方全部重新斟酌，就為了讓他能好得更快些，只是餵藥、換藥這些事都交給了陸雲生，她則盡可能地不再出現在蕭啟面前。

陸雲生實在是百思不得其解，按理說經過這件事，這兩人的關係應該能更進一步，可為何看著卻比以往更加生疏了？他原本想在主子面前探探口風，誰知自家主子就跟吃了炸藥一般，只要一聽到「姚姑娘」三個字，那張臉就冷得像千年寒冰，嚇得他只有把到嘴的話全嚥了回去。

就這樣磬磬扭扭地過了十來日，姚了儒的案子終於有了結果，經過縣令大人的重新審判，最終由死刑改為杖五十、囚兩年。

這個判決算是比較公允的，只是據姚婧婧所知，古代牢房裡的條件非常落後，動不動就會發生瘟疫，倚強凌弱的情況也時有發生，就憑姚子儒那個身板，不知撐不撐得到刑滿釋放的那一天？

在得到消息的當天，姚婧婧就主動找陸雲生辭行。蕭啟身上的傷口已經開始結痂，只須按照她交代的護理方法再調養一段日子即可，她繼續留在這裡並沒有什麼意義。

陸雲生也知道姚夫人臨盆在即，姚婧婧急著趕回家去照顧，可他實在拿捏不住主子的心思，一時間也不敢擅作主張。「姚姑娘，妳還是親自進去向主子告別一聲吧，萬一一會兒他知道是我把妳放走了，非要找我要人怎麼辦？」

「陸大哥說笑了，殿下又不是小孩子，怎麼會做出這種糊塗事？你又不是不知道，你家主子最近很不待見我，我現在走了倒是正中他的心意，他絕對不會為難你的。」姚婧婧說完，對著陸雲生躬了躬身子，轉身輕巧地出了門。

陸雲生望著她的背影，愣了半天。

蝴蝶谷地處荒僻，歐陽先生哪裡放心姚婧婧孤身一人離開，於是便派了和她相熟的四徒弟趙煒一路護送。

當兩人行至埕陽縣城最繁華的一條大街時，發現這裡正高架刑臺，周圍人山人海，擠得水洩不通。

趙燁一看這架勢，忍不住嘆道：「今日原本是妳大哥被砍頭的日子，沒想到縣令大人這麼快就找了另外一個替代者。這起舞弊案牽動了無數讀書人的心思，不殺不足以平民憤啊！」

姚婧婧點了點頭，跟著趙燁轉身往前走。作為大夫，她雖然早已見慣了生死，可如此血腥的場面還是讓她感到有些不適。

「殺得好！殺得好！殺得好！」

兩人才走出去沒多遠，便聽到身後爆發出一陣歡呼，那些圍觀者一個個像是吃了興奮劑似地激動萬分，姚婧婧的心情頓時變得有些沈重。這些百姓自以為自己見證了一場正義的伸張，可他們卻不知道，這個混亂的世道早已沒有正義可言。

「婧婧，真的是妳。」

姚婧婧驀然轉身，一個熟悉的身影站在她的身後，正是多日不見的孫晉維。「你怎麼來了？」姚婧婧看到他也很驚喜。

孫晉維眼裡帶著熱切的光芒，好像要把姚婧婧從裡到外看個仔細。「我怎麼來了？妳知不知道妳已經消失了多久？這麼多天了連個音信都沒有，我能不擔心嗎？若再見不到妳，我就準備要去報官了。」

姚婧婧心中一暖，孫晉維的語氣聽起來雖然很凶，可話裡話外流露出來的關心與關切還是讓她備受感動。她正準備開口向他解釋，身後的趙燁突然笑著冒出頭來。

「好久不見，孫老闆別來無恙啊！」

孫晉維看到此人，一下子愣住了，半天才回過神來，一臉驚奇地叫道：「小趙師傅，怎麼會是你？難道婧婧她這麼長時間一直跟你們在一起？」

趙燁不置可否地點了點頭。「沒錯，我師父有一位朋友得了重病，特地請姚姑娘前去幫忙診治，倒讓孫老闆跟著操心一場，實在是萬分抱歉。」

「小趙師傅太客氣了，若早知道她在蝴蝶谷，我就不會這麼著急了。」孫晉維一邊說，一邊長出了一口氣。當初他從白芷口中聽說姚婧婧為了姚子儒的案子來縣城奔走，他便立刻放下手中的事情趕了過來，沒想到這丫頭卻憑空消失了，再也尋覓不到蹤影。

聽說她有可能是被城中某個大戶人家請去問診，孫晉維便利用往日的關係，請了一個熟悉縣城的地頭蛇將城中排得上號的大戶人家全部都問了一遍，可他萬萬沒想到，姚婧婧竟然一直躲在偏遠僻靜的蝴蝶谷中。

「人我已經給你帶回來了，師父他老人家還等著我回去覆命，我就不在這裡打擾兩位了。姚姑娘，師父他老人家說了，這回您救了他的朋友，從此以後就是蝴蝶谷的貴人，歡迎您常回去坐坐。」

姚婧婧自然滿口答應，兩人將趙燁送至馬車上，一轉頭孫晉維卻突然板起了臉。

「說了半天，我還沒跟妳算帳呢！姚婧婧，妳到底有沒有把我的話放在心上？」

姚婧婧看他面色不善，立刻嬉皮笑臉地回道：「你整天絮絮叨叨地不知說了多少話，我要是件件都放在心上，那還不得累死？」

孫晉維把眼睛一瞪，輕聲斥道：「今日妳休想蒙混過關，妳明明答應過我，無論發生什麼事都要第一時間告訴我，為什麼還要孤身犯險？難道在妳心裡，我就如此不能相信？」

「二東家莫要生氣，我知道錯了。」姚婧婧笑嘻嘻地衝著孫晉維拱了拱手，還作勢替他捏捏肩、捶捶背，一副小媳婦討好的模樣。「二東家的用詞也太誇張了些，什麼叫孤身犯險？若讓旁人聽到，還以為我準備去劫獄呢！這些畢竟都是姚家的家事，我怎好意思一直麻煩你？讓旁人看著也不太像話嘛！」

「哼！我聽周捕頭說，妳為了救姚子儒去找了那個陸雲生，難道在妳眼裡，我倆的關係還比不上妳與他之間親近？」

孫晉維說這話時，臉上的神情頗為不忿。有了難題時姚婧婧竟然捨近求遠，向別的男人尋求幫助，這對他就是一種無言的否定。

「嘖嘖，你說你一個大男人怎麼跟個小姑娘似的？你是你，他是他，這有什麼好計較的？」姚婧婧故作誇張地吸了吸鼻子後，轉身像隻小兔子一般笑著跑走了。

孫晉維一人無奈地站在原地搖了搖頭，眼底藏著旁人看不懂的心事。

第八十四章　提親

回家之後的姚婧婧立即開始著手準備娘親的生產事宜，都說女人生孩子就如在鬼門關前走一遭，這句話在醫療設備落後的古代，的確是一點也不誇張。

她準備了一間乾淨的屋子作為產房，還把自己那些手術刀、手術剪、手術鉗等工具全部都消毒乾淨，擺置整齊。

這個陣仗著實把賀穎嚇了一跳。「二妮，生孩子不是治病，等到了時間自然會瓜熟蒂落，趕緊把妳這些寶貝收起來，娘保證一個也用不上。」

姚婧婧搖了搖頭。「與性命攸關的事皆不可大意，妳可別小瞧這些東西，關鍵時刻可是能救命的。」

「是啊，夫人，小心駛得萬年船，我聽說光咱們村裡，這些年因為難產而死的婦人一隻手都數不過來呢！要不是有小姐在，我這心裡還真是跟懸了一把利劍一般。」白芷到底還是個未經人事的小姑娘，一想到那麼大的娃娃要從夫人的身體裡生出來，她就忍不住直咋舌。

賀穎頓時變了臉色，這個死丫頭真是哪壺不開提哪壺，一點兒都不怕犯了忌諱。作為一個過來人，她自然知道生產時那種拆骨分筋的痛苦，可這卻是每個女人的必經之路，可以說是痛並快樂著。

好在賀穎平日裡調養得當，生產的過程還算順利，在經歷了一整夜的陣痛後，終於誕下了一個白白胖胖的肉團子，姚婧婧大致掂量了一下，至少有四千多克！

這個小傢伙的到來給全家人帶來了無盡的歡樂，尤其是姚老三，他百感交集地抱著這個得來不易的小兒子，一時之間竟然不知該說什麼好了。

僅僅過了三天，這個小傢伙就像是變了一個人似的，一雙滴溜溜的大眼睛骨碌骨碌直轉，看起來機靈極了。

由於賀穎生產時失血過多，傷了元氣，導致母乳有些跟不上，可偏偏這小傢伙卻是一個超級能吃的大胃王，恨不得時時刻刻都吊在娘親胸前，只要有人強行把他分開，他就會止不住地哇哇大哭。

前來賀喜的孫晉維聽說後便提議去鎮上尋一個信得過的奶娘回來，這樣也不用擔心小傢伙總是餓肚子了。

這個提議倒是可行，姚婧婧正準備舉手同意，賀穎卻突然搖了搖頭。

「孫大少爺，難為你為我費心，只是俗話說得好，生恩不如養恩重，自己的孩子還是自己養才最貼心。他爹今日一早去鄰村牽了一頭產奶的羊回來，若是他再叫喚得厲害就給他喝點羊奶，你們是不知道，有好些沒娘的娃娃就是這樣養大的。」

「羊奶？那滋味和人奶一樣嗎？你們等著，我去弄些來看看小少爺願不願意吃。」白芷一聽之下立即來了興趣，現在只要能讓小少爺安穩片刻，什麼法子她都願意嘗試。

姚婧婧終於有機會坐到娘親床邊陪她說兩句話了，看著她那滿眼的血絲，想著她半夜三更還要拖著產後的身子硬撐著起來餵奶，她就覺得心疼不已。「娘，妳受苦了。」

「二妮，妳受苦了。」

母女倆竟然不約而同說了同一句話。

姚婧婧揉了揉發酸的鼻子，親暱地拉住娘親的手。「娘，妳答應我，照顧這小子的同時也要照顧好自己的身子，妳不僅是他的娘，也是我的娘，妳要是對他太好，我可是會心生嫉妒的。」

「我的好閨女，娘真不知該怎麼感謝妳才好，這一年多的日子對娘來說就跟作夢似的，如今咱們家該有的都有了，娘最放心不下的就是妳，如果妳將來能有個好歸宿，娘這心裡就滿足了。」

「娘！妳說什麼呢？」姚婧婧的臉色微微有些發紅，她沒想到娘親會突然提及這事，而且還是當著一個外姓男子的面，她真怕孫晉維因此有所誤會。

賀穎對此似乎毫無察覺，反而自顧自地繼續說道：「二妮，娘知道妳是個有主見的，可身為一個女子，成婚生子是人生必經之路，畢竟緣分這東西轉瞬即逝，妳若不好好把握，等失去後再追悔可就來不及了。」

「娘！我才十四歲而已，妳幹麼非要急著讓我嫁人？我不管，我還沒在家裡待夠呢！妳要是再提這事，我可真要生氣了！」姚婧婧說完後鼓著腮幫子，氣沖沖地轉身出了門。

娘親的舉動實在太過異常，再加上一旁孫晉維那僵直的脊背和緊張的神情，這讓姚婧婧很難不心生疑竇。她和孫晉維相識了這麼長時間，他對自己的好早已超出了普通朋友的範圍，在旁人看來，相貌堂堂、溫柔體貼又有經商頭腦的他絕對是最佳夫婿的不二人選，可不知為何，姚婧婧的心裡卻很難生出漣漪。

她決定還是找個機會和孫晉維將此事說清楚，他是一個好人，理應擁有幸福的權利。

「孫少爺，實在是對不住您，我早說過，這丫頭的婚事最終只有她自己能夠作主。我自己的閨女自己清楚，父母之命、媒妁之言那一套在她那裡只怕是半分都行不通的。」賀穎隔著一道密不透風的床簾，對著孫晉維露出一臉歉疚的笑容。

姚婧婧料想得不錯，賀穎之所以會突然提起她的婚事，全是應孫晉維所託而對她進行的一番試探。

「伯母千萬不要這麼說，您肯幫我這個忙，我心裡已經是感激之至了，至於結果如何，一切就看天意吧！」孫晉維低下頭，臉上露出一絲苦澀。

這些年他眼睜睜地看著二弟荒淫無度，鬧出一件又一件讓人難以啟齒的醜事，再加上繼母總是處心積慮地拿他的婚事當把柄，想讓他永無翻身之地，以至於他對男女之事莫名生出一絲排斥感，可姚婧婧的出現卻給他的人生帶來了改變。一開始他並未料到這個看似嬌小柔弱的女子身體裡竟然隱藏著如此大的能量，她就像是冬日裡的暖陽，早已一點一點地滲進了他的生命裡，讓他此生再也無法忘懷。

一轉眼一個月過去，賀穎終於要出月子了，在丈夫和女兒的精心照料下，她這一個月過得簡直比皇后娘娘還要舒心，不僅身體恢復得很好，精神也十足，整個人胖了一大圈。

姚老三夫妻倆並沒有大肆為小兒子辦滿月宴，只是一家人小小地慶祝了一下。

素來與三房交好的姚老五夫妻倆早早地便帶著孩子趕來，小靜姝如今正在學走路，冷不丁地冒出一個比自己還小的寶寶頓時惹得她好奇心大起，踮著兩隻小腳趴在搖籃旁，目不轉睛地看了半天。

湯玉娥看到這個白白胖胖的小姪子，眼裡是隱藏不住的羨慕，抱著他左親親、右親親，一副愛不釋手的模樣。

賀穎很能夠瞭解她的心情，沒有兒子傍身的她平日裡肯定沒少受姚老太太的冷言冷語，不過好在五房兩口子都還年輕，倒不用太過焦急。

按理說，這樣的日子大房即使舉家出動也不為過，尤其是姚老太太作為親祖母，從媳婦生產到如今竟然連看都沒來看一眼，實在是有些說不過去。

賀穎對此卻絲毫不以為意，如今的她已不再像從前那般糾結，有懂事孝順的兒女和體貼周到的丈夫，她的人生已經接近圓滿了，至於其他人的態度，她完全不放在心上。

站在一旁伺候的白芷卻顯得有些心不在焉，一雙滴溜溜的眼睛總是有意無意地朝門外望去。「奇怪了，以往孫大少爺總是三天兩頭地往這裡跑，今兒個這麼重要的日子他反倒不見了蹤跡，這實在不太符合他的行事風格啊！」

賀穎也忍不住皺了皺眉頭。「這事的確有些蹊蹺，前日妳爹去鎮上請他時，他還說已經請城裡的巧匠訂製了一架搖椅，只等今日便可一同送來。孫大少爺不是言而無信的人，婧婧，妳說他會不會是出了什麼事？」

「能出什麼事呢？」姚婧婧也有些摸不著頭腦，她正在心裡想著，是不是該讓白芷到鎮上走一趟，誰知大門口處卻突然響起一陣震耳欲聾的鞭炮聲。

「二妮！快出來，有貴客到了！」

姚老三的呼喚頓時引起了眾人的好奇之心。

姚婧婧大步地出了門，除了一些圍觀的村民外，還看見孫晉維小心翼翼地扶著一個滿頭白髮的老人朝院裡走來。「孫……孫老爺?!」姚婧婧簡直不敢相信自己的眼睛，僅僅過去一年多的時間而已，孫老爺的模樣卻已蒼老到讓人完全不敢相認，他的臉上雖然帶著慈祥的笑意，可依舊掩飾不住眼底那深深的疲憊。

「姚姑娘還能認出我，真是老頭子我的榮幸。晉維之前曾多次在我面前對妳大加讚賞，我原本還抱著懷疑的態度，可如今看來，姚姑娘果然不是池中之物。一個未出閣的小丫頭能把生意做到這個分上實在是不簡單，沒想到我這個傻兒子看女人的眼光倒是一點都不差。」

姚婧婧不由得皺了皺眉頭，孫老爺雖然句句都在誇讚她，可無意中露出的輕蔑之意卻讓她心中感到有些不舒服，然而看在孫晉維的面子上，她還是低下頭露出一個淡淡的笑容。

「孫老爺言重了，在您面前談生意經就好比在關公面前耍大刀，您還是別笑話我了。」

憨厚老實的姚老三並沒有察覺出什麼異樣，身為主家，有客人登門，他自然是一千、一萬個歡喜。「孫老爺什麼時候回鎮上來的？您可是咱們請都請不來的貴客呢！孫大少爺怎麼沒讓阿慶提前來通知一聲，我也好提前趕到村口去接您啊！」

「我爹他昨天夜裡才從臨安城趕回來的，今早聽說你們家在辦喜事，便非要和我一起前來討杯喜酒，打擾之處，還請伯父、伯母見諒。」孫晉維的態度一如既往的恭敬，趁著說話間的工夫，還對著姚婧婧露出一個歉疚的笑容。

姚老三連忙熱情地請孫老爺上座，誰知他卻擺了擺手，轉身對著身後的管家輕輕點了點頭。

得到示意的管家一溜煙地跑了出去，緊接著便是一個個奴僕抬著紅木大箱如水般地湧了進來，偌大的院子很快就被塞得滿滿當當。

姚老三一頭霧水地問道：「孫老爺，您這是何意？」

孫老爺臉上的表情頗為得意，對著姚老三哈哈一笑，大手一揮，命令那些家僕將所有的箱子全部打開。

「哇！」

一瞬間，在場的所有人都瞪直了眼睛。原來這些箱子裡清一色裝得全部都是閃著亮光的銀錠子，每一個都比成年男人的拳頭還要大，加起來至少有好幾千兩之多。

然而這還不是全部，最後走進來的管家手裡抱著一個鑲滿珠翠的金絲楠木箱，躬著身子小心翼翼地走到姚老三面前，將箱子交到他手裡。

「這……這又是什麼？」那沈甸甸的感覺讓姚老三感到無比的心慌。

在姚老三驚詫的注視下，管家輕輕地掀開了蓋子。

一陣刺眼的金光逼得姚老三不得不瞇起了眼睛，在場的所有人就連姚婧婧都沒有見過這麼多金子。

孫老爺卻展顏一笑。「區區薄禮，不成敬意，孫、姚兩家的緣分實在是妙不可言，姚老弟若是瞧得起我這個老大哥，那就切莫推辭。」

「孫老爺，這些賀禮實在太過貴重，無論如何我們都不敢收下，還請孫老爺悉數收回。」如今的姚老三已經不是原來那個見識淺短的莊稼漢了，這些金銀加起來足有萬數之多，對於普通人家來說那可是幾輩子都攢不來的巨額財富，孫老爺是個生意人，如此大手筆的背後一定另有所圖，因此不用閨女開口，他也會第一時間拒絕這些從天而降的饋贈。

「姚老弟，這可不是賀禮，而是聘禮，我老頭子有意和姚家重結秦晉之好，不知姚老弟能否給我這個面子？」孫老爺雖然氣色不佳，可說起話來卻聲如洪鐘。

在場的所有人皆是一愣，似乎一時沒有聽明白他所言何意。

姚老三呆了片刻，終於一臉疑惑地開口道：「孫老爺，您到底在說什麼？大妮她不是已經嫁到你們孫家去了嗎？」

「唉，別提了，實在是家門不幸，那個臭小子生來就是討債的，前些日子我已正式將他和他娘從孫家族譜上除名，他和他娘已經住到他舅家去了，以後他是死是活都和我沒有任何關係。」

看得出孫老爺在努力控制自己心中的怒火，姚家人這下徹底糊塗了，二少爺孫晉陽可是孫老爺的嫡子，到底是什麼事能讓這血脈至親的父子倆一夕反目，徹底成仇？

「唉，瞧我這張臭嘴，今天是姚家大喜之日，怎能被這些糟心的事給壞了興致。我知道姚家如今已今非昔比，這些身外之物姚老弟也不會放在眼裡，可我這個大兒子卻是一個死心眼的，除了姚姑娘誰也看不上；他親娘死得早，我只好厚著臉皮前來替他求娶，還望姚老弟看在晉維如此一往情深的分上，答應這門婚事吧！」孫老爺終於清清楚楚地表明了來意。

他的話無異於深井投石，村民們一下子炸開了鍋，開始你一言、我一語地談論起來。

如今村裡每家每戶幾乎都有壯丁在姚老三手下幹活，姚婧婧在村人眼中更是神女一般的存在，想要將她討回去做媳婦的大有人在，卻沒有一個有膽子敢提出來的。

孫晉維的臉紅得就像煮熟的蝦米，一顆心撲通、撲通狂跳，好像隨時都會跳出來一般，他有意窺視姚婧婧的反應，卻又無論如何不敢抬起頭來。

當事人姚婧婧的臉上一直帶著淡淡的笑意，乖巧溫順地站在姚老三背後，好像這些都是大人之間的事，與她本人毫無關係。

姚老三深知此事事關重大，一個不好很可能影響自家閨女的清譽，於是他便將孫家父子倆請到花廳裡，自己則慌裡慌張地將閨女拉至一旁，想要詢問她對此事的意見。

其實在姚老三夫妻倆眼裡，孫晉維的確是最合意的女婿人選，原本他們還商量著等閨女再大一些就想辦法促成此事，可沒想到孫老爺會這麼快就上門提親，實在是讓人措手不及。

姚婧婧的臉色莫名有些凝重，遲疑了一會兒便跟著姚老三的腳步走入了花廳。

孫老爺一見他們，立刻起身迎上前。「姚老弟考慮得怎麼樣了？我知道自己今日此舉實在太過唐突，可眼看晉維的年紀越來越大，我這個當父親的又怎麼能不心急呢？」

姚老三立刻扶住他，言辭懇切而動人。「孫老爺愛子心切，小弟哪能不理解？可婚姻之事關係到一輩子的平安喜樂，我們兩口子就這一個寶貝閨女，自然事事要以她為重。」

「姚老弟的意思是……」孫老爺的神情有些疑惑，在他看來，女子生來就是男人的所有物，他原本以為這門親事只要姚老三點頭便是板上釘釘了，誰承想姚老三竟然如此不中用，居然事事都要看自己女兒的臉色，完全沒有一家之主的威嚴。

「婧婧，對不起，這件事原本我應該先徵求妳的同意，這麼長時間以來，我對妳的心思妳應該比誰都瞭解，我知道自己配不上妳，可我真的想名正言順地陪在妳身邊，一輩子保護妳、愛護妳、對妳好。」由於太過激動，孫晉維的聲音滿是顫抖，如果不是礙於兩位長輩在場，他可能早就撲上前拉住姚婧婧的手傾訴衷腸了。

面對這樣愛意滿滿的真情告白，姚婧婧卻沒有流露出絲毫感動，她只是坦然地注視著眼前這個男人，眼裡甚至露出幾許歉意。「晉維，遇見你是我這輩子最大的幸運，沒有你的幫助也不可能有今日的姚婧婧，在這個世上，我最不願意傷害的人就是你，可沒想到我的遲疑反而給你帶來了更大的傷害，對不起。」

這一聲「對不起」就像是最最嚴酷的審判，徹底將孫晉維打入萬劫不復之地，他呆呆地站在那裡，像是被抽走靈魂的木偶，連一個悲傷的表情都做不出來。

孫老爺眉頭深鎖，頗有些不忿地質問道：「姚姑娘此話何意？妳是想拒絕我孫家的求娶嗎？我勸妳最好想清楚再回答，除了晉維，難道妳還能找到更好的男人不成？」

面對孫老爺的冒犯之言，姚婧婧並沒有發怒，而是耐著性子繼續說道：「婚姻一事講究的是兩情相悅，而不是像做生意般權衡利弊，選擇對自己最有利的一方。孫大少爺是我最好的朋友，只要有他在我就會覺得很安心，可這一切都與情愛無關。」

孫老爺瞪著眼睛斥道：「小小年紀真是不知廉恥，兒女親事自古都是父母之命、媒妁之言，姚姑娘莫非是亂七八糟的戲詞看多了？錯過了我家晉維，妳就等著後悔一輩子吧！」

原本還有些尷尬的姚老三一聽這話立即怒了，一臉嚴肅地向前走了一步。「孫老爺，我看在往日的情分上才敬您一聲大哥，您若是心有不滿大可以衝著我來，我家閨女自有爹娘教導，用不著您親自出馬。」

「別吵了！」呆了半天的孫晉維終於回過神來，他忍著心碎的痛苦開口道：「婧婧，既然妳也承認我對妳很好，為何就不願意給我一個機會？莫非妳的心裡早就有了旁人？」

如此簡單的問題卻讓姚婧婧感到一瞬間的茫然，驀地，一個模糊的人影飛快地從她腦子裡閃過，她還沒來得及抓住就消失得無影無蹤。

見狀，孫晉維心裡殘留的最後一分念想也徹底被斬斷了，他閉上眼睛，發出一聲痛苦的哀號後，轉身頭也不回地衝出了門外。

孫老爺望著他的背影，長長地吐出了一口氣，臉上寫著無奈、疼惜，可更多的卻是心願得了的輕鬆。

「孫老爺的目的已經達到，再留在這裡也沒有任何意義，我與爹爹就恕不遠送了。」

「妳……妳說什麼？」

這下不僅是孫老爺，就連姚老三都抬起頭一臉驚詫地看著自家閨女。

姚婧婧神色冷淡。「爹，你還沒看出來嗎，孫老爺今天哪裡是誠心誠意前來提親的，他只是想讓自己的兒子徹底死心，從此聽從他的擺布罷了。」

孫老爺目不轉睛地盯著姚婧婧審視了良久，終於低下頭慘然一笑。「沒錯，姚姑娘果然目光如炬，沒什麼事能夠瞞得了妳的眼睛。」孫老爺說完便娓娓道來。

原來孫老爺此次前來並非一時興起，這麼多年來他對自己這個庶出的大兒子關心甚少，直到前些日子和嫡子反目成仇，他才終於想起這個沒有什麼存在感的大兒子。

他需要孫晉維來繼承他的家業，可商場如戰場，沒有一個強而有力的靠山終究不可能走得太遠。於是乎，他費盡心力替長子在城裡尋了一位實力雄厚的岳家，只要長子肯聽從自己的安排，從此以後不僅孫家的生意有了著落，連帶著他也可以安心了。

上次他匆匆忙忙地將孫晉維召去為的就是此事，可沒想到一向孝順聽話的大兒子居然會在這件事情上忤逆他，並趕在訂親的前夜偷偷地跑回長樂鎮，險些把他給氣個半死。

「後來我打聽到他之所以這麼做全是因為妳，我這次回來原本想看看到底是一個什麼樣的姑娘能把他迷得如此失了章法，可今日一見才驚覺姚姑娘這樣的人才定非池中之物，一切都是他一廂情願的癡心妄想罷了。」

事到如今，不管孫老爺所說之言是真情還是假意，姚婧婧都沒有心思去追究了。失去了如此重要的一個夥伴，她的心裡簡直比刀割還要難受。

可天下沒有不散的筵席，從此以後她和孫晉維必將走上截然不同的人生路，她只能在心裡默默為他祈福。前路漫漫，惟願他能一切安好。

第八十五章　擴張之路

轉眼又是半年，鋪子裡的生意穩紮穩打，越做越大。

從前有孫晉維在，製藥坊和杏林堂的生意都由他和胡掌櫃商量著拿主意，很少需要姚婧婧操心；可如今不一樣了，沒有孫晉維在前面撐著，事無鉅細都需要她親自處理，姚婧婧整日裡早出晚歸，忙得就像一個陀螺。

姚婧婧片刻都不敢讓自己鬆懈下來，除了這些日常的事務，她又擠出空檔研發出許多新的藥方，一連推出許多款功效各異的成品藥膏，其中有很多在這個時代都具有開創意義。

經過這麼長時間的歷練，胡掌櫃的眼界和從前相比自是不可同日而語，在他看來，自己的東家就像一隻振翅高飛的雄鷹，要是繼續偏安一隅，那就是大大的浪費。

如今萬事俱備，進軍大城市的步伐又被重新提上了日程。

在眾人三番五次的提議下，姚婧婧經過深思熟慮的思考，終於下定了決心，決定將杏林堂的分店開到臨安城去。

姚老三夫妻倆卻陷入了無比的糾結中，從私心上來講，他們並不希望姚婧婧的生意做得多麼宏大，因為看著閨女小小年紀就要肩負如此重任，他們是既心疼、又無奈。

「妳這個丫頭，怎麼就這麼不聽勸？咱們家現在有吃有喝，妳每個月拿回來的那些銀子若是節儉點也夠過一輩子，妳說妳何苦要背井離鄉，到那個人生地不熟的地方折騰打拚？萬一出點什麼事，妳讓娘怎麼活呀！」賀穎又是生氣、又是著急，說著說著就開始抹起眼淚。

「娘，妳別這樣，我做這些也不光是為了賺錢，做人如果沒有理想，那跟鹹魚有什麼區別？再說了，我又不是不回來了，妳在家裡好好照顧弟弟，等過一陣子那邊的事情都安頓好了，我就接你們和爹一起過去小住一陣子，感受一下大城市的繁華和熱鬧，妳說好不好？」姚婧婧面上雖然乖巧，可說話的語氣中卻透露出不容置疑的堅定。

賀穎也知道自家閨女的性子，只要是她決定了的事，那是八頭牛也拉不回來，而她這個做娘的除了接受，也別無選擇。「就妳一個人去，我實在是放心不下，要不讓妳爹陪著妳一起——」

「不行！」賀穎的話還沒說完，姚婧婧就斬釘截鐵地拒絕了。「前陣子我才從里正手中又租下一百多畝良田，再加上須彌山上的藥田，我爹如今是任務重大，一刻都離不了；眼下各地藥材緊缺，外面的藥價一日比一日高漲，我還指望著在爹的帶領下，這些藥田能夠早日見到成效，到時候我就不用辛辛苦苦地到處去找藥，能夠實現生產、加工、銷售一條龍啦！」

對於女兒的生意經，賀穎實在是知之甚少，比起能夠賺多少銀子，她更關心的是女兒的安危。

姚婧婧對於她的慈母心腸很是瞭解，不等娘親開口就主動解釋道：「娘，這回我已做了充足的準備，留下胡掌櫃一人坐鎮後方，其餘像是秦掌櫃、陶掌櫃、小姜大夫和胡文海都會與我一同前去，有他們在，妳還有什麼好擔心的呢？」

在姚婧婧的刻意栽培下，如今的杏林堂可謂是人才輩出，秦掌櫃和陶掌櫃從前都是開藥鋪的老闆，姚婧婧看中他們的才能，於是便連人帶鋪子全部收購過來，如今他們都可獨當一面，真讓姚婧婧少操不少心呢！

還有胡文海就是當初那個讓胡掌櫃急白頭髮的親兒子，也不知姚婧婧用什麼方法收服了他，如今他是姚婧婧身旁最忠心的隨從，什麼跑腿、拉車都不在話下，就連白芷的活都被搶去不少。

三天後的清晨，姚婧婧和一干屬下聚集在杏林堂門口。

此次前往臨安，他們足足準備了五輛車馬，除了第一輛的那輛車供姚婧婧乘坐之外，其他的四輛全部都裝滿了各式各樣的藥材。

臨行之前，胡掌櫃一直面有憂色地拉著胡文海叮囑著什麼。

一旁的秦、陶兩位掌櫃則精神抖擻，一臉的鬥志昂揚。

姚老三夫妻倆一直將閨女送到了鎮口，才依依不捨地停下了腳步，在飛揚的塵土中，賀穎早已哭成了淚人兒。

前往臨安的這條路，姚婧婧已經不是第一次走，和上一回吐得昏天暗地相比，這一次她算是做好了充足的準備，一上車就給白芷發了兩粒「暈車丸」。

好不容易到了臨安城，那繁華的街道和熙熙攘攘的人群自然是小小的長樂鎮無法比擬的。

白芷頓時精神抖擻，拉著姚婧婧一路指指點點，看個不停。

領頭的秦掌櫃並沒有選擇在客棧下榻，車隊一路疾馳穿過最繁華的朱雀大街，來到了一條名叫青蓮巷的地方。

「大東家，到地方了，時間倉促，咱們租的這宅子小了點，您先湊合著住段時間，等過陣子咱們再換處合您心意的。」

姚婧婧雖久未親至臨安城，可秦、陶兩位掌櫃卻已經來過幾次探查，這宅子也是他們提前租下的。

姚婧婧在白芷的攙扶下跳下車，伸了伸早已僵硬的胳膊和腿，抬眼望了望周圍的環境。這青蓮巷雖處鬧市，可環境清幽，長長的巷道上連一片多餘的落葉都看不見，一看就不是尋常人家住得起的地方。

眾人的正前方是一扇光可鑑人的朱漆大門，一看就是秦、陶兩人為了迎接大東家的到來特意翻修過的。

姚婧婧伸手推開大門，信步走了進去。正如秦掌櫃所說，這座宅子的面積並不大，統共只有兩進深的小院，大大小小十間房屋蓋在一塊兒，再沒有多餘的地方。

姚婧婧心裡知道，在這樣寸土寸金的地方，能夠租到這樣一座宅子不是一件容易的事，這兩個掌櫃為了能夠讓她住得舒服點，的確是下了不少心思。

眾人一起在院子裡走了一圈，給每個人安排好房間後，胡文海就帶頭去卸車上的藥材，姚婧婧則在白芷的陪伴下回房歇息。

兩位掌櫃給大東家預備的房間完全是按照城裡大戶人家小姐的閨房來佈置的，裡面裝飾著各式各樣的輕紗羅帳，看得姚婧婧渾身一震。

胡文海安置好東西後就去廚房燒了幾大桶熱水，全送到姚婧婧房中，讓兩位姑娘舒舒服服地洗了一個熱水澡，將一路上的風塵與疲倦全部洗淨。

轉眼到了晚飯時間，秦掌櫃去巷子口的酒樓訂了一大桌菜送到宅子裡，大家齊坐一堂，共同慶祝在這個「新家」裡的第一頓飯，希冀著不久的將來杏林堂能在臨安城打響第一炮。

一個月後，杏林堂的分鋪在朱雀大街最繁華的地段正式掛牌營業了。說起這間鋪子，就不得不提起隔壁的玲瓏閣以及玲瓏閣如今的大掌櫃齊慕煊。

齊老闆倒是一個信守承諾之人，接手玲瓏閣後並沒有忘記姚婧婧的救命之恩，按照約定，每個月該有的分紅一個子兒不少地送到她的手中，聽說她要來臨安開鋪子後，更是二話不說地將玲瓏閣旁邊一間原本當成倉庫的屋子給騰了出來，分文不取地借給姚婧婧使用。

由於開的是藥堂，這個時代的人對此事有很多忌諱，因此姚婧婧也不好大張旗鼓地做什麼宣傳活動。

眾人本以為開業之初會冷清一段時間，沒想到第一天就有許多慕名而來的客人，原來這一個月齊慕煊總是抓住一切機會在進店的客人面前吹捧姚婧婧的醫術有多麼高超、杏林堂的藥品有多麼神奇，以至於鋪子還沒開張就吸引了很多人的目光。

很快地，這些原本抱著試試看的心理上門的病人就發現，這裡不僅有一個醫術了得的女東家，還有許多其他藥鋪都沒有的特效藥。

就這樣一傳十、十傳百，從此以後臨安城的百姓又多了一個尋醫問藥的好去處，杏林堂自此算是在臨安城站穩了腳跟，大家懸著的心終於放了下來。

姚婧婧為了感謝齊慕煊的慷慨相助，在藥鋪生意不太忙的情況下也會時不時地到玲瓏閣轉一轉，有時遇到他苦思惡想地設計新款首飾，她無意中的三言兩語總是能讓齊慕煊眼睛一亮，靈感便像泉水般止不住地往外流。

「姚姑娘，明日就是王大小姐的成親之日，您一定要記得按時前去觀禮，她可是咱們玲瓏閣的大主顧，切記不能怠慢。」

臨走之前，齊慕煊殷殷的提醒卻讓姚婧婧瞬間覺得一個頭、兩個大。如今杏林堂剛剛開業，千頭萬緒都等著她去處理，她實在沒有什麼心情去參加喜宴，可偏偏這位王大小姐頗有來頭，這場應酬只怕想逃都逃不掉。

王大小姐閨名王子衿，是臨安知府王康王大人的掌上明珠，兩年前姚婧婧初來臨安時曾在衛老夫人舉辦的賞花宴上與她有過一面之緣，當初姚婧婧只是一個微不足道的小角色，卻不知為何入了王大小姐的眼，以至於前些日子在玲瓏閣相遇時她便一眼就認出了姚婧婧。

「王大小姐可是知府大人的獨生女，王大人捨不得女兒離家外住，於是就招了一位上門女婿；不知是哪個男人撞了大運，有這麼一個岳家，從今以後也算是飛上枝頭做鳳凰了。」

姚婧婧瞪了瞪眼，她如何聽不出齊慕煊語氣中的諷刺之意？在現代社會，可能有許多男人夢想著娶個白富美便可少奮鬥二十年；可在將男權發揮到極致的古代，若非家裡窮得揭不開鍋，一般的男子都不會輕易同意入贅岳家，因為這不僅代表後半輩子要低聲下氣地寄人籬下，就連生出來的兒女也都得隨岳家的姓氏，換句話說，一旦男人同意做上門女婿，就得面對後繼無人的命運。

「管他是誰，反正你是沒有機會了，有這在背後嚼人舌根的工夫，倒不如回去把明日的賀儀準備妥當，你總不能讓我兩手空空地去喝喜酒吧？」在姚婧婧看來，她是為了替齊慕煊維繫客戶感情才辛辛苦苦跑這一趟，這筆錢當然該由他出。

去人家家裡喝喜酒自然要打扮得隆重、喜慶些，白芷為了不讓自家小姐在那些貴女面前顯得低人一頭，幾乎使出了渾身解數。

直到最後，姚婧婧看著鏡子裡那張芙蓉秀臉，一時之間竟然感覺有些陌生。

「白芷，我是去給人道喜的，妳這滿頭的珠翠弄得像土財主似的，旁人看了反而會笑話，通通都給我去掉，只留一支銀簪便可。」

白芷歪著頭思考了一下，覺得小姐說得也有道理。自家小姐氣質絕佳，就算是不施粉黛站在人群中也不會被湮沒，萬一打扮得太過，搶了新娘子的風頭，那就不太妙了。

當姚婧婧趕到城南的知府大人官邸時，門口早已貼滿了大紅喜字，掛滿了大紅燈籠，進進出出的下人臉上都顯現出一片喜慶。

王大小姐早早就派了自己的貼身丫鬟珠雲等在門口，帶著姚婧婧從角門而入，直奔王子衿的閨房。

知府王大人雖然官居四品，可在家裡卻是一個十足的女兒奴，整個官邸中最精緻的一棟兩層小樓就挑出來做了女兒的閨閣。

這應該也是王子衿和她的夫婿成親後的居所，一眼望去裡裡外外裝飾一新，除了紅綢、紅燭等喜慶之物外，還有許許多多盛開的蜀錦花，一看就是按照王大小姐的喜好佈置的。

姚婧婧進屋後，發現王子衿早已穿戴整齊，她今年大概十五、六歲的年紀，生得嬝娜纖巧，面如鵝脂，眉如墨畫，眼若秋水，一副標準的大家閨秀，在大紅喜服的映襯之下，她的面容簡直比桌上的鮮花還要嬌豔。

「姚姑娘，妳終於來了。」看到姚婧婧進來，王子衿立即雙眼含笑地迎上前，轉身對著自己的貼身丫鬟努了努嘴。「妳出去吧，一會兒就讓姚姑娘陪我去拜堂，有她在，我就什麼都不怕了。」

「這怎麼行？我可是什麼都不懂，萬一出了差錯怎麼得了。」沒想到王子衿會交給她一項如此艱巨的任務，姚婧婧連忙搖頭拒絕。要知道，越是大戶人家，成親時的講究和規矩就越是繁雜，新娘子蓋頭一蒙什麼也看不見，完全得靠身邊陪侍的丫鬟提醒。

「沒關係，那些禮儀我早已經背得滾瓜爛熟；再說了，還有專門的喜娘在一旁引導，妳呀，什麼都不用做，只須在一旁陪著我就可以了。也不知為什麼，一看到姚姑娘，我就覺得心裡安定不少，這也許是咱們倆前世注定的緣分呢！」

話都已經說到這個分上，姚婧婧也只能硬著頭皮答應下來。

王子衿將拜堂的程序大致跟姚婧婧講了一遍，姚婧婧一邊抓耳撓腮，一邊逼迫自己記在心裡。好不容易緩過一口氣，姚婧婧終於想起將自己準備的賀儀拿出來。

那是玲瓏閣最新出品的赤金纏絲龍鳳鐲，這對手鐲被命名為「龍鳳戲珠」，鐲身上的紋飾嚴絲合縫，最奧妙之處在於龍鳳盤抱的那顆明珠上，用手一按珠子，手鐲便會「啪」的一聲打開。

龍鳳鐲的寓意是祝願新人龍鳳呈祥、情比金堅，王子衿一看便覺得非常喜歡，當即褪下自己手腕上的金鐲，換上姚婧婧送的這一對。

姚婧婧看著她臉上那無法隱藏的甜蜜笑容，不由得為之動容。這個世上能按照自己的心意選擇夫婿的女子實在是少之又少，而王子衿無疑是最幸運的那一個。

好不容易到了吉時，姚婧婧替王子衿蓋好紅蓋頭，扶著她上了花轎，在一眾打扮喜慶的下人簇擁之下前往禮堂。

此時該來的客人已經來得差不多了，禮堂內外密密麻麻地擠滿了人，其中大部分都是臨安城裡的高官及其家眷。

王家的新姑爺穿著一身喜服站在禮堂門口等待著自己的新娘，姚婧婧遠遠望去，雖然看不清具體的相貌，可那身形卻讓她有一種莫名熟悉之感。

她突然覺得心口一顫，連忙抓住一旁的珠雲問道：「這位新姑爺姓甚名誰？家住何方？」

姚婧婧臉上的慌亂與無措將珠雲嚇了一跳，她一邊拉著姚婧婧的手繼續跟著隊伍往前走，一邊小聲回道：「我只知道新姑爺姓孫，其他的情況不太瞭解，夫人不喜歡我們私下裡談論關於新姑爺的任何事情。姚姑娘怎麼突然想起來問這些？有什麼問題嗎？」

姚婧婧並沒有回答珠雲的提問，此時花轎已經抬到了禮堂門口，而她也終於看清楚那位新郎官的長相。

是他！竟然真的是他！

第八十六章 上門女婿

姚婧婧只覺得腦子瞬間一片空白，僅僅過去了半年多的時光，眼前的孫晉維似乎從頭到腳發生了翻天覆地的變化。原本挺拔而勻稱的身軀變得異常消瘦，華麗的喜服穿在他的身上竟然顯得有些空盪盪的。

他的臉色看起來也很憔悴，作為一個即將要抱得美人歸的新郎官，渾身上下竟然透出一種拒人於千里之外的冷漠與疏離，那感覺與周圍喜慶的氛圍格格不入。

站在身後的阿慶突然覺得自家少爺腳下一軟，整個人險些摔倒在地，嚇得阿慶連忙將他扶住。「大少爺，您怎麼了？是不是腰上的傷又開始疼了？」

此刻的孫晉維像是聽不到任何聲音，他的目光直直地看著前方。姚婧婧的身子雖然被花轎擋掉了一大半，可他還是一眼就在人群之中認出了她。

阿慶順著他的目光，終於發現了異樣，嚇得他忍不住咬著牙發出一聲驚呼。「大東家？她怎麼來了，這、這可怎麼是好啊？」

「姚姑娘，妳怎麼回事？這麼多隻眼睛瞅著呢，現在可不是發呆的時候，快點，小姐還等著妳呢！」珠雲一邊急吼吼地催促著，一邊使勁將姚婧婧朝前推了兩步。

姚婧婧此時終於恢復了一些神智，她萬萬沒想到王大小姐口中千好萬好的如意郎君竟然會是孫晉維，他不是應該早在半年前就在孫老爺的安排下迎娶富家之女嗎？怎麼會莫名其妙做了王家的上門女婿？

喜娘將一根紅綢的兩端分別塞到新郎官和新娘子的手中，提醒孫晉維要小心地牽著新娘子跨過門檻，進入禮堂。

孫晉維的神色似乎有些迷茫，此時的他就像一個被掏空靈魂的木偶，身處這樣的熱鬧中，他的心思卻不知飄向了哪裡。

阿慶見狀，只能用手悄悄地戳了戳少爺的肩膀，示意他按照喜娘的指示行動。

孫晉維終於反應過來，抬起腳想要跨過那道高高的門檻，可他的身體卻像是被抽乾了一樣，完全使不上一點力氣。

「少爺，小心！」

阿慶的提醒顯然太遲，新郎官竟然在大庭廣眾之下被絆倒在地，結結實實地摔了一個狗吃屎。

這一下，所有的人都倒抽了一口氣，有些女眷甚至忍不住發出了一聲驚呼。

隨侍的下人們七手八腳地趕來攙扶孫晉維，場面一下子變得混亂無比。

「晉維，你怎麼樣了？」王大小姐情急之下竟然自己掀開了蓋頭，想要衝上前察看夫婿的情況。

王夫人的臉色則瞬間黑如鍋底。她實在是想不通，為什麼自己的女兒會鬼迷心竅地看上這麼一個廢物？連拜個堂都能鬧出這麼大的笑話，實在是丟人現眼！

喜娘一見情形不對，立即拉住王子衿，忙不迭地勸道：「大小姐，這可使不得，沒進洞房之前就掀了蓋頭，那可是大大的不吉啊！您若是想和姑爺幸福美滿，那就乖乖聽話，您放心，有這麼多人伺候著，姑爺不會有事的。」

王子衿的臉上寫滿了擔憂與焦慮，可面對著這麼多賓客或是疑惑、或是嘲諷的目光，她還是咬了咬牙，讓喜娘將頭上的蓋頭重新整理好，安靜地站在一旁等待著這場鬧劇趕緊結束。

「少爺，您怎麼樣了？要不要請大夫來看看？」此時此刻，阿慶簡直心如刀割，他是陪伴大少爺最久的人，沒有誰比他更瞭解孫晉維內心的煎熬。

孫晉維搖了搖頭，掙扎著想要站起身。這一摔之下他已經徹底清醒過來，他和姚婧婧之間的緣分在當初就已徹底被斬斷了。

如今的他早已不是原來那個健康、溫暖的孫晉維，他的身上背負著太多的責任與仇恨，為了報仇雪恨，他需要知府大人做自己的靠山，所以縱然心中再痛，他也必須要堅持到這場婚禮結束。

「別動，孫晉維，究竟發生了什麼事？你怎麼會變成這樣？」

當那個熟悉的聲音在耳邊響起時，孫晉維還是忍不住感到一陣心悸。他早就應該知道，她是那樣的敏感聰慧，自己的身體狀況又如何能夠逃過她的法眼？「我的事不用妳管，妳趕緊讓開，不要妨礙我拜堂成親。」孫晉維半靠在阿慶身上，看著姚婧婧的目光中露出幾許厭煩之色，說話的聲音也如刀子一般冰冷刺骨。

姚婧婧此時卻顧不上這些，她心裡甚至有些埋怨自己的遲鈍，孫晉維的異常如此明顯，她身為一個大夫竟然沒有早一步看出來。

為了不引起旁人的懷疑，孫晉維伸手想要推開她，沒想到她的手指卻搶先一步死死地扣住了他的脈搏，力道之大讓他根本動彈不得。

在場的賓客對此卻並不感到意外，都是有錢有勢的大戶人家，為了方便在家裡養一、兩個醫女也是很正常的事情，比起姚婧婧這個並不顯山露水的小丫頭，大家更關心的是堂堂知府大人為什麼會找一個身體如此羸弱的男子當自己的上門女婿？看這新郎官的模樣，好像隨時都會死掉似的，這不是自己給自己挖坑嗎？

姚婧婧心中淒冷一片，若是用一個詞來形容孫晉維如今的身體，那就是千瘡百孔，這些日子以來他究竟經歷了什麼，才把自己弄成了這副模樣？

旁人的議論聲不絕於耳。

阿慶心裡既焦急、又難過，忍不住用哀求的目光望向姚婧婧。「大東家，現在不是說話的時候，我求求您高抬貴手，成全大少爺和王小姐的婚事。」

姚婧婧努力控制自己的情緒，壓低聲音在孫晉維耳邊一字一句地痛道：「孫晉維，你知不知道自己的五臟六腑全都損傷嚴重？若是再不好好調理，隨時都有喪命的危險！」

孫晉維的臉色越發陰冷。「這是我自己的事，跟妳有何干係？」

姚婧婧本想開口再說，誰知阿慶卻突然拉起她的胳膊，拖著她往禮堂外跑去。

為了避開喧鬧的人群，阿慶一直帶著姚婧婧來到府邸深處一座僻靜的小花園，確定周圍再無旁人後，才終於鬆開手，撲通一聲跪在姚婧婧面前。

「大東家，我給您磕頭了，這門親事關係到大少爺的身家性命，無論如何不能出任何岔子，這裡實在不是您該待的地方，您還是趕緊離去吧！」

姚婧婧並不想為難他，只是皺著眉頭開口道：「阿慶，你知不知道以你家少爺如今的狀況隨時都會血崩而亡！孫老爺人呢？自己的兒子都這副模樣了還任憑他瞎胡鬧，難道真想白髮人送黑髮人嗎？」

阿慶一聽這話，頓時哭喪著一張臉，好半天才哽咽道：「大東家有所不知，老爺他早已經過世了。」

「什麼？」這下姚婧婧徹底懵了，半年前她見到孫老爺時只覺得他的身子極其虛弱，沒想到這麼快就油盡燈枯了。

孫晉維和父親的關係表面上雖然不甚親密，然而在他內心深處還是很重視血脈親情的，這樣的打擊於他而言一定非常慘痛吧！姚婧婧越想越奇怪，終於忍不住問出了一個藏在心裡很久的問題。「為什麼會這樣？到底發生了什麼事？」

「這件事說來話長，您還記得當初那位唱青衣的葉老闆嗎？外界傳言他和老爺的關係非同尋常，夫人和二少爺懷疑老爺為了他私藏家產，因此一到臨安城就跑到葉老闆所在的戲院大鬧了一場。」

姚婧婧頓時覺得有些無語，關於孫老爺和那位葉老闆的關係她不予置評，可孫家內部的矛盾就像是一個雜亂無章的線團，實在是難以理清。

「老爺知道後非常生氣，還對動手打人的二少爺動了家法，沒想到兩人非但毫無悔改之意，反而因此對葉老闆起了殺心。很快地，他們買通了兩個混跡江湖的冷血殺手，用最最殘忍而血腥的手段取了葉老闆的性命，老爺眼看相伴多年的摯友在自己面前痛苦慘死，整個人的精神便徹底崩潰了。」

姚婧婧似乎有些明白了。「他知道自己時日無多，所以才急著想給孫晉維找一個靠得住的岳家，讓他來繼承自己的家業？」

阿慶一臉悲切地點了點頭。「只可惜他老人家到死也沒能如願。從鎮上回來不久，他就因為悲慟過度觸發了心疾，連一句遺言都沒來得及留下，就這樣含恨而終。就在大少爺傷心難過時，那對被逐出孫家的母子又捲土重來，不僅從大少爺手中搶走所有的家產，還故技重施地派殺手追殺大少爺，他身上的傷就是在逃亡的途中留下來的。」

姚婧婧越聽越覺得心寒，直到最後渾身上下都止不住地顫抖。「真真是豈有此理！究竟是誰給他們的膽子讓他們如此專橫跋扈、草菅人命？難道這世上真沒有王法了嗎？」

「大少爺手中並沒有證據，再加上夫人有娘家做靠山，因此更加肆無忌憚。好在上天還是心存憐憫，生死存亡時，正是王大小姐向大少爺伸出了援手，否則他只怕早已化作一具枯骨，死亡葬身之地了。」

關於孫晉維和王大小姐之間的故事阿慶並沒有多說，可姚婧婧卻能從王子衿之前的隻言片語中猜出大概，看樣子是王大小姐先對這位落魄的富家公子動了真情，可孫晉維對待這門親事的態度又是如何呢？

就在此時，前方突然響起一陣噼哩啪啦的禮炮聲和眾人的歡呼聲，想來是新人已經行完禮，拜完堂，正式結為夫妻了。

阿慶像是猛然鬆了一口氣。「大東家，此事已經成為定局，從此以後您和大少爺之間再無半點瓜葛，還請您保重自己。」

姚婧婧默默地呆立了一會兒，突然長長地嘆了一口氣，轉身大踏步地朝外走去。

可今日也許是心裡太亂，她在王家的後花園裡轉了一圈後竟然發現自己迷路了。

這可是一件非常糟糕的事，她只能暫時控制住自己的心緒，放慢腳步一邊走、一邊想要找個下人詢問一下。

可誰知走著走著，竟然迎面撞見了幾位花枝招展的世家小姐，應該是剛剛觀完禮在客房重新收拾打扮了一番後，準備趕往前廳赴宴的。

姚婧婧立即垂首站到一旁，給幾位貴女讓路。此時此刻她不想惹任何麻煩，只想趕緊離開這個是非之地。

「衛大小姐，妳的消息可靠嗎？端恪郡王真的會來給王知府賀喜？可喜宴馬上就要開場了，也沒見到他的身影，咱們該不會是白白期待一場吧？」

一個驕傲如孔雀的聲音在耳邊響起。

「怎麼可能，我千里迢迢從京城跑回來就是為了郡王殿下，否則誰願意來看這個傻乎乎的王子衿嫁給這麼一個破落戶啊！其實殿下和王知府並沒有什麼交情，沒奈何淮陰長公主之前在臨安城久居時，王夫人侍奉得十分殷勤，長公主不得不賣她一個面子，於是便派了自己的親姪子前來走這一趟。」

幾位世家小姐一邊嘰嘰喳喳地談論著，一邊匆匆忙忙地朝宴客廳趕，生怕錯過了與這位風流倜儻的貴公子面對面接觸的機會。

衛大小姐突然停下了腳步。

「等等！」

眼看一群人已經從眼前走了過去，姚婧婧正準備鬆一口氣時，趾高氣揚地走在最前方的年紀最小的嚴小姐嚇了一跳，連忙開口問道：「衛姊姊，怎麼了？發生什麼事了？」

衛大小姐轉過頭，一臉疑惑地盯著姚婧婧的身影看了半天，越看越覺得眼熟。

最先開口的那位小姐臉上露出不耐煩的神情。「一個丫鬟而已，有什麼好看的？還是別耽擱時間了，一會兒等到大家都入席，咱們這一趟就算是白來了。」

衛大小姐卻像是沒有聽到眾人的催促聲，竟然轉身一步步來到了姚婧婧的面前。

「丫鬟？妳們沒瞅見她這身衣服雖然顏色不甚鮮亮，可用得卻是最名貴的蜀錦嗎？這哪裡是一般的小丫鬟穿得起的。」

衛大小姐這麼一說，其他幾位小姐也來了興致，紛紛催促著姚婧婧抬起頭來，好讓大家看個真切。

姚婧婧輕輕地咬了咬唇，心裡很是無奈。自己今日怕是出門沒看黃曆，不僅眼睜睜地看著孫晉維做了上門女婿，還冤家路窄地撞上了昔日的仇敵，這回怕是想走都走不了了。

——未完，待續，請看文創風783《醫女出頭天》4（完）

2019年7月出版

悍妞降夫

文創風 765~766

鄉下來的又如何，別以為這樣就能糊弄人！
有哪個女人喜歡拿著把斧頭張牙舞爪的像個母夜叉？
可她就是氣不過，明明是他們有求於人，架子竟然比她還大……

布局精巧 寫實高手／曼繽

黃英覺得自己上輩子不曉得是燒了什麼樣的「好香」，
就這麼嫁進一個表面大度有禮、實則迂腐不堪的「名門世家」，
丈夫時時掛念著陰陽兩隔的無緣未婚妻不說，
長輩與下人也全都拿她當笑話看，
讓她這個集率真、單純、善良於一身的小女子不得不武裝自己，
變成眾人眼中只會無理取鬧的野丫頭。
在黃英歷經千辛萬苦、總算獲得一些尊重的時候，
卻得知他們夫妻不過是棋盤上的兩顆棋子，
目前所有美好的一切都可能在轉瞬間灰飛煙滅、消失無蹤，
意志力驚人如她，也不禁陷入了迷茫之中……

文創風 782

醫女出頭天 3

國家圖書館出版品預行編目資料

醫女出頭天 / 陌城著. --
初版. -- 臺北市 : 狗屋, 2019.09
冊 ; 公分. --（文創風）
ISBN 978-986-509-039-5（第3冊 : 平裝）. --

857.7　　108013849

著作者　陌城
編輯　黃淑珍
校對　沈毓萍　周貝桂
發行所　狗屋出版社有限公司
地址　台北市104中山區龍江路71巷15號1樓
電話　02-2776-5889～0
發行字號　局版台業字845號
法律顧問　蕭雄淋律師
總經銷　知遠文化事業有限公司
電話　02-2664-8800
初版　2019年9月
國際書碼　ISBN-13　978-986-509-039-5

本著作物由廣州阿里巴巴文學信息技術有限公司授權出版

定價250元
狗屋劃撥帳號：19001626
網址：love.doghouse.com.tw　E-mail：love@doghouse.com.tw